U0839641

麦家

作品

出 品 人：沈浩波
监　　制：苏静
产品经理：洛维
特约编辑：李北辰　袁怡黄
装帧设计：typo_d

营销推广：李雅帅　杨慧　韩曦

© wénzhì books

文治图书是磨铁全资持有出版品牌
wénzhì Books is a publishing brand funded by
Beijing Xiron Books Co.,Ltd

官网：www.wenzhibooks.com
小站：http://site.douban.com/wenzhi
微博：http://weibo.com/wenzhitushu

刀尖

刀之阳面

麦家 著

北京联合出版公司

写在外面

阳光都被树叶剪碎了，剪成了一片片不规则的图形，晃晃悠悠地浮沉在柏油马路上。这是浙江省城杭州市的劳动路，时间是1981年8月29日。这一天，我像进入了梦乡，被一辆军牌照卡车从富阳县城拉到杭州，来到毗邻西湖景区的浙江省军区招待所。为了等人而在招待所作短暂停留后，又呼呼啦啦去了火车站。一路上，我记住了一个令人惊奇的情景，就是太阳光像一块大白布，被遮天的树叶剪得粉碎，铺在黝黑的沥青路面上，黑白分明，会沉浮、会晃动，像是梦中的情景。虽然这时候我还穿着土衣便服，但严格地说此时我已是一名军人，享受着军人应有的待遇。比如进火车站时，我们走的是军人专用通道，上了火车，乘务员给我们提水倒茶，我们也给乘务员拖地擦窗，亲如一家，情如鱼水。

火车开了一夜又一个白昼，第二天傍晚时分到了福州。福州的夕阳依然灼热如火，空气中弥漫着凝练、愤怒的火气，让我觉得仿佛来到了另一个星球——也许是火星吧。当我背着行李与三位招生官、六十名同学一起走出月台时，浑身已被汹涌的汗水浸透。但这并不让我感到难受，因为年少稚嫩的心房被第一次远离家门的紧张好奇和对未来的猜测期待牢牢占领。我与陌生环境之间缺少了一个翻译，即便有招生官发号施令，我依然时时觉得无助，只好小心翼翼地跟着别人行动，亦步亦趋，只怕掉队。

火车站外，早已候着两辆挂军牌的绿色大卡车。车子载着我们，穿过了福州著名的五一广场，向郊外开去。大约过了半个小时，天渐渐黑暗了，在落日的最后一点余晖中，我们的车子钻进了一座巍峨的大山。有人介绍说，这山叫鼓山，是福州的旅游胜地，山上有许多风景名胜。黑暗中，我看不见任何名胜古迹，只见山势陡峭，山路崎岖，沿途树影婆娑，怪石嶙峋，山风阴森森地吹来，偶尔送来几声兽鸣鸟叫。这感觉倒不错，因为我早听说我上的是一所特殊的军校，似乎理当隐匿在这么一座魅影憧憧、山高路险的深山老林中。我心里不由升起一股子“天降大任于斯”的自豪感、庄严感。

我上的是“解放军工程技术学院”，现更名为“解放军信息工程大学”，总部在郑州，是总参下属的一所重点工科大学，有“军中清华”之美誉。我就读的是该院的福州分院，是专科。尽管如此，录取分数还是很高，院方到我们中学招生时，初定的调档线比浙江省划的调档线高出40分。我相差30多分，自然是想都不敢想。但是，那些高分的佼佼者被院方带去医院体检后，可以说是溃不成军，测视力的“山”字表简直像一架机关枪，一下子撂倒了20人中的14人，加上通过其他关卡时被卡掉的，最后只剩两人胜出。要知道，这不是一般的入学体检，这是入伍体检，是按当兵的要求来严格要求的。于是，学校又重新划了调档钱，比前次降了一半。可对我来说，还是不够，还差得远。

但也不一定。

那天，我去到医院参加体检。天很热，医院里的气味很难闻，我出来到楼下，在一棵小树下乘凉。不一会，楼里出来一个戴眼镜的同志，大胡子，胖墩墩的，他显然是来乘凉的，站在我了身边。正是中午时分，树又是一棵小树，罩住的阴凉只是很小的一片，要容下两个人有点困难，除非我们挨紧了。我由于自小受人歧视，也许是被迫养成了对人客气谦让的习惯，见此情况主动让出大片阴凉给他。他友好地对我笑笑，和我攀谈起来，我这才知道他就是负责"工院"招生的首长。我向首长表示，我很想去他们学校，就是成绩差了一点。首长问了我的考分，认为我的分数确实低了些，否则他可以考虑要我。后来，当首长获悉我数学是满分、物理也有98分的高分时，他惊疑地盯了我一会儿，认真地问我是不是真的想上他们学校。

我激动地说："是真的，真的。"

五分钟后，我改变了体检路线，转到四楼，接受了有军人在场监督的苛刻的体检。我的身体状况比我想象的要好，要争气，一路检查下去，一路绿灯，哪怕连脚底板也是合格的——不是鸭脚板。当天下午，我离开医院时，首长握着我手说："回家等通知吧。"

第五天，我接到了由首长亲自盖章下发的通知书。至此，我尚不知首长姓甚名谁，但他是我的恩人，这一点我心里清楚，并记着。

首长姓王，名亚坤，山东泰安人。后来我知道，"首长"也不是什么大首长，只是机关的一个营级参谋，年龄也不大，才40来岁，只是长相显得有些老。因为在机关，平时我很难见得到他，偶尔在路上碰到，我很想跟他叙叙旧，道个谢，但他总是爱理不理的，似乎忘记了我。倒是他爱人，在医护所当医生，是可以经常看见的。有一次我发高烧，连续打了几天针。其中一回，护士不在，是他爱人亲自给我打的，给我留下了极深刻印象。本来，医生是不打针的，她完全可以让我等，但她没有，而是亲自上阵，而且在打针的过程中很体谅我的痛，一只手把着针管尽量缓慢地推进药水，另一只手还在针口旁边用食指轻轻挠着，以分散痛感。迄今为止，我当然打过不少次针，可这样的待遇还是第一次。我当时很想告诉她，我是她丈夫开恩把我招进校的，只是因为陌生和羞怯而张不开口。以后，我曾多次斗争过，想上他们家去看看，明确表达一下谢意，但想起老王爱理不理的样子，我的胆量总是越想越小，最后不了了之。就这样，直到离校我也没有去拜访过他们。

再以后，我离他们越来越远，心里的人和事也越来越多，慢慢的，他们就从我心里淡出了。2003 年夏天，我在成都，突然接到老王的电话，说想来看看我。欢迎！欢迎！我在最好的宾馆开了房间迎接他，同行的还有他的医生爱人。20 多年过去了，他们都老了，退休了，我也不再年轻，褪去了因为年轻而有的羞怯。我们像老朋友一样相见，回忆往事，畅谈国家大事，叨唠家长里短，可以用"相谈甚欢"来形容。那时我已经出版了《解密》和《暗算》两部小说，据说在我原来的单位里引起了轰动。我注意到，他们随身带着这两本小说，谈话很快转移到我的写作上来，关心我是怎么当上作家的，眼下正在写什么。我一边尽量满足他们的好奇心，一边又想尽快摆脱这话题——因为这有自我炫耀之嫌。哪知道，他们揪住这个话题不放，问了又问，刨根问底，最后竟然给我奉上一箱子材料，希望我写写"箱子里的事情"。

我用一个下午看完箱子里的东西，直觉告诉我，这是很值得写的。但我一直不知怎么来写。多就是少，材料太多了，反而不知道怎么舍取。我曾经写过一稿，取名为《两个老牌特务的底牌》，他们看了不满意，却没有责怪我，而是责怪自己没有提供足够的材料。随后的几年间，他们不辞辛苦，东奔西走，寻寻觅觅，又收集了很多材料提供给我。盛情难却，2008 年，我又开始写第二稿，断断续续写了一年，交给他们。这一次他们基本上是满意了，但需要修改的地方又似乎很多，改到他们完全满意时，我不得不承认，这本书的作者已经不是我了。

是谁？

金深水，或者林婴婴，或者王亚坤夫妇，或者是他们合著，我所做的不过是一个编辑的工作，理当退到作者幕后。我郑重地向他们这么提议过，却未能得到他们同意，我只好勉为其难。从某种意义上说，王亚坤夫妇又对我施了一回恩，我不知怎么来感谢他们。他们说，只要读者喜欢这本书，就是对他们最好的感谢。对此，我深信不疑。甚至，我不相信哪个作家能写出这么好的书。事实上，好书都不是作家用笔头写出来的，而是有人用非凡的生命、非凡的爱、非凡的经历谱出来的。

2011 年于杭州植物园

目次

清晨醒来看自己还活着是多么幸福
因为我们采取的每一个行动都可能是最后一个
我们所从事的职业是世上最神秘，也最残酷的
哪怕一道不合时宜的喷嚏都可能让我们人头落地
然而，死亡并不可怕
因为我们早把生死置之度外

——摘自一位地下工作者的手记

第一章

01

我叫金深水，金子的金，深浅的深，雨水的水——金深水。也许是宿命，也许是巧合，这个平凡的名字竟暗喻了我一生非凡的命。

我的命，就是把自己藏起来，藏得越深越好。

不是藏在什么好玩的地方，而是魔窟里，生死线上，刀尖上，地狱里。具体说，是南京日伪政府的保安局内，臭名昭著的“上海76号院”不过是它的下属子机构。在这个鬼地方，我经历了太多难以忘怀的事情，想起来，每一天都令人心惊肉跳；讲起来，每一个故事都是惊心动魄的。让我最忘不掉的是这一个——下面我要讲的这一个。在这个故事中，我是凤凰涅槃，浴火重生……

从1940年8月24日说起吧。

这天早晨，南京颐和路上，一如往常，是静安的，行人稀落。街道两边都是二十年以上的梧桐树，从东南方向吹来的风，无声而有力，拂得树叶婆娑，沙沙作响。颐和路20号，是日军宪兵司令部所在地，威风凛凛的门楼之上，三面日本国旗随风起舞，在我眼前飘扬，猎猎有声。我提着装有机要文件的黑色大皮箱，从院子里走出来，习惯性地对肃立在两旁的日军哨兵微微颔首。当然，我的态度里必须要有足够多的“谦恭”，我的工作和身份要求我这样，有什么办法！

门外有车子等我，见我出来，司机发动了车子。

我所在的单位——汪伪政府保安局——有一个响当当的俗称：76号南京区。76号就是汪伪政府特工总部，因设在上海极司菲尔路76号而得名，由丁默邨和李士群掌管。原来，我们保安局大门就在日本宪兵司令部隔壁：颐和路21号。咫尺之远，我都是走来走去，根本无需用车。今年初，单位频频出事，诸事不顺，老大请来风水先生把脉破邪，找到的办法是重新开门。于是，几个月前把大门改至灵隐路8号，以前这里是后门。其实还是不远，走路也就是五分钟，平时我也都是徒步来去。但今天不行，因为要取这个月的密码，所以带了车和卫兵。

这是个仪式，每个月一次。

新修的保安局大门并不起眼，门面不大，却很精致，典型的中式建筑，门楣上雕龙镂凤，门前摆一对石狮，两旁有持枪的卫兵站岗，颇为威武。一眼望去，院子里植被繁茂，林木深处的那座青砖白缝的三层楼是我们保安局主楼，主要处室都在楼内。旁边有一排红砖平房，是反特处的办公室。

此刻，反特处楼前停着三辆三轮摩托车，挡住了我的去路。我提前跳下车，拎上箱子准备走回去，刚好看见反特处处长李士武刚从屋里出来，吆喝一伙人上车。李士武看见我，迎上来，指着我手里的密码箱说："哟，金处长，又拿什么秘密回来了？"我点点头，问他："怎么？有行动？"他说："没什么，去接个人。"我笑道："什么人这么大派头，让你倾巢出动？"李士武立即变得神秘起来，朝我眨巴着他的三角眼说："这可是一个重要人物。"我用略含自嘲的语气问："因为重要，所以我不便知道？"他说："哪里，哪里，什么事能瞒得了你金处长啊。"他又指指我手中的黑皮箱，接着说："只有你瞒我们的，哪有我们瞒你的。哎，有什么关于本兄弟的消息，可要网开一面哦。"我笑道："你这不是要我渎职丢饭碗嘛。"他假假地向我竖起大拇指，哈哈大笑："金处长就是铁面无私，连个口头安慰也不给。"继而招呼大家出发，三辆摩托声色凛然地驶向大门。

这个李士武，满脸横肉，心肝都是黑的，在鬼子面前低头哈腰，像只哈巴狗，在同胞面前耀武扬威，作恶多端。

他说的那个重要人物是谁？我不能不关心！

02

走廊里比外面凉爽得多。

南京，有名的火炉子城市，立了秋，还有十八只秋老虎。眼下还没出三伏，每一片阳光都像是从火膛里蹦出来的，带着火星子。虽然我只走了几十步路，但汗水已经湿了胸襟，一进楼里，便觉得胸口有一个山谷似的，凉飕飕的。

我的办公室在二楼走廊尽头，对门是机要室，隔壁是副处长秦时光的办公室。这会儿，机要室里有一男一女在上班，男的是机要秘书，姓李，是一个严谨、老实的人；女的是机要员，叫小青，是一个自我感觉不错的小姑娘。两人见我回来，都站起来问候："处长回来了。"李秘书还特意出来给我开门。秦时光的办公室门开着，却不见人影。

走进办公室，我本能地观察屋里四周，标志性的东西有无被人翻动过。这是我多年养成的习惯：除了自己，对谁都不信任。在我身边，我最不信任的人是隔壁的秦时光，他名义上是我的副手，实际上是我的死对头，整天盯着我的位置，恨不得我被天打雷劈。"他呢，还没来上班啊？"我指指隔壁，问李秘书。"来了，上楼去了，应该在俞副局长那儿吧。"李秘书告诉我。

"有没有人找我？"

"刚才卢局长来过电话，问你回来了没有。"

"有事吗？"

"局长要你回来去找他一下。"

李秘书刚走，小青蹑手蹑脚地进来，看我没反应，有意咳了一声，朗朗地叫一声："金处长……"令我微微一惊。我抬头，看她正朝我吐舌头，没好气地责问她："你干什么，神神秘秘的。"她佯作委屈状，翻翻白眼，撅起嘴唇，嗲声嗲气地说："哼，好心不得好报，人家是来告诉你，那个远山静子给你打过两次电话。"我一听，故意显得不以为意："就这事？"她笑笑，调皮地说："这可能是大事吧。"言罢，装模作样地走了。

我关了门，并小声地把门反锁了，随即从抽屉里拿出望远镜，走到窗前，朝远处一家书店望去——那是我的联络点，是我每天都在牵挂并观望的地方。我首先搜索到书店的窗户，发现窗台上干干净净，什么也没有。我把望远镜略略压低，看见了窗台下的蜂窝煤炉子。那是一种很简陋的炉子，炉子上正熬着中药，热气腾腾，地上躺着一把夹煤饼用的钳子——是躺在地上，不是挂在窗台上！

这表明，没有情况。

在我准备收掉望远镜时，一个剪着齐耳短发的三十来岁的女人，从书店里出来，闯进了镜头。她叫刘小颖，是我的联络员。她例行习惯地照看了下药罐，又进了书店，对躺在地上的钳子不闻不顾，更加说明平安无事。没事就好。我收好望远镜，马上打开黑皮箱，从中拿出一份文件，准备上楼去看局长。

局长姓卢，是个矮胖矮胖的家伙，并且像所有矮胖的人一样，顶一个肥硕的大脑袋，有一副大嗓门，和一把火性子。他是把我当自己人的，一来局里关系复杂，他需要拉帮结派，有死党；二来，人都这样，一种人喜欢另一种人，我是他的另一种人。我是个软性子，比较冷静的人，至少给人感觉是这样，他从骨子里喜欢我。当然，这也是我争取来的。鬼知道我是个什么人，而他呢，即便将来做了鬼，可能也不知道我是个什么人。我相信我已经把他彻底蒙住了，我对自己在他面前的表演水平和结果，是满意的。

办公室是个里外套间，外面是秘书接待室，里面才是局长的办公间。我敲开门，对秘书小唐指指她背后的门，努了下嘴："在吗？"小唐起身说："在。局长刚才还在问你回来了没有。"小唐是上海人，据说只有母亲，没有父亲。是个私生女！又据说，她母亲年轻时是那种人，就是那种男人寻开心的人，至今还是个老鸨。我觉得，这多半是流言蜚语，目的就是要让人相信，她跟局长有一腿。不过，她跟局长到底有没有一腿，我也吃不准。印象中，小唐好像不是那种人，我甚至还没有见她化妆过。不过，她走路的样子是蛮好看的，身材高挑，柳条腰一扭一扭的，很叫人想入非非。

我走进去，对局长说："我回来了。"卢局长盯着桌面上一张地图，头也不抬地问："你去宪兵司令部干什么？"我说："拿这个月的密码，这是必须我去的。"他会意地点点头，说："哦，是这样，我还以为你是去开会了。"我说："也开了一个小会。"我把手中的文件递给他，又说："喏，你看看吧，又要对我们念紧箍咒了。"

卢局长粗粗看了看文件，气恼地丢在一边，瞪着一对金鱼似的泡泡眼发牢骚："这帮老爷们，就是站着说话不腰疼。"他的腰粗得不像腰，我猜他不管站着弯着都不会腰疼。

我附和道："整天疑神疑鬼，说到底他们就是不信任我们。你说，上个月才兴师动众整顿过我们，这个月又整，整天整，整谁呢？"他瘪瘪嘴："话说回来，你那个地方啊，确实要警钟长鸣，不能出乱子的。"

"疑人不用，用人不疑，这么整来整去才要整出乱子呢，起码的信任和尊重都没有，人会怎么想嘛。"我说。

卢局长正了正眼色，起了身，挺着大肚子朝我走过来。他年过半百，身体的每一个部分都已经告别健康，向臃肿和衰老靠拢。他在我面前止步，盯着我说："怎么想嘛，莫非还想造反？不要乱说话，身正不怕影斜，就让他们整吧，怕什么。"

"我不怕，我是怕下面人被整烦了，都朝我发气。"

"你堂堂一个上校处长还摆不平几只黄嘴鸟？"

"我底下可是有一盏不省油的灯。"

他愣一下，问我："你是说秦时光？"

我指指隔壁："听说他又在上面，整天不上班，上班就往领导那儿钻。"

他安慰我说："只要他钻不进这个门，你怕他什么，这保安局还是我的天下嘛。行了，我等一会儿还要去理个发，晚上有个饭局。"

"谁请客？"

"野夫机关长。但其实也不是请我，而是请一个远道而来的人。"

"谁啊？还把野夫机关长都惊动了。"我问得自然轻松，一副拉家常的口气。

他笑，故弄玄虚地说："嘿，你不认识，我也不认识，但今天晚上就可以认识了。这会儿，李处长该去接人了吧。"

我想起李士武兴师动众地出去，试探着说："刚才我回来时看见李处长把全处的人都拉出去了，原来就是去接他啊。看来这人来头一定不小呢。”他说：“来头也没什么的，但对我们和皇军确实很重要。不瞒你说，有了他，我们现在在广西、鄂西的仗可能就不会那么难打，也许可以节节胜利了。”我心里想：是个什么人，嘴上也这么说了：“是什么人啊？”

他语焉不详地说：“他的专业跟你很对口，说不定我会把他交给你的哦。”我说：“好啊，我那儿还正缺人手呢。”他笑了，说：“不过，现在八字还没一撇呢。”说罢朝我挥挥手，我知趣地离开了。

此时我并不知道，这个人将走进我的生活。

回到办公室，我又把小李叫来，将新领来的密码交给他，让他去保管。完了我想起小青说的，远山静子给我来过电话，便准备给她回个电话。我刚拿起话筒，桌上的黑色话机响了。又是卢局长找我，声音很焦急烦躁：“你快上来一下，她又来闹了，这个泼妇！”

泼妇？

我马上想到是刘小颖。我紧急赶上楼去，果然是她——我的联系员、书店老板刘小颖！我刚看过，她窗台上空空如也，现在突然跑来找局长耍横，难道是有紧急情报？走廊上人很多，卫兵、卢局长的秘书小唐、其他办公室的人、俞副局长、秦时光，大家把刘小颖围在中央，阻止她往卢局长办公室扑去，可她还是极力往前扑腾着。

“别拦我，让我过去，我知道他就在办公室里，你们别骗我了。”刘小颖嘶声喊叫，果然是有点儿泼。小唐好言劝她：“嫂子，真的没骗你，局长真的去开会了。”刘小颖显然不信，哭哭嚷嚷的：“开会！开会！哪有这么多的会，我不相信！开会我就在这里等他，我今天非要见他讨个说法，你们到底管不管我们的死活了。人心都是肉长的，你也是女人家，难道就不同情同情我？”小唐说：“我同情你嫂子，但是……局长真的出去了。”睁眼说瞎话。刘小颖说：“出去就让我过去，我看他不在我就走。”她执意要闯过去，被两个卫兵死死拉住，现场一片混乱。

我拨开卫兵，大声喊道：“刘小颖，你干什么！”她回头看见我，立即转过身，朝我扑上来哭诉：“老金啊，陈耀又寻死了，我活不下去了，呜呜呜。”

哭得很伤心。我自然是劝她跟我走，她自然不会轻易接受我的劝，继续闹。这种劝我们演过几次，已经很默契。最后她逼我发了火，厉声喝道："你到底想干什么！连我的话你都不听了，听我的，先下去再说，别在这儿丢人现眼。"我奋力拽她一把，她顺势往我身上倒，装出无力反抗的样子，任我扶着离开。

下楼时，我悄悄接过刘小颖暗中递给我的纸条，捏在手上。把她送走，回到办公室，我立即剥开小纸条看：

外公突发急病，从速看望。鸡鸣寺。

看完，我立即烧掉纸条。罢了，我又从抽屉里取出望远镜，看书店窗台，果然，我的消息树——火钳，挂在窗台上！一定是刚刚挂上去的。刘小颖不等我自己看见，这么着急来给我送信，一定是事不宜迟，我得赶紧出发。

让我告诉你吧，我虽然披着这身可耻的黄皮，但我的心是重庆的、党国的。我的真实身份是国民党军统特务，代号叫"雨花台"，刚才给我送纸条来的刘小颖——书店老板——是我的下线，代号叫"玄武门"。至于"鸡鸣寺"是谁？马上你就知道了。

03

我决定立即走。

很奇怪，起身时我脑海里突然冒出局长的声音："不瞒你说，有了他，我们现在在广西、鄂西的仗就不会这么难打了……"于是我又想起远山静子的电话，我想知道她打电话找我是什么事。电话打过去，不是远山静子接的，接电话的女人说："对不起，静子院长不在，请问你是哪里？"我听出是静子的同事小美的声音。我迟疑着，对方问我："你是金处长吧？"我只好说是，敷衍两句，挂掉电话，立即起身走。走了几步，又回来从抽屉里拿了把手枪带在身上。

我有种不祥的感觉。

刚出门，看见头发油亮的秦时光从楼上下来，他问我："怎么，要出去？还没有搞定啊，那泼妇。"我淡淡地说："她是搞定了，可她男的寻死不成，还有后事呢。"他有些好奇，问："他是怎么寻的死啊？"我说："吃安眠药，但量又不够，现在还昏睡不醒，所以我要去医院给他弄点儿药呢，可能一时回不来，你就别走了，守着点儿。"秦时光满口答应——一个油嘴滑舌的人，就像他的头发，我心里嘀咕。

我哪是去医院，我要去外公家，见鸡鸣寺。天已接近中午，热气扑面而来，汗水很快让我的皮肤和衣服黏在一起，而我脚下生风，根本顾不上擦一把汗。一路上，我心里不停地念叨着局长的那句话：不瞒你说，有了他，我们现在在广西、鄂西的仗就不会这么难打了……会不会是出叛徒了？我问自己。我的不祥之感越来越强烈，并且预感到，鸡鸣寺紧急见我就是要告诉我这件事。

四十年代南京街上的公共汽车都是日本产的，大方头，单开门，颜色以沙滩色居多。为尽快见到鸡鸣寺，我拦了一辆公共汽车。车子经过马标，拐上小营路时，我从车窗里看见一队摩托车浩浩荡荡地从前方熹园开出来，朝我迎面驶来。驶近了，发现正是李士武的车队，我迅速扭过头，免得让他们看见。

熹园，据说最早是明朝的太医们为帝王们炼制仙药的地方，后来李鸿章曾在此办过水师学堂。可现在这里成了日、伪军高层吃喝玩乐的地方，经常是歌女成堆，笙箫穿云。熹园门前有车站，停站时我往园内看去，可见院子高墙深筑，占地不小，树木参天，但人影稀落，煞是幽静。隐隐约约中，可以看到几幢别墅似的欧式小楼，和一栋四层主楼，以及少数鬼子。

显然，李士武接的"要人"就住在这里面。

所谓的外公家，其实是一所面目普通的中医针灸诊所，家带店，三五间平房，带一个小院，医生和家眷加起来也就是五六个人。一个瘦弱的老人正弯着腰给唯一的病人扎针。我一进门，他稍稍抬头，看是我，头轻轻一动，眼睛朝隔壁屋瞥一眼。我明白，他是让我到隔壁屋去。这位满头银发的老中医，就是“鸡鸣寺”，平常我们都称他为革老——他姓革。革老是我们组织的第一把手，也是南京城里出名的第一支针。他一针下去，既可以救人命，也可以断人命。刚才，尽管我看他表面平静，但从他的眼神中，我感觉到他内心的焦虑。

他的女儿也是地下军统，叫革灵，代号“夫子庙”。此时她正在屋内给一堆银针消毒，室内弥漫着一股酒精味。我有意朝她大声说：“我是来拿药的。”革灵上来应付我，说的都是医生和病人之间的话，因为咫尺之外有病人。我进屋后刚坐定，中华门和中山门接踵而至。看到他俩都来了，而且是这个样子，风尘仆仆，面露悬疑之色，令我立刻感到一股杀气。他俩是我们组织内负责搞暗杀的同志，中华门擅长枪法，行动能力强；中山门有武功，会飞镖，能飞檐走壁，他曾经像天津城里的燕子李三一样，靠一把飞镖，杀出几十人的重围，毫发不损。他们约见我，我想一定是又要锄奸杀鬼了。想到某个鬼子或汉奸的人头要落地，我总是感到无比激动。

中华门和革灵是夫妻，因而，革灵亲昵地迎上去，问他：“怎么样？”中华门推开她，坐在病床上，骂骂咧咧地说：“操，他们来了十几个人，根本无法下手。”中山门补充说：“都全副武装的，车上还架着两挺机关枪。”中华门气恼地说：“去二十个人都不行，别说就我们两个人。”革灵安慰他们说：“爹知道他们走狗很多的，让你们去也不是要行动，上海四个人都失手了，更不要说你们两个人。只要先搞清楚他住哪里就行了，行动是晚上的事。”中华门说：“就是不知道他住在哪里。”这时革老走进屋来，掷地有声地说：“那你们是怎么跟踪的！”中华门立即坐起身，恭敬地说：“警察把几条路的交通都管制了，只准他们的车队过，其他车都拦了。等放行了，前面的车队影子都不见了，我们根本没法跟。”革老说：“哼，那麻烦了，人失踪了，行什么动，等我们找到他时可能什么都晚了。”

革老一屁股坐在病床上，很生气。

这之前我什么都不知道，但听他们这么一说，我基本上明白了是怎么回事。李士武的车队、高墙深筑的熹园、卢局长的话，在我的大脑里左冲右突，钻来闪去。我已经意识到他们要找的那个人是谁了。我对革老说：“别急，我知道他住在哪儿。”革老，革灵，他们所有人，顿时都睁大眼睛等我说。我问："是不是李士武用车队去接的那个人？"中华门说："没错，就是他。"我更加肯定地说："一定错不了，他住在熹园。"他们免不了问我怎么会知道，我把经过说一遍，革老听了也支持我的说法："应该是这样的。"我说："肯定是这样，那里面本来就有招待所，是专门接待贵宾用的。"革老问我："你能进那些楼吗？"我说没问题。中华门问我："那我们呢，能进吗？"我说："应该也没问题。"革老说："不要说应该，能不能？进去有没有风险？"我问去干什么，革老说要把他除了。我以为他是鬼子，革老说："不是。严格地说，也不是汉奸，起码到现在还不是。"

"那干吗要除他？"我问。

"说来话长。"革老说着走出屋去，过了片刻，拿来一张照片，递给我。照片上一男一女，女的生了一张娃娃脸，很可爱的样子；男的长相儒雅干净，从穿着打扮到表情神态，像是一个墨水喝多了的人。在大家传阅照片时，革老讲了起来：

"这个人其实早年间我见过，十几年前了，那时他是中央大学的数学系教授，姓白，叫白大怡，早年曾在牛津大学留过学。据说他的曾祖父跟白崇禧的曾祖父是堂兄弟，血脉还没出五代。后来白崇禧在桂系掌权后，把他请去做了幕僚。做什么？设计密码。桂系部队至今使用的密码都是他设计的，采用的是英国技术，很先进，十年前的密码现在还在用。鬼子所以四处找他，就是想劝降他，让他说出密码。"

革老的话令我一惊，我想起卢局长的话："有了他，我们现在在广西、鄂西的仗就不会那么难打了，也许可以节节胜利了……"事情到这里，来龙去脉基本上被我理清楚了，问题是他说了没有？这是我此刻最为关心的。

"现在还没说。"革老说，"但估计他肯定会说。"

"为什么？"我问。

"因为他娶了一个日本老婆，就是她。"革老指着照片上的女人说，"而且极可能是个女间谍。"接着又说："这是在香港。这几年这姓白的其实一直在香港，过着隐姓埋名的生活，去年跟这个女人认识并且很快结了婚，我们怀疑她是间谍，因为他早不回来晚不回来，恰好是鬼子在找他时回来了。我们猜测她已经知道他的真实身份，是她把他骗回来的。"

我想，他毕竟是一个中国人，不能因为他娶了个日本老婆，想当然地推断他肯定会变节，万一他是那种矢志不渝的人呢？我对行动提出了异议。革老认为这种可能性很小，“重庆和我们分析都觉得，他十有八九要变节。”他对着我数起了指头，“第一，他现在的身份，女人是日本人，而且极可能是个间谍，谁知道她给他灌输了什么鬼东西；第二，他现在跟白崇禧有矛盾，他之所以去香港就是因为两人反了目，是出去躲事的，这种情况下你很难指望他再忠于重庆；第三，他生性懦弱，贪生怕死，即使不主动说恐怕也经不起逼供。”

中华门在一旁冷冷地说：“这种货色，可能给他放一点儿血就什么都吐了。”

革老看着我，带点儿动员我的意思说：“所以谨慎起见，决定把他做了，一了百了。”

我看看革老，又看看中华门，欲言又止。照片上的人，他是如此儒雅，如此精神，如此坦然……革老看我似有疑虑，强调说：“这是重庆下的命令，不是我。”

中华门说：“是一号亲自下的，我们必须执行。”一号就是我们局长，戴笠先生。这么说，没有人敢违抗这命令，他已经死定了。中华门接着说：“其实上午已经行动一次了，在上海火车站，但失败了，我们四个兄弟都牺牲了。”我不禁倒吸一口凉气：“这么说来，他已是只惊弓之鸟，不好下手了。”

革老说：“是啊，所以把你叫来了。”

我问：“要我做什么？”

革老说：“你已经在无意中帮了我们大忙，失踪的鸟又飞回巢了。不过那地方他们都不熟悉，又是鬼子的驻地，看来还得要你先去探个路，摸清楚他住在哪栋楼，几号房间，有多少警卫。我们要行动，必须要掌握这些情况。”

中华门迫切地要我给他介绍一下熹园的情况，我让革灵找来纸和笔，画了一张草图。熹园坐落在紫金山下东面，斜对门是鬼子的三军总医院。熹园大门口设有岗哨，是伪军，进出检查却并不严格，只要你穿着讲究一点，说是进去吃饭或者住店，一般不会阻拦。整个园子占地一百多亩，进门有条主道，把院子一分为二，右边是鬼子的高档住处，另设门岗，内有七八栋独立小楼。左边是开放式的，无门无岗，主要建筑是一栋四层主楼和有一个中式四合院。四层主楼是餐饮和娱乐用的，四合院是招待住宿用的。我说："如果安排他住在四合院里就好了，这里平时没什么卫兵，只有几个酒店保安，进出是很容易的。"当然，如果住在右边，鬼子那边的院落，就比较麻烦，那里住的都是鬼子高级将领，有重兵把守，别说他们，连我也进不去。进去必须要有特别通行证。

革老指着右院说："既然这儿是住宅处，怎么会安排他去住？"

我说："这里面也有一栋招待楼，是专门用来接待要人的。"

革老问："你估计他会住在哪边？"

按说，一般我们的客人是住不到那边去的，那边主要是接待鬼子。可我出门前听我们局长说，晚上鬼子特高课的野夫机关长要请他吃饭，会不会……很难说。从李士武用车队去接他的情况看，这次他享受的规格是够高的，我真的很难说他一定不会住在右院。

我再次强调说："如果他住在右院，要杀他难度很高。"可革老说："不管怎么样，都要干掉他。"他接到了死命令，没有退路，再难也要迎难而上。"事不宜迟，"革老说，"我估计明天敌人就会跟他摊牌说事，等他说了密码我们再行动就没意义了。"中华门说："是，我们必须晚上就行动。"革老看着我，郑重地说："所以你得赶紧走，尽快去摸清情况，晚上我们再见一面，把你了解到的情况告诉我们。"

外面又有人来看病，我只好佯装刚扎过针灸，一跛一跛地出病房，别了他们。时间已过十二点，我还没吃午饭，但肚子里一点儿饥饿的感觉都没有。午后的南京城更像是一个蒸笼，马路上稀稀拉拉地走着几个人，拉黄包车的车夫也变得懒洋洋的，有的直接躺在马路边的树荫下睡大觉。我沿着马路走，走得很慢，心里却一步步地搬动着棋子。从高大的梧桐树叶间洒下的光斑，不时地刺一下我的眼睛，让我恍惚间感受到一丝岁月的庸常。不过，我会很快调整过来，因为我是金深水，不是平常人。

04

我在一家兰州拉面馆里要了一碗面吃，等面的时候我想好了，要把远山静子约出来。熹园我去过，但今天要去执行任务，这还是第一次，我觉得让她带我去是最安全的。她是日本天皇幼儿园园长，野夫机关长的外甥女，是个军职，大佐军阶。在这个城里，她的地位和威力远在我之上。我是四个月前认识她的，这是组织上交给我的任务：从感情上俘虏她，让她做我们接近野夫机关长的跳板。

从面馆出来，我找了家宾馆，给静子打了个电话，请她出来见面。静子很爽快地接受了我的邀请，约好在玄武湖东门的公园门口相见。自从我们相识以来，静子可以说是对我一往情深。我不知道我哪里吸引了她，只知道，这让我隐隐感到有些不安。但我必须要从容面对，要把不安隐藏好，要把我装扮得能够不停地吸引她，让她对我情深意切。坦率地说，我觉得她已经被我迷住了，只是她永远不会知道，我内心想的是什么。这会儿，我很知道我心里在想什么：我要利用她找到白大怡住的地方。

我在街头买了张报纸，然后来到公园门口，坐在一个石墩子上，一棵树冠庞大的杜英树为我撑开一片荫凉。一张报纸还没看完，我已经大概知道，我该怎么去找寻白大怡了。天气太热，我昏昏欲睡，后来居然睡着了。摩托车的引擎声把我吵醒，发现静子已经出现在我面前。

是一辆三轮摩托，静子正准备从车斗里爬出来。我旋即起身，朝摩托车走去。静子跳下车，朝我款款走来，面带浅浅的笑意。静子是那种典型的日本女子，三十多岁，面容清秀，气质文静，又暗存热情。她在中国已经四年多，中文讲得很好，我们的交流毫无语言障碍。

“深水君，让你久等了。”

“没有，你看，一张报纸还没有看完呢。”

“你找我有事吗？”

“是你先找我的吧，你先给我打电话。”

“可是……是你约我出来的啊。”

我这才故意装出迟疑的样子，说：“是，我找你有事，你……晚上有事吗？”

静子也故意逗我："你要安排我吗？"

我说："我想请你吃饭。"

她说："好啊，去哪里？"

我说："熹园。"

她说："好，熹园，我好久没去那儿了。"

我心里有事，想马上走，有意催她："走吧，我还没坐过你的乘骑呢，今天享受享受。"

静子说："还坐车吗？吃饭还早呢，我们走吧。"

我开玩笑："坐皇军的车多威风嘛。"

她说："你什么时候也变得这么虚荣了？"

我说："我没订餐，怕去迟了没位置。"

她说："这还差不多。"

于是，司机又发动摩托车，我和静子双双上了车，"很威风"地穿越大街小巷，前往熹园。静子的摩托车挂着皇军牌照，我要的就是这个派头和威风。当然，我真正要的东西是掩护！说白了，我今天找她就是用她和她的摩托车做掩护，以便顺利地进入熹园右院——如果需要。果然，我们未经任何盘问，径直开进熹园大门，停在餐馆楼前——那幢四层楼，对门就是那个接待住宿的四合院，白大怡可能就住在那里——我希望他就住在那里！

我们进楼去订好餐位，出来后静子要打发司机走，带我在院子里逛一逛。我要她等一等再放车走，我怕白大怡万一没住在对门，我还要编个理由去右院呢。我指着对门招待所说："我那里还有点儿事。"让她跟我去。她不解地问我："去那儿干吗？"我不说明，故作神秘："有事。重要的事。"她又问："什么重要的事？"我轻轻拍她一下，说："走吧，去了就知道了。"

静子半是疑惑半是羞怯地跟着我进了招待所。这是一栋老式建筑，以木结构为主，大梁立柱都是上好的梓木，在岁月的侵蚀下似乎更显硬实、持重，表面有一层敛气的漆光。李鸿章在此办水师学堂时，这儿是学堂的藏书馆，门前石砌照壁上至今还保留着一个大大的"静"字。整个建筑由四幢两层半高的木楼围合而成，中间含着一方300平米见方的天井。临天井的一面，楼上楼下都有带护栏的走廊，可以四通八达。天井里置有几张茶桌，顶着白色的遮阳伞，一下把屋子本身的古旧感减去几分。我带静子进去后，直奔天井，找了一张茶桌坐下。我想叫壶茶，却不见服务员。我们只好干坐着，喝午后灼热的暑气。静子明显觉得有些纳闷和不安，刚坐下就催问我要办什么事。我说："你把证件给我一下。"她更奇怪了，问："干吗？"

我悄声说："我要开个房间。"

她脸红了："开房间干吗？"

我答非所问："用你的证件可以打折。"

她一定以为我心怀鬼胎，想睡她，忙不迭地说："可是……这不合适的。"

我继续故作糊涂，说："有什么不合适的，你不说谁也不知道。"

她可能更加肯定我想干什么，羞涩极了，埋着头吞吞吐吐地说："这，太突然了吧……我不知……深水君，你……太突然了……我们走吧……"

看到她心迹已露，我决定就此刹住，故意装得很不好意思，说："哦，对不起，对不起，我刚才没有说清楚。是这样的，我有个老同学今天到南京，让我给他订个房间，我想你的证件可以优惠，就……可以吗？"

静子羞愧难当，慌忙掏出证件，递给我。我拿了证件，请她稍等一下，便去服务台订房间。订房间是名头，目的是要打探白大怡是否住在此地。但凭什么乱打听人家？弄不好打草惊蛇，还暴露了自己。所以我才"骗"来了静子的证件。静子在突发的羞愧中，不大容易多想，这也是我之所以要跟她"卖关子"的原因。

拿着静子的证件，到了服务台，我的身份和说法都变了，我成了日本天皇幼儿园园长（大佐军阶）的"下人"，把服务台的领班叫到一边，先将自己的证件交给对方看了。领班看了证件，见来头不小（对他来说保安局一个处长也是长官啊），很客气，问我有何吩咐。我问："知道天皇幼儿园吗？"他说知道。我小声说："那位就是天皇幼儿园园长，喏，这是她的证件。"我还有意跟不远处的静子挥了挥证件，静子也给予回应。

领班见此，远远地向静子示了敬。

我说："她是我们首长的朋友，我是首长派来给她当差的。下面我跟你说的事情，你知道就是了，不要跟其他人说起，可以吗？"领班连连点头称是。我又有意含着暧昧说："是这样的，她今天要在这里会一个男朋友，现在我也不知他到了没有，你给我看一下登记本好吗？”

领班问：“那人叫什么名字？”

我笑道：“对不起，这是皇军的隐私，我不能奉告。你把登记本给我看一下好吗，我就知道人来了还是没来。”

领班没有迟疑，立即把登记本给了我。我从前向后翻看，很快发现，上面最后一个登记的就是：白大怡！我把登记本还给领班，摇头说：“没来。”他反而替我着急：“那怎么办？”我说：“你等一下。”我到天井跟静子随便嘀咕了几句，让她不要着急，这里登记房间比较烦琐，请她耐心等一会儿。诸如此类。静子脸上的红晕还没有褪去，只是微笑着点头。罢了，我回去对领班说：“她要订个房间，你有空房间吗？好一点儿的。”他说有的。我说：“好，你带我去看看房间好吗？”

于是，领班带我去看房间。

刚才，我已经在登记本上看清，白大怡住的是301房间。所以，一楼二楼，我根本不作考虑，我想上三楼去看看。领班说：“不行，刚刚来了一位重要人物，把三楼都包下了。”我正好有机会套他的话：“什么人，要住一层楼，恐怕有三妻六妾吧，还有一群保镖？”领班小声细气地说：“女人倒是没有，但确实有保镖，就是你们保安局李处长带来的。”我随即热情地说：“哦，是我们李处长安排的，那看来一定是个将军级人物喽，前线来的？”领班摇头说不知道，然后又补充道：“看上去像个知识分子，文文气气的。”我不便多问，自嘲地说：“人家说我也像个知识分子。”领班看看我，笑了，说：“是有点儿像。你们嘛，都是有知识的人啊。”

跟着领班看了个大概之后，我根据楼上301房间的位置，最后定了二楼的一个房间，就在楼梯口的斜对面，这个角度，上下三楼的人都可以观察得到。回到楼下，我以静子的名义办了登记。完了，我向静子走去。静子还在为刚才的“失态”难为情，见我过来，有点儿不好意思，不敢抬头看我。我反倒显得很大方，老远就笑着招呼她：“不好意思，让你久等了。”

静子欠起身子问：“办好了？”

我把证件还给她，“办好了，谢谢你，晚上我至少可以多请你吃一个大菜。”

她晃了晃证件，有点儿像要给自己解围，窃窃一笑，说：“因为它给你节约了一份大菜的钱？”

我说：“是的，但是就餐的时间可能要往后拖一拖。”

她问：“为什么？”

我小声说：“刚才我听那个领班说，今天这里住了一位贵宾，晚上我们局长，还有你舅舅（野夫机关长）都要过来陪他吃饭，我想回避一下。”

她说：“那我们换个地方吧。”

怎么可能？我要的就是这地方，我还要亲眼证实一下，那家伙到底是不是真的住在301房，身边有什么保安人员。我说：“这倒没必要。我想……”怎么说呢？我要充分利用她对我的好感和暧昧心理，继续为我服务和保驾。我看了下时间，四点多钟，离晚饭时间还早，便约她上楼：“天这么热，这地方连茶水都没得喝。这样吧，反正我刚开了个房间，我们先去房间等一等，喝杯水，等他们来了，去了餐厅，我们再去。我估计他们应该在三楼，我们在二楼，无所谓的。”

她说：“万一碰上呢，还是个换地方吧。”

我说：“已经快五点钟了，我估计我们局长也快来了，如果我们现在走，万一在半路上给他撞见才不好呢。走，没事，我们去房间坐一会儿，聊会儿天，等他们来了，我们再去。”我还跟她开玩笑，说：“美丽的静子园长，我不是老虎，吃不了你的。”

迟疑再三，静子终于还是经不起我劝说，犹犹豫豫地跟着我上了楼。我必须到房间里等着，守着他出来，弄清楚到底有几个警卫。我知道静子此时的心情。我敢保证，她的怀里一定如同揣了一只兔子，心跳如鼓，惴惴不安。一个男人，一个女人，加上一间房间，可能是世上最经典的制造故事的关系。只是，我充分相信自己，她的担心或者期待绝对是多余的。我不会跟你上床的，静子。坦率地说，我非常反感组织上交给我这个任务，尽管我死了妻子，尽管静子有动人的容貌和温婉的性情（我喜欢的），尽管我们好像在往那方面发展，但永远不可能有终点。这一点我心里很清楚，每一次见面，我都这样告诫自己：她的身体是火海，我不能自焚！

进了房间后，我一边和静子随便说些应景话，一边有意把门敞开，并选择了正对门的位置坐下，这样楼上人的出入全在我视野内，同时也是让静子放心，我不会来碰你的，也别想入非非。门开着，制造故事的门就关上了。其间，我找着理由出去侦察情况，先是上洗手间，后是去打开水。其实热水瓶里的水是满的，我要把它说成是空的。我一提，故意把热水瓶提得老高："哟，怎么是空的。"到了开水房，我把满满的开水倒了，又重新加满，回去的途中又"发现"没盖热水瓶塞子，便又返回去找塞子。所有一切都是为了消磨时间，让我有更多机会观察角廊那边的动静。我心里明白，我必须得小心谨慎，在这环形的宾馆里，我不知道哪还会藏着一双眼睛。

他们来得比我想象的早，我打完开水回来，正在泡茶，听到外边传来一阵车队驾临的声音。是李士武先来了，他来打前站，拎着一篮水果上了楼。我的经验告诉我，这是一个机会，头儿来了，手下一定会屁颠屁颠地出门来迎接。可是我的位置看不到楼上，而这会儿我又不能出去，万一给李士武撞见呢？李士武上楼的声音提醒了我（皮鞋蹬踏在木板楼梯上发出的声音充斥着整个楼道），我可以用心听，辨别楼上有几双脚在迎接他们处长。

我感觉到只有一双，这个结果让我不相信：太少了！一个小时后，我们局长和野夫机关长都来了，李士武带白大怡下楼去赴宴时，我发现楼上确实只跟下来一个保安人员。我还是不相信，担心楼上还有人守着。随后，我时刻细心辨听楼上的声音，我想只要楼上还有人在，他总会发出点儿动静的。可我听了二十多分钟，一直没动静。当然有可能人在睡觉，但这是吃饭时间，如果楼上真的还有人守着，应该有人来给他送饭。我又等了十多分钟，天都黑了，也没有人来送饭。总之，我有理由确信楼上只有一个保安，但后来我跟革老汇报情况时还是留了余地，我说："我只看到一个，但估计不止一个。"我这么说的目的，是怕他们掉以轻心。

05

应该说，他们没有掉以轻心，革老把当时身边能出动的人都叫上了，可是行动还是失败了。很惨！那天，负责暗杀行动的人有四个：中华门、中山门和小老虎、小桃子，结果没有一人逃出敌人的包围，都牺牲了。没有一个活着出来啊！无一幸免啊！其中小老虎和小桃子都是刚参加工作不久的新人，年纪才二十出头，人生还没有真正开始就结束了，真叫人痛心！

事实上，我的战友们是钻了个套子，他们暗杀行动秘密开始的时候，夜色中，一场反暗杀行动也开始了。李士武把反特处的全部武力都压上了，还临时加调了一个班的兵力，数十个全副武装的士兵包抄了招待所，有的驻守在主要的门口和窗口，有的悄悄进了楼，堵住了中华门他们四人藏身的两个房间。

那天晚上，我其实没有走。组织上没有要求我留下来，从谨慎的角度讲，我也不该留下来。但我想冒一点儿险也许可以让兄弟们减少一点儿风险，也是值得的。所以，吃完晚饭，送走静子后，我又偷偷回到预订好的房间。我一直透过门缝观望着那面的事态，想不到，看到的竟然是那样可怕的一幕——

中华门中弹栽倒在回廊上（该死！就在我房门前啊），一动不动，血从腹部如地下水一样涌出，生死不知。

敌人小心地向他靠拢，如在靠拢一枚炸弹，畏畏缩缩的。

突然，中华门动弹了一下，把敌人吓得纷纷趴下，连连举枪瞄准。

李士武喊："别开枪！抓活的！"

中华门挣扎着坐起来，双手紧紧抓住栏杆，凭此奋力地站起来。

李士武对他喊话："把枪放下！站着别动！"

中华门充耳不闻，他的注意力都在手上、脚上。终于，他站稳了，用浑身的气力对着楼上东南角大声喊："白大怡，你听着！如果你敢出卖党国，我的兄弟们会杀光你的所有亲人，灭你九族！"

说罢，不等敌人冲上来，他已举枪将自己脑门打开了花。枪响枪落，紧接着身体猛然往下一坠，越过栏杆，跌落下去，沉沉地摔在天井里……

是中华门最先发现了敌人，他去上厕所时偶然撞见李士武的副手马副官正在一边拉屎，一边往手枪里压子弹。他觉得情况不妙，退出来想回房间去，两个身影突然窜出来欲将他就地制伏，却被早已警觉的他抢先开枪撂倒了。枪声一响，屋子四周一下冒出来十几支枪，火力很猛，锁住了所有出口。中华门一边奋力还击，一边命令中山门和小老虎、小桃子他们跳窗逃跑。三人都跳了窗，逃跑了，但最后还是没有跑出敌人的埋伏。敌人在熹园布下了铁桶阵，只有鸟儿才有可能凭借天空的力量和黑暗的掩护有幸逃走。我的战友没有翅膀，他们只有对党国的赤胆和忠心，在英勇献身和投降求生之间，选择了英勇地死去。

可是谁也不知道，敌人是怎么得知我们的行动的。这是一个可怕的夜晚，恐怖乘着黑夜而来，正在可怕地扑向我亲爱的弟兄们……我觉得难以相信，这一刻，既没有任何先兆，也没有任何暗示，然而竟然是许多人生命的最后一夜。

这到底是怎么回事！

我不知道，到底是哪里出了问题……

第二章

OI

我是第二天上班后才知道事情原委的。

这天早上，我像往常一样按时去办公室上班，一进办公室就看见卢局长坐在我的办公桌前，满脸春风荡漾的样子。因为昨夜战果丰硕，他心里那个得意劲儿实在需要找人发泄，于是一大早就来找我了。他眉飞色舞地对我说了半个多小时，加上后来我找李士武旁敲侧击了解到的情况，我才算是基本上搞清楚了事情的真相。

说来简直不可思议，这么多兄弟的死，起因只是静子舅舅——野夫机关长即兴说的一句闲言碎语。事情是这样的，宴请结束后，野夫和卢局长、李士武等人陪同白大怡从三楼餐厅里走出来，在楼梯口，恰好遇到两位年轻的歌伎穿着和服上四楼去。四楼是歌舞厅，情意绵绵的舞曲从楼上漏下来，说明歌舞时间已经到了，她们是去上班的。李士武对我说："你没看见，白先生见了那两个歌伎后眼睛顿时绿了，目光全被吸走了，追着跑，不会打弯儿了。机关长见他这样子——完全是色迷迷的样子啊，临时兴起，问他想不想上楼去见识一下。"

正是这家伙的这句话，给我的兄弟们埋下了灭顶之灾！

从当时情况看，野夫说的应该是一句客气话，但白大怡是个色鬼，楼上情色绵绵的音乐一定让他想到了和服里的身体，欲望之火瞬间被点燃，便丢下初次见面本该有的礼节，毫不客气地捧住了野夫的这句客气话，要上去见识见识。野夫说他还有事，就不奉陪了。卢局长很知趣，跟着也说他有事，要失陪。李士武说："听话听音，做事看样，这样子你还好意思上去？人家机关长说的分明是一句客气话嘛。可也许是本性使然，也许是酒劲儿在起作用，白大怡照去不误。于是辛苦了我，机关长让我陪他去。"

楼上的女人都是男人的玩物，每一个都风情万种，撩得白大怡心花怒放。借着酒劲儿和在香港混迹的遗风，白大怡在舞厅里如鱼得水。他本是好色之徒，见了女人，很快就卸掉了为客的拘谨，忘记了白天的惊魂（早上在上海火车站才撞上一场血淋淋的枪战呢）。他精神抖擞，忘乎所以，陶醉在香艳和对香艳的迷恋中，跳罢一曲又一曲，久久不提走字。

与此同时，中华门、中山门和小老虎、小桃子，根据我提供的情况已经顺利入住招待所，在房间里静候白大怡回去。他们等啊等，久等不见人回，心中忐忑不安。对门，绵绵的舞曲声不时从窗外飘来，透过闪烁的霓虹灯光，他们仿佛看见白大怡正在楼上舞池里翩然起舞。十一点钟，中华门派出年轻的小老虎和小桃子，装扮成一对恋人去舞厅侦探。以下是通过李士武讲述，我想象的一幕——

小老虎和小桃子在服务员的引导下，手牵着手走进舞厅，找了一张桌子坐下。随着一支新曲响起，小老虎和小桃子步入舞池，起舞。

李士武老是盯着小桃子看，好像认识她似的，却又一时想不起是谁。

正在他苦思冥想之际，小桃子有说有笑地从他身边舞过，他听到小桃子的声音，记忆一下子被唤醒了……那是几个月前，还是中央大学大气科学系学代委主席的小桃子走在游行队伍的最前列，作为领号人，高喊着"打倒日本鬼子！""打倒亡国奴！"的口号。

声音久久地回响在李士武的耳边。

音乐依旧，香艳依旧，但李士武的眼里却只剩下小桃子和小老虎，他的目光从此像一口恶痰一样黏在他俩身上。很快他发现，两人经常在偷偷窥视白大怡……

李士武得意地告诉我说："我从他们的目光里发现了他们的秘密，哈哈，我有那么傻吗，我就是傻瓜一个也该发现他们的秘密。你想嘛，上午白先生才遭人暗杀过，现在一个整天闹游行的家伙又把他当贼似的盯着，你说我会怎么想？我马上想到他们心怀鬼胎啊。”

于是，他开始丢诱饵，挖陷阱。

于是，黑暗中一支部队秘密潜入熹园。

螳螂捕蝉，黄雀在后……这是一次注定要失败的行动！小老虎、小桃子，你们真是太年轻了。他们因为年轻付出了代价，可这个代价真是太惨重了！事实上，不光是我的四位兄弟牺牲了，我自己也因此埋下了隐患。我脚下踩着陷阱，身份随时面临着暴露。这次行动，我们收获的是“鸡飞蛋打”的恶果，因此遭到重庆严厉的批评。

02

中午下班，我和秦时光等人结伴从楼里出来，秦时光和众人向右拐去，只有我是向左走的。“哎，你去哪，有饭局啊？”秦时光问我。我说：“什么饭局，回家。在吃中药，必须饭前吃。”俞副局长恰巧也出来了，插嘴问：“怎么啦，身体不好？”我说：“没什么，就是上火，内热重，吃点儿中药，泻泻火。”俞副局长说：“嗯，我看你脸色是不太好。上火嘛，就是缺休息，多注意休息。”当然，我的脸色一定不好，但不是因为火重，而是心痛。痛心疾首啊！我不知道革老他们知道情况了没有，刚才下班前，我看见火钳子挂在窗台上，我估计他们是知道了。但幕后的情况只有我知道，所以我得赶紧去报告情况。

我先去了书店。刘小颖正在门口蜂窝煤炉子上烧饭，见了我迎上来，喊我：“老金，你来了，吃饭了没有？”随即把大声变成小声，说：“鸡鸣寺要你过去一趟。”我嗯了一声，告诉她我正准备去。她有些疑惑地问我：“怎么又让你过去，是不是出什么事了。”我觉得我快要流泪了，但最后还是忍住没告诉她。告诉她要经得革老同意的，此外我也不想让她来分担这些痛苦。

她已经活得够苦的了，这半年来我觉得她至少老了十岁。分手时我不经意看见她额头左角，飘动着两根白发。

从书店到诊所，有四公里路程。我买了两个包子，想在黄包车上吃了，好有点儿精神。可怎么也吞下不去，像当初妻子死的时候一样，肚子里没有食物，却总觉得满当当的。人啊，说到底是精神决定身体，精神不好，身体各个器官都会出问题。这不，下车的时候我一脚踩空，差点儿软倒在地上。我的腿脚也不顶用了，都是因为伤心啊。

四个战友就这么走了，能不伤心？！

诊所的大门只开着一条缝，我轻轻推开门，走进去，院子里静得出奇，墙角的水龙头滴答着，声声入耳。守门的黄毛土狗，安静地卧在一隅，见了我，对我呜呜地吭一声，透着哀怨和孤独的气息，和水龙头的滴答声，似乎有一种内在联系。

革灵已经在房间里哭了大半天了，她捧着中华门的照片，蜷在床上，翻来覆去地哭，压抑、隐忍的泣哭声，在昏暗、逼仄的房间里显得尤其阴暗、瘆人，仿佛是来自阴曹地府。革老带我去看她，房门吱呀一声，一道昏暗的亮光随着我们拖进来，把我们两个人影铺在地上。

革老走上前，弯下腰，对女儿说："深水来了。"革灵抬头一看，二话不说，猛然扑到我肩膀上，呜呜地哭出声，一边说："中华门走了，他们都牺牲了……"我说："我知道。"父女俩很吃惊，都惊异地看着我。我很平静，因为我已经被痛苦浸了一夜多。"你知道了？"革老拉开女儿，面对面看着我问："你怎么知道的？"我静静地说："我当时就在场，我看着他们走的。"我上前扶住革灵的肩膀，动情地说："中华门是好样的，走得非常壮烈。"转而对革老说："我建议组织上要隆重表彰他。"

父女俩更是吃惊。

革灵焦急地问我："你看见他走的，怎么回事？"

我示意他们坐，自己先找了个位坐下，准备告诉他们这十几个小时里的所见所闻……

革灵的房间里有一个暗红色的枣木大衣柜，双开门的。衣柜里挂满了衣服，但是撩开衣服，却是别有洞天：里面有一个小暗室。小暗室真是小，顶多三四平米，刚好放得下一张单人病床。这张床永远不可能躺病人，因为摆满了东西。都是铁家伙。是发报机！这是专门用来暗藏电台的密室——我们组织的心脏！其中全部机器设备都是我搞来的，纯正的日货，很先进的。我在单位就是管这摊子事，要弄这些玩意儿不过是顺手牵羊的事。

我讲完后，目光落到那个枣木大衣柜上，一边问革老："您向重庆汇报情况了吗？"革老说："昨天夜里两点钟，我在知情后的第一时间就汇报了。"我又问："那么重庆有什么新的指示？"革老看看女儿，革灵心领神会，一声不响地打开衣柜钻了进去。出来时，手上拿着一份电报。我接过电文看，上面只有两个字：饭桶！不知怎么的，我突然像个孩子一样激动地对革老申冤道："不，不，我们不是饭桶！我们牺牲了四个兄弟呀，他们那么英勇无畏，我们怎么会是饭桶！"说着湿了眼睛。我的眼泪早含在眼里，这会儿终于夺眶而出。革老扶住我的肩膀，狠狠地说："我们当然不是饭桶，不是！天有不测风云，人有旦夕祸福，更何况我们这片天，简直就是地狱！"

革灵受了感染，又哭起来，眼泪赶着鼻涕一起流，五官都歪了，一脸丑态。"别哭！"革老训斥她，一边去关了衣柜的门，回头对我说："商量一下，下一步怎么办。"我说："现在要杀他已经很难了，他已经被野夫接管了，我听说是住在宪兵司令部密码处的小楼里，那地方一般人进不去的。再说，锄奸组的人伤亡这么大，现在要马上组织行动可能也没这方面的力量了吧。"

"现在杀不杀也无所谓了。"革老叹一声气道。

"为什么？"

"我估计啊，他可能都已经把密码跟鬼子说了。"革老摇摇头说，"他现在知道我们想杀他，是鬼子保救了他，他更要讨好鬼子了。操！这就叫成事不足，败事有余，我们的行动结果是把他往敌人的怀里推了。重庆一定也猜到这点了，所以你看……"扬了扬手里的电报，"只是骂人，什么指示都没有，他们也放弃了。"

我沉思了一会儿，说："不见得。"我把中华门在就义前对白大怡喊的话又陈述一遍，接着说："我猜他一定是听到了中华门喊的话了，他现在也一定知道我们是什么人，不是靠吓唬人过日子的。"

“你的意思……”革老欲言又止。

“我在想……”我思量一会儿，说，“你知道，他在国内上有老下有小，我想中华门的话可能会对他起点儿作用，至少不会随随便便交出东西。”

“嗯。”革老若有所思地点点头，“这么说，我们还有机会。”

“现在的问题是他被鬼子接管了，而我们现在又没什么人，要行动很难。”

“人可以调啊，我们这边没有，还有其他小组的人嘛。”革老说，“就是从上海调人过来也不就几个小时。”革老来了精神，目光瞬息间变得明亮，“这样吧，你马上回去，尽快摸清情况，他降了没有，我马上组织人，只要他没降，我把老命拼了也要堵住他的嘴！”

我虽然答应下来，马上走了，但心里一点儿不热烈。我总觉得，这是一件沾染了倒霉毒素的差事，不会给我们带来好运的。

03

南京日军宪兵司令部二长官中村佐介是个文质彬彬的人，五十开外的年纪，长得慈眉善目的，走路慢悠悠的，说话总是笑容可掬。他平时也不大爱穿军服，冬天经常穿手工织的毛线大衣，夏天经常穿的是白色的圆领汗衫，看上去随和得很，和他的身份以及他手上掌握的生杀大权极不相符。他喜欢收藏中国书法和釉彩陶瓷，热爱日本茶道。我曾随卢局长去过他的办公室，很大的一间屋子，办公室外面的会客室更是豪华、讲究，专门设有品茶区。

我回到单位后，立即上楼去找卢局长打听情况。他告诉我，上午十点钟，中村就在办公室的品茶室接见了野夫和他，还有白大怡，并共进午餐。他把这件事当做他的身价来讲，讲得扬扬得意。我故意装蒜问他：“中村将军干吗要接见白先生？”他反问我：“那你说以前将军出阵，皇上干吗要当街给将军饯行，还要给他们牵牵马、整整铠甲？这是帝王之术，他给你卖好，却要你给他卖命！”我说：“他又不是什么大人物，中村将军怎么可能有求于他？”他说：“你不知道，重庆怕他与皇军合作，交出桂字密码的密本，派出一批人来要他的命，还威胁他，如果把密码交给皇军就灭他的家门，老小都要杀。”我问：“他怕吗？”他说：“谁不怕？当然现在不怕了，中村将军请他吃了饭，给他壮了胆。士为知己者死，将军如此器重他，等于是给他灌了英雄酒，豪情侠胆就有了。人啊就这样，骨头说轻就轻，说重也能重的。”我问：“这么说，他已经交出了密码？那我们该喝顿庆功酒了。”他呵呵笑道：“现在还没有交，不过他答应了，现在正在皇军密码处加班工作，应该是指日可待吧。”

我决定去密码处探个虚实。

鬼子司令部大楼朝南，高五层，曾经是南京绥靖公署的办公楼，门口有一对像马一样高大的汉白玉雕的石狮子，立在高高在上的十九级台阶上。从大楼出来，下台阶，往右百十米，再往左几十米，是一栋白色两层小楼，楼前楼后各有两棵枝繁叶大的广玉兰，把小楼掩得凉飕飕的。小楼无牌无名，无岗无哨，幽静得像是没有人住的死屋子。但推开门，走进去，过道里，却有一名持枪哨兵把守，哨兵身后，并立有中日双语警示牌，上书：

机密重地 非请莫入

这是鬼子密码处所在地，是我的上级部门，我每个月都要来这里领取密码，平时也常来这儿开会。听说白大怡在这儿，我倒是有点儿窃喜。这地方别人进来难，我却有得天独厚的优势。这儿的人我都熟悉，从站岗的哨兵到每一个办公室里的人。我刚领了下个月的新密码，回去“发现”有些错误，某一卷里有破损页。这种情况很少见，但不是绝对没有，像新出版的书个别出现装帧错误一样。有破损当然要调换，我就这么来了，夹着一只黑皮夹，一副来行公事的样子。

运气不错，半路上恰巧碰到负责给白大怡送饭的小战士。小战士皮肤黝黑，是印尼人，打小在上海长大，今年十七岁，是密码处影中叨夫处长的勤务兵，我自然认识。我看他提着一只盛满食物——分别是一只猪蹄，两个鸡蛋，几片带鱼，还有蔬菜和水果，一碗雪白的珍珠米饭——的竹篾篮子，问他：“怎么？太君阁下今天没胃口，这么好的饭菜都没吃一口吗？”他说这不是给处长送的。我说：“谁有这么大面子，吃的比太君阁下还好？”他说是新来的一个人。我巧妙地旁敲侧击一下，知道这人就是白大怡，现在野夫正在接待室里训斥他。

一个是饭菜不吃，二个是野夫在训他，我马上想到：白大怡可能没有就范。好啊，我心想。我还知道野夫的德性，他做惯了特务工作，眼里的中国人多半是被他打骂、镇压、刑讯逼供的软骨头——或者硬骨头，他讨厌硬骨头，鄙视软骨头。总之，他对中国人没好印象，“支那狗”是他对中国人的习惯称呼，骂起中国人来往往地动山摇的。我连忙丢下小战士，去楼里，想听听他怎么骂白大怡。

我以为进了楼就可以听到野夫的骂声，结果没有。上了楼，还是没有。楼里静安如初，厕所里传出滴水的声音。甚至，还听得见阳光从窗外钻进来的声音：丝丝的声音。太静了！我的脚步声反而被放大了。我突然觉得有点儿害怕，像被人暗算，走在一个专为我挖的陷阱里。

正当我忐忑不安时，身后突然传来福音：“你说什么？大声点儿说，我耳朵没你好。”是野夫的声音，他口气里充满不敬和嘲弄。“……”静默中，我仿佛看见白大怡战战兢兢的样子。“你放屁！”野夫骂道，“要知道，你现在不是在破译密码，密码是你编的，难道还要绞尽脑汁？”“……”我依然听不到白大怡在说什么。

“告诉你。”野夫像从椅子上起了身，边走边说，声音因而时大时小，“别以为中村将军请你喝茶吃饭，你就是贵宾了。就算是贵宾，也是因为看你手上有解密这些天书的密钥。”我仿佛看见他抓过一把电文拍在白大怡面前，用指头敲击着说，“皇军急需看懂这些天书，知道吗？”略有停顿，“现在它们都被你施了魔法，我们看不懂，你必须尽快交出密钥！明白吗？”

“……”

“听着，别不识抬举，我的耐心有限，别考验我。”

话音刚落，我听见野夫从接待室里冲出来，咚咚地下楼了。紧接着，影中处长也从里面走出来，后面跟着白大怡。我背对着他们，不知道他们去了哪个办公室，他们说话的声音也很小，我把耳朵提得发烫也没有一个明确的字钻进来。但我知道，有一点已不容置疑，就是：白大怡到现在还没有交出密钥。

一个小时后，我回到单位，看到门上贴着小青的条子：局长找你，回来请速上楼。我揭下条子，放了东西，直奔楼上。小唐秘书不在，下班了，办公室只有局长一人，在看报，见了我，脸笑得收不拢。我以为他在报纸上看到了什么好消息，上前随意地浏览一眼报纸问他："上面登什么好消息了？"他说："什么好消息，都是屁大的事。"我说："我看你喜气洋洋的，还以为报上在表扬你呢。"

他一下笑开了，挺着大肚子朝我走过来，一边笑道："我是替你高兴呢，金处长，你这次可交上好运了，哈哈，当然也是我的好运。你猜，是什么好运？"我说："我哪儿猜得到局长你的玄机，是不是你昨天说的那个人要给我了？"我想套他的话。他说："人暂时还不能说给，但可以把他的脑袋先给你。"

我给他点了根烟，笑道："局长，您这是越说越玄了，考我呢。"他吸口烟说："不是我玄，而是他玄。你知道他是什么人吗，造密专家，现在正在广西、鄂西跟我们交战的桂系部队的密码——桂字密码——就是他负责研制的，谜底就在他手里，在他的光脑袋里装着！你说把他的脑袋给了你，那是什么感觉啊，就是没有密码了！脱密了！"

我问："问题是他愿意给吗？"

他说："问题是他已经给了。"

我问："什么时候？"

他说："刚刚，准确地说，是二十分钟前。"

我心想，他妈的，这么一转眼就没骨头了。

局长说："刚才我接到野夫机关长的电话，让我明天派人去帮助他们工作，据说有一大堆电报等着要译出来呢。哈哈，我想明天还是你亲自去吧，这是大事，你参加到译电工作中去，顺便也可以给我收些信息回来。哈哈，踏破铁鞋无觅处，得来全不费工夫。这可是宝贝哦，有了密钥，天书都成白话文了，你说还有什么比这更大的喜事吗。"

局长沉浸在喜悦中，滔滔不绝，口沫飞溅。我只觉脑子里嗡嗡响，像一脚踏空，坠落深渊，身体在飞速下行，灵魂被迅速甩出去了。这狗日的，果真是个没骨头的贱货，野夫只对他拉了个黑脸他就招架不住了，天生是一条走狗！灵魂回来时，我觉得自己的血液在乱窜，想骂人，想擂墙，想掀翻桌子，想冲出门去大声号叫。

这天夜里，我感到很无力，以至于连闭上眼睛的力气都没了。一个晚上，我躺在床上，眼睛怎么都闭不上，好像是合上机关失灵了。

04

其实是虚惊一场。

第二天，我带着小李早早去鬼子密码处报到，帮助他们“摘桃子”。白大怡供出了密钥，等于是交出了字典，现在需要尽量多的人手，把以前截获的众多电报对着“字典”译出来。这是个行活儿，虽然不需智慧，但要一定的专业知识，不是一般人做得了的。小李和秦时光，都是业内人士。但我没有喊秦时光，一来处里需要有人留守；二来，我也不想让他掺和这事。工作的地方就在密码处的小楼，牵头的人就是密码处的影中处长。

影中把我和小李安排在二楼楼梯口左手边的第一个办公室里。看上去，这是一个会议室，当中放着一张长条桌，有十一个座位，桌上分门别类堆放着一沓沓电报，还有铅笔、钢笔、草稿纸、资料书等，但凡破译需要的物件，一应俱全。在桌子主位位置上，竖着一块小黑板，黑板上写着两组对换公式——这就是所谓的密钥。

桂字密码的密钥！

我和小李依次坐在桌子右边，刚坐定，影中又带进来四位部下，都是日本人，依次坐在桌子左边。待大家坐定后，影中作了一番讲解，从理论到技术，从标准到要求，从工序到分工，从可能出现的疑难到可以解决的办法，讲得头头是道。接下来大家便开始工作，各自破译分摊在自己面前的那沓电报。

我以为，有了密钥，正如有了一盏照妖灯，所有天书式的桂字密电码在它的照耀之下，都将纷纷剥下伪装，露出真相，译出一份份可以阅读的电文。

但第一轮下来，没有一个人看到一句完整的话，看到的全是一些狗屁不通的乱字码。比如我，译出来的是这么一串东西：

大英特法扁可伦，啊的了木经就几五晶森二灾……

这是怎么回事？

我马上想到，是白大怡在搞鬼！

情况反映到野夫那里，后者匆忙赶来。野夫看到一连串的乱字符，气得哇哇叫。他甚至连听取影中意见的耐心都没有，嚷着要影中把白大怡带来。不一会儿，影中带着白大怡来了，我注意到白大怡叼着烟，看上去还蛮轻松自若的。野夫是个急性子，白大怡还在反手关门的时候，他已经冲上去把他揪到桌前，将那些乱字符往他面前一丢，气呼呼地责问："白先生，来看看这些东西，好好解释一下，你给我们的到底是什么玩意儿？"说完，一屁股坐在椅子上。

白大怡拿起那些电文看了看，故意反问："这是什么东西？"

影中解释说："这是我们按照您白先生昨天给的方案破译出来的密码电文。"他故意把"破译"二字说得比较重，眼睛也直勾勾地盯着白大怡的脸。

对这次谈话白大怡似乎早在料想中，已经有充分的心理准备。"嘿，这哪是电文，这不是乱码嘛，怎么会这样呢？"他眨巴着双眼，感觉比他们都还要糊涂。

"哼，所以要请教你，这到底是怎么回事！"野夫说，依然凶神恶煞的。

"这……我也不知道。"白大怡避开了野夫恶狠狠的目光，幽幽地说。

"会不会是你提供的密钥有问题呢？"影中问，他继续唱着红脸，面带笑容。

"我的方案绝对不可能有问题。"白大怡说得坚决。

"只怕是你的良心出了问题！"野夫骂，"你在把我们当猴耍，你的良心大大的坏！"说着，野夫把那些乱电文撕得稀巴烂，朝白大怡脸上扔去。

白大怡捂住脸，挡住了纸屑的袭击，松开手后照样按照事先想好的话挡驾，只是不敢对野夫说，而是对影中说："会不会是……你们解密程序……

搞错了……”

“放屁！”野夫又一次穷凶极恶地揪住白大怡的胸襟，气愤使他力气倍增，他差不多把他拎起来，又按下他的腰，让他低头看满地的纸屑，“你自己看清楚了，这里可有十多份电文，分别是由六位专业的脱密员完成的，一个人可能出错，六个人可能同时犯一种错误吗？！”

“是啊，我想问题可能还是出在白先生您这儿。”影中帮白大怡解了围，把他从野夫手里解救出来，对他开导说，“你好好想想，我们来是请教白先生的，问题到底可能出在哪里。我们实在想不明白，只有请白先生你来作解释了。”

白大怡没想到野夫会这么野蛮，受了惊，魂都散了，哆嗦的手在口袋里四下摸索。他想抽烟，可烟放在他自己办公桌上，怎么可能在口袋摸到？影中把自己的烟拿出来，替他抽出一根，插在他嘴上，又替他点了火。野夫朝影中瞪眼，分明是在指责他不该对他这么好。影中对他还以笑颜，并趁机好言劝走他。野夫唱够了白脸，骂骂咧咧地走了。影中送走野夫回来，看白大怡还是一个人孤零零地站在屋中央，像傻了似的，便扶他坐下，一边说些宽慰的话，又给他点了一根烟。

抽完烟，白大怡装模作样地开始查看文件，一份又一份，翻来覆去地看，边看边喃喃自语：“怎么会这样，怎么会这样……”不知是由于做贼心虚，还是刚才被野夫吓的，脸上的汗水大颗大颗地滴落。我希望他是做贼心虚，更希望他做了贼心也不虚。甚至，我想给他一道鼓励的目光，但最后还是没有冒险。我尽量用眼睛余光偷看他，心里默默地祈求他挺住！挺住！

影中递给他一块手绢，让他擦擦汗。白大怡一边擦汗，一边四下打量我们。我从他惊疑的目光中看出了担心：他可能会走掉，离开我们，单独去跟影中交流。他会说什么？我太想知道了。这时我决定去上厕所。我是这样想的，如果他们先走，我就不便走了，我跟他们走，容易引人起疑，我先出去，万一他们也出来了，我还有设法偷听的余地。如果他们不走，就在这儿说，这儿还有小李，我照样可以打听到他们说了什么。于是我毅然起了身，跟影中打了个招呼，去上厕所了。

这次我赌赢了！

我出来不一会，影中和白大怡果然离开了会议室，去了白大怡的临时办公室。他们关了门，在里面密谈着。我其实早用耳朵侦察到他们在这个房间，然后便从厕所溜出来，偷偷立在门前，举着手，装出随时要敲门的样子，侧耳倾听室内的动静。我是这样想的，如果适时有人从哪里出来，正好看见我立在门前，我便敲门，假装有事要汇报，说什么也都想好了的。感谢老天，我出来得及时，门板又没有太厚，中途又无人来打搅我，下面这段藏着"天机"的对话正好被我偷听到。

"……没事，白先生，我相信你一定能给我和机关长一个满意答复的。"

"我觉得只有一种可能！"沉默了一会儿，我仿佛看见被"苦苦思索"折磨得"焦头烂额"的白大怡猛然抬起头，对影中坚决地说。

"哦，说来听听。"

"有人修改了我设计的密码。"

"谁？"

"那我怎么知道，肯定是他们另外请的密码专家呗。"

"他们为什么要请人改你的密码？"

"因为我跟白崇禧反了目，一直躲在香港，他们担心我出卖他们，把密码泄露出去，所以就请人修改了密码。"

"既然请了人，何必修改，不如重新设计一部。"

"那是因为他们请不到像我这样的高手，没能力独立制造一部高级密码，只能在我的基础上进行改动。"不等影中说什么，白大怡迫不及待地装出一副激愤的样子，大骂白崇禧，"哼，姓白的，你有种！你有种干吗不重新设计一部密码，还要在我的密码上面修修补补的。哼，早知现在，何必当初，姓白的，我当初真是瞎了眼，跟了你！"

我像是听到了同志的声音，迅速感到体内在热烈地燃烧。隔着门板，我真想对他说：白大怡，你演技不错，一定要继续演下去啊，这出戏，可能就是你一生的戏！

05

当天晚上，我兴奋地来到诊所汇报白大怡的最新情况。也许是悲痛压垮了他，革老听罢，没有像我想象的那么高兴，他皱着眉头说道："我担心事情不会像你说的那么简单。"他甚至怀疑我在门前成功偷听的事，"首先你这样做太冒险了，其次你遇到的太巧了，刚好被你听到最核心的秘密。"革老沉思着说。他担心这是敌人有意给我下的套——这么说，我已经成了敌人砧板上的肉，怪吓人的。对此，我坚决予以否认："这绝对不会，如果是我出去在后，你的担心也许有道理，但当时我是先出去的，他们出去时我已经在厕所里。"但革老还是心存疑虑，继续质疑我："依我看，如果他真的是被中华门的警告给吓住了，他应该什么都不说。"我说："可那样他又无法应付鬼子，他说一些藏一些，既可以应付鬼子，也算是可以敷衍我们。"革老想了想，说："我不知道密码是怎么回事，他怎么能做到又能说又能藏。"

革灵刚才一直在听，没有插嘴，这会儿说到她的"领地"上来了。她接过父亲的话头，说："爸，这我跟你说吧，密码就是上了锁的保险柜，你要打开保险柜必须要有钥匙。打个比方说，现在这个保险柜有五把锁，白大怡只交出了两把或者三把真钥匙，但还有几把交的是假的，打不开锁，他就推脱说别人把锁换了。"

"对。"我说，"就是这样的，这样他两头不得罪，多好。他对敌人搞鬼，说明他并没有叛变，至少到目前为止。"

"可也许那几把锁真的是被人换过了呢？"革老说。

"嗯，这种可能也是有的。"革灵举头望着我，"这样的话，并不能证明白大怡在搞鬼，同样也无法证明他没有叛变。"

"这容易。"我说，"我们马上把情况报给重庆，请他们核实一下，这部密码到底有没有被修改过。如果确实没有，说明他没有叛变，他在跟鬼子捉迷藏，这对我们是好事。"

"嗯，这主意不错。"革老问革灵，"现在能联系吗？"

"可以的。"革灵说，"这两天重庆随时在等着我跟他们联系。"

"好。"革老吩咐女儿，"你马上联系，把这个情况报上去。"

我是十点钟离开诊所的，到家洗洗弄弄，快十二点才上床。第二天早上八点钟不到，我去上班，途中看到刘小颖早早在门口熬药，而且挂出了火钳子——这说明有情况。我上前跟刘小颖搭话，拉家常，刘小颖告诉我：重庆来人了，要我晚上八点钟去望江楼开会。

第三章

01

我没想到重庆会这么快派人来，而且，来的是这么重要的人物——戴笠的特使王木天，以后将成为军统华东区的负责人。他像是从天而降，把南京城里的一半军统都惊动了。当晚，天黑后，我来到望江楼接受王木天的约见。从我家到望江楼有些路程，它在下关码头附近，坐落在长江边，有个院子，占地六七亩，院子里古树参天，树影幢幢。我拾径而来，随时可在树丛里、屋角处见到一些行迹诡异的人影，给我一种山雨欲来风满楼的感觉。

望江楼是一座以黄色为主调的八角楼，是明代的建筑，曾一度是藏传佛教的圣地，如今是一家高档茶楼。以前，我不知道这里是我们的一个据点。

我刚走进茶楼，便有一个伙计迎上来，用暗语与我接了头。他把我带到二楼一个包间内，告诉我："你先在这里等着，到时间我会来叫你的。"伙计离开后，便去了走廊尽头的另一个包间。我独自一人在楼梯口的包间里等，一边喝着茶，时而听到有人从门前经过，去了尽头的包间。不久，我听到有一男一女从尽头的包间里出来，下了楼。不一会儿，伙计敲开我的门进来，带我出去。我出门，便看见革老从隔壁的包间里出来，我们俩跟着伙计去了尽头的包间。进门之前，我发现旁边包间的门半开着，有个影子从门内一闪而过，显然是保镖。

作为一号的特使，王木天正如我想象中的那样气宇轩昂，戴着金色眼镜，蓄着黑密的一字胡，面带笑容，款款地从里间走出来，与革老和我握手问好。落座后，他便有腔有调地道来："看到你们安然无恙，我心里是最高兴的。最近一段时间南京的风声很紧啊，敌人的反特行动一浪高过一浪，我们有不少同志惨遭不幸，离开了我们，你们小组也有四位同志牺牲了。革命尚未成功，同志仍需努力。鸡鸣寺，你们小组一直战斗在敌人的最前沿，曾多次为党国立下汗马功劳，你们的生命和价值就像党国的事业一样崇高而无价，在目前这种危难时期更是无价之宝。今天我已经见了几批同志，你们是最后一批，也是最重要的一批。老实说，这次我来南京，主要也是为了见你们，我给你们带来了重要的任务。"

他看看我和革老，一字一顿地说："白大怡是党国的心病，我们必须要除掉他！"

革老问："有什么新的消息吗？"

王木天沉思了一会儿，说："经我们核实，桂字密码从未被修改过。"

我心里一惊，不禁说："这说明他在骗敌人。"

王木天说："是，他在跟敌人兜圈子。"

革老说："这是好事……"

王木天打断革老的话，态度决然地说："不，这不是好事。表面上是好事，实际上暗藏着巨大风险。我们曾为此召开过三次专题会，一号（戴笠）亲自参加了，分析、研究白大怡此举意味着什么。毫无疑问，从目前情况看，他跟敌人兜圈子对我们是好事。但是，从另外一方面讲，这也说明他的一个心态，就是他不想直接拒绝敌人。他推说密码已经被人修改，说到底是在要小聪明，不是一种准备赴死就义的做法。他想蒙混过关。可是你们想，敌人能让他蒙多久？这种小把戏终究是骗得了一时，骗不了长久的。敌人不是傻子，中村更是狡猾透顶，他们每天陪着他、引诱他、威胁他，消磨他的意志，他随时都有可能崩溃，出卖党国的利益。你们看呢？"

我和革老互相看看，不作表态。我心想，你分析得很有道理，你的意思我当然明白，可你让我们怎么办？他现在住在敌人密码处的小楼里，鸟都飞不出去的地方！

王木天接着说："你们也知道他的情况，很不妙，很不叫人放心，所以当初听说他落入敌人手里后，一号就下令要除掉他。我可以肯定地说，正是我们要除他的行动把他吓到了，虽然此次行动失败，但他一定从中看到了自己叛变投敌的恶果，今天除不掉还有明天呢。”

我说：“中华门在临死前曾警告过他，如果他出卖党国的利益，我们要杀死他所有亲人。”

王木天说：“哦，还有这回事，那就更说明问题，他现在之所以跟敌人兜圈子，不是什么智勇双全，无非是怕我们报复而已。据了解，他有一个十七岁的儿子和一个十四岁的女儿，还有母亲和一个兄弟，现在都在武汉。他不是个好父亲，可据说是个好儿子、大孝子，三年前他犯事，跟白参谋长(白崇禧)身边的一个女军官偷情，白将军要枪毙他，其父气极而死。后来他沦落去香港，身边一直带着他父亲的骨灰。据武汉的同志汇报，现在他母亲已经处在敌人的监视中，这说明什么？敌人不是吃素的，他们抓住了他的软肋。他虽然贪生怕死，怕我们报复他，但如果有一天，敌人把刀架在他母亲的脖子上，他会怎么样？到那时候，我认为他十有八九会投降。”

革老会意地点点头。

王木天接着说：“所以，当一号得知他还没有供出桂字密码，即刻派我来，要我动用一切力量，不惜一切代价，一定要在他叛变前做掉他。退一步说，即使做错了也要做掉他，因为广西、鄂西现在是我们的后花院，后院起火，后果不堪设想啊！”说着他变得比刚才放松了一些，甚至略带笑意，“我们应该庆幸他没有马上变节，还给我们留了机会。我估计，现在他一时半会儿还不会说。”他问我：“你觉得呢？”我也这么觉得，因为既然他骗敌人密码是被人修改了，他下一步要做的事不是回忆，而是要破解别人的密码，他一定会借机多撑一段时间。“但我们也不要指望他撑太久，因为鬼子对他的话不一定全信，他们会变出法子降伏他的。”王木天说，“我觉得顶多十天半月，我们一定要在这个时间内把他做掉。组织上决定，行动还是由你们小组负责完成，你们必须尽早策划，尽快行动，越快越好。”

革老为难地说：“我们小组现在只有四个人，而且两个是女的。”我想，其实是五个，还有刘小颖的丈夫陈耀。不过，陈耀已经废了，有名无实，甚至成了我们的负担。我们小组最近确实是多灾多难，步履维艰。

王木天干脆地说："人不在多，在于精，在于位置。所以把这个任务交给你们小组，是因为有你。"他说的是我，"现在我们只有你是可以接近他的。当然，你们的人手是少了点儿，我再给增加两个怎么样？"他起身走到门外，进了隔壁，没多久又回来，后面跟着刚才接待我们的那个伙计。王木天把他介绍给革老和我："秦淮河，是我的老部下，给你们啦。"对革老说："认个徒弟，让他跟你学针灸吧。"然后笑着对秦淮河说："还不快叫师傅。"

秦淮河恭敬地叫了声"师傅"。

简单相认后，秦淮河离去。接着，王木天专门握住我的手，喜滋滋地说："你身边也要来个人，这可是一号亲自点的将，听说人很能干，曾多次出色完成过重要任务，是一号最赏识的人，代号叫'莫愁湖'，这个周末舞会上你们可望一见。"我很激动地问："人已经到位了？"他说："这个我也不知道，反正你去参加舞会就是了。你会跳舞吗？"当然，我跟静子就是在舞会上认识的。鬼子为了表面上安抚我们这些为他们卖命的人——国人都叫我们汉奸、走狗，常常搞一些所谓的联谊活动，其中每个周末的舞会是主要的活动内容。

分手前，王特使对我特别强调说："你这个位置很重要，所以组织上专门给你派来一个新的搭档。但莫愁湖初来乍到，一时可能还难以发挥作用，这次'锄白行动'主要靠你了，你要敢于担当，不辱使命。"最后他告诉我，我们接头的暗语：莫愁湖向我打听其老乡——我的副处长秦时光，我只要如实回答。同时我还要做的是，去参加舞会时必须别上胸徽。

一个备受一号赏识的人，将来到我身边，做我的搭档，这本是个好消息。可我离开望江楼时心情却十分沉重，因为我想到，与我要完成的任务相比，这个"未来的人"即使再能干也是不济事的。我比谁都知道，现在要除掉白大怡简直难于上天揽月。可是，特使居然把这个艰巨的任务全压到了我头上——这次"锄白行动"主要靠我，分明是把革老开脱了。我不知道特使这么给我压担子意味着什么，是对革老不信任，还是准备提拔我？

说实话，革老绝对是值得信任的，对他的任何怀疑或轻视，都是自大蛮横的，都将对我们的工作造成损失，而对我——以这个任务来考验我、器重我，我只能说，也许双方都会失望的。我身上缺乏革老那种力量，那种特立独行的能力。他有非凡的胆识和狠劲儿，以及梦一样的组织才能。他是个独立的人，一个世界，而我只是一只手，一个器官，需要放置在一个身体上才能发挥作用。他七岁就开始闯荡江湖，自谋生路，从小养成了天不怕地不怕的性格。我是在一幢沉重的八角楼里长大的，十岁还不敢一个人上街，夜里害怕黑暗，常常把风的声音幻听成狼的呜咽。我忠诚、老实、细心，具有常人没有的忍耐性，也许可以成为一个上好的哨兵、秘书、副手，但让我来挑头儿做一件开天辟地的事，我是不灵光的，因为我的手在悬空时缺乏活力。

这天晚上，我躺在床上跟月亮说了一夜的话。

02

舞会当然是在晚上，可我从早上就开始准备这个舞会。我从抽屉里找出了那枚很久没用过的胸徽，它是我结婚时我上线送给我的礼物，以前我是天天戴着，自从妻子去世后我不戴了，因为戴着它总是让我伤心。这次与莫愁湖见面，组织上让我戴上它，说明来的人可能是我以前上线的同仁。

只有少数人知道我有这枚胸徽。

我戴上它，对着书橱的玻璃照看起来。玻璃里的影像模糊，我转动身子，试图找一个好的角度，却无意间看见了妻子和女儿的相框。顿时，我心中又潮湿起来，眼前又浮现出熟悉的一幕——

一位母亲带着十岁的女儿和七岁的儿子，走在河岸上。

远处，一只挂着日本国旗的轮船上，一群鬼子正在赌博。

鬼子发现了远处岸上正在朝他们走来的母亲和两个小孩。

有鬼子为了证明自己的枪法，跟人打赌，举枪朝他们射击……

母亲中弹后把儿子紧紧压在身上，当她正要拉女儿时，枪又响了，女儿应声倒下……

快一年了，她们只能在相框里和我会面。她们是在回家乡的路上，被几个鬼子当做赌注射杀的……鬼子为了证明自己的枪法，互相打赌，举枪朝她们射击……我的女儿、我的妻子就这样永远离开了我……我们……我和我的儿子……当时我不在场，可是我儿子已经七岁了，他已经有了记忆和恐惧……是他把这一切告诉了我……天杀的鬼子！你们夺去了我这辈子最珍贵的宝贝，我现在所做的一切，都是为了将来与你们有清算总账的一天！等着吧，我迟早要你们用一千倍、一万倍的血来偿还我妻女的债！

不知不觉中，我已经泪流满面。我掏出手绢轻轻擦了擦相框，又把它放回到原处，同时又从玻璃里看见戴在我胸前的胸徽。我想起晚上的舞会，便给静子拨通电话。"你好，哪位？"我听到静子甜甜的声音通过导线钻进我的耳朵里。我没有马上说话。我在咽下泪水，调整情绪，把我变成一个心里有爱和为爱而喜悦的人。

"喂，你是谁，是深水君吧？"

"是我，静子。"

"我就知道是你。"

"你怎么知道的？"

"今天是周末，谁会给我打电话，只有你！你在干吗？"

"我在跟一个人打电话。"

"我也是。你想跟她说点儿什么呢？"

"我想请她做舞伴。"

"好啊，我知道，她在等你邀请她呢。"

我们真的像一对恋人一样，打着情，骂着俏，即使隔着好几公里远，依然看得见对方甜蜜的笑容。

晚上，我带着静子，早早去参加舞会。

老地方，熹园四楼——白大怡跳过舞的地方。这儿平时是对外营业的，但周末却只为我们营业，门票免费，消费打五折。这是"仁慈的皇军"对我们伪军的款待，可耻的伪军！我一身戎装（戴着胸徽），静子穿的是便服，白衬衫，藏青色的裙子。她身材不是太好，年纪到了，腰际线正在被脂肪涂掉，但穿着紧身的裙子和高跟鞋，反而显得身姿绰约。我其实不希望她打扮得这样有姿态，因为……她不是我的女人，她只是我的工具。对工具，我是不要感情的，可如果她老以女人的东西诱惑我，我的感情会不会从石头缝里蹦出来呢？我怕。

到了八点钟，人越来越多。陆续走进舞厅的男人，基本都是穿制服的军人，以伪军居多，也有少量鬼子。女的，有些是军人，但大多是临时邀来的舞伴。我们常说，别把你的爱人带到这里来，在这里，即使是伊丽莎白也同样会受到多面夹攻。舞会其实是情欲场，这里的人——尤其是男人——个个色胆包天，厚颜无耻，善于争风吃醋。他们把枪藏在裤袋里谈情说爱，像所有光棍男人一样，热情洋溢，求胜心切。他们用惯常的花言巧语撩人心魂，有时也使用一点儿职业伎俩，譬如穷追不舍，譬如不择手段。女人很少在他们面前坚贞不屈。女人——这里的女人——总是有些轻浮和浅薄。他们把攻占的“山头”一个个带回自己散发着死亡和恐怖气息的寓所，把枪压在枕头下欢度良宵，早晨醒来他们收起夜里的一切甜蜜和情爱，开始盘算另一出阴谋：杀人的阴谋。野夫把这帮走狗训教得服服帖帖，忠心耿耿，无疑是他的高明。

因为去得早，我挑到了一个理想的座位，静子嫌它离舞池太近，太噪，太显眼，想换一个偏静一些的位置，被我拒绝了。我想，今晚我就要显眼得让谁都能看见。静子不理解，但这不影响她听我的。有时候我觉得静子真是个好女人。

和往常一样，舞会总是弥漫着强烈的世俗气息，女人个个胭脂粉面，矫揉造作，妖里妖气，男人一个比一个慷慨大方，能说会道，像煞绅士。在一曲曲音乐声中，我将舞池里所有脂面粉脸一一窥视，一张放大的苹果脸引起了我的注意，因为她几次旋转着看我，目光亲切温暖。我几次想象她向我走来，坐在我对面椅子上和我秘密攀谈。后来，我发现她目光一下子变得淫荡，虽然就那么一下，那么一瞬间，已叫我恶心透顶，好像吃苹果一口咬出了一条绵绵蛆虫。上帝知道，我需要的不是艳遇。没错，那可能是个妓女，在这个舞场上，这样的女人好似饭桌上的苍蝇一样，稍不注意就会停落在你的碗沿上。

舞会中途休场时，我去厕所方便，回来时我发现自己的座位上坐着一位姑娘，很年轻，很出众，穿一套白色的长裙，在霓虹灯下，耀眼得令人炫目。她正跟静子交谈着，我走过去，她抬头看我一眼，掉头问静子：

“这是您先生？”声音有点儿嗲。

“你误会了，我们只是朋友。”静子脸一红，羞恼地说。

“哦。”她笑道，“对不起，我乱点鸳鸯了。”说着，站起来，让我坐，也许还说了一句客套话。

我说：“没关系，我在抽烟，想站一会儿，你坐。”

她又坐下去，对我微笑道：“如果我没弄错的话，咱们应该是同事，虽然我没穿军装。”

我问：“你是哪个部门的？”

她答：“保安局，电讯处。您呢？”

我说：“机要处。”

她倏地站起来，激动地说：“你是金处长吧，幸会！幸会！我姓林，林木‘林’，林婴婴，‘婴’是婴儿的‘婴’。”说着伸出手来。出于礼貌，我轻轻碰了一下她那纤细凉滑的手指，算做是握手。同样是出于礼节，我把静子介绍给她，又惹得她好一阵激动。

再次坐下来后，她发现静子的手表很好，要求欣赏一下。她得了表，一边欣赏一边夸奖道：“我一直以为朋友送我的这块表是全南京最名贵的，没想到您这块表好像也很好嘛！”恶俗透顶！我和静子受不了这样的做派，没接她的腔。她还是热情有余，还把自己的表摘下来给静子看。静子懒懒地看着，看得出已经有点儿不耐烦。

这时，我好奇的目光透过烟雾向她瞥去，开始我觉得她生得简单，只能说有一张漂亮的脸蛋罢了。我对漂亮的女人向来不太有好感，也许是出于一种妒嫉心理，也许是由于经验的教唆。我相信，漂亮在女人身上，就像武器在男人手里，总有一天会被他们罪恶地使用。

但是很快，我发现，这个人的脸上同样有一种梦幻的气息，漂亮仅仅是停留在她表面的浮光，非但不深刻，也许还是错误的。有那么一会儿，我看到了她的眼睛，就像看见风一样地看到了她的目光，同时出现在我眼前的是一大片宁静得几乎是抽象的草原——不可思议！于是，我贪婪地窥视着她，希望领会她外表之下的真正含义。

不久，我似乎又有新的发现，我觉得眼前的女人——这个女人——漂亮女人——不像我起初看到的那么简单无趣。她是神秘的、复杂的，要看透她几乎需要对她的面部进行分割来看。在她脸上，有两样东西十分醒目：一双眼睛和一对酒窝。当你重视她下半张脸时，那对甜蜜而快活的酒窝会使你看到一张漂亮的脸蛋，亲切、可爱代表了她，她成了一个无忧无虑、天真烂漫的漂亮姑娘，外表热烈，内心简单，也许稍有钱财和权力的男人都能得到她的爱和欢。然而，当你目光渐渐上移，凝视她的双眸，久久地凝视，你会惊异地发现，一种智慧——成年人的智慧——正在她脸上稍稍地增长，冷静、深邃成了她的全部，无聊的男人将为此懊丧，因为他们害怕智慧的考验。

从这张脸孔上，我清醒地看到了两个有明显差距的世界：一个带着戏谑和放纵，表达着她的情感，另一个却在孤独地呻吟，压抑和孤寂使她变得敏感、多疑，留下了忧郁、感伤的印记。当我把这两个世界融会贯通，我就觉得她神情之中流露出来的是一种高雅的风流，一种凝重的娇态，不是初发的娇态。这时候，我几乎渴望她掉头来向我打听她老乡，因为我已承认她是特殊的。

我希望她就是“莫愁湖”！

突然，她装得像刚记起什么来似的，转过身来，同时换了眼神问我：“上校，我想问一下，你们机要处是不是有个桂林人，姓秦，他可是我的老乡呢。”天哪，果然如此！我极力掩饰住内心的狂喜，平淡地告诉她，是有个姓秦的人，叫秦时光，是我的副处长。他当时也在舞会上，我以一个抽象的阿拉伯数字出卖了这条前途黑暗的走狗。

又一曲舞起时，我注意到姓秦的犹如一只饥饿的苍蝇，始终回绕在莫愁湖身边，脸上堆满夸张的、肉麻的微笑。我可以想象，她刚才一定是在他身旁故意露出一两句混浊的桂林话，他便像发现新大陆似的，迫不及待地迎上去。这个从桂林乡下出来的穷小子，一个臭皮匠的儿子，我深悉他虚荣又贪婪的本性，有人恶毒地攻击他，说他眯起的双眼——他有一双贼亮的鼠眼——从来只为上司和女人发光。我想，这种评价除了有点儿夸张之外，更多的是贴切。他确实是这样的人，不可怕，但可恶。我不知他是怎么讨得俞副局长的喜欢并且一再受到关照，以致局长都奈何不了他。我知道，卢局长瞧不起他，多次想赶走他，可每一次俞副局长总是巧妙地把他留下来。在我们处里，包括在其他处室，他虚伪又媚俗的为人已使人生厌，然而他自己并不讨厌。一个没有多少真本事的穷小子，能够在一群魔鬼中偷生，凭靠的就是虚伪和媚俗这两根拐杖。

后来，我故意和他打招呼，把他喊过来。我知道，这样他一定会炫耀地把莫愁湖带过来介绍给我，同时也一定会讨好地请静子跳舞。然后，我将毫不犹豫地牵起莫愁湖的手，与她一道旋入幽暗的舞池。

果然，秦时光带着莫愁湖过来了……一切都像我想象的一样，分手时，我的右手已从莫愁湖潮湿的左手里接回一张纸条，我把这只庄严的手伸进口袋，掏出来一块擦嘴的手帕，一举一动都是人皆有之的，但却贯穿了深刻的内容。

我们的配合一开始就显示出惊人的默契！

那天晚上天上有一轮银质的明月——我怎么记得这么清楚？月光像水一样铺张在大街上，房屋的墙沿上，城市显得格外宽敞。回到家里，走进书房，我发现，月光早在这里静静恭候我，我的出现使它微微颤动了一下，好像它真是水做的。但即使是水，我也没感到凉意，我只觉得宁静，而且这种宁静几乎是完整的，我甚至都不愿打破它，就在月光下细阅了莫愁湖给我的纸条：

请查清该死者的住址和作息时间，并安排我与鸡鸣寺见面，尽快！莫愁湖。

看完，我立即习惯性地掏出火柴，点燃纸条。

纸条燃烧的火光一会儿就熄灭了，可我心里的火焰却一直没有熄。

03

次日一早，日光初升，我已经出门，走在人影稀少的大街上。

我来到书店的时候，刘小颖刚刚开门，正欲泼水扫地。“哟，金处长哪！是什么风吹得您这么一大早就大驾光临我们小店啊。”刘小颖一边这样说，一边朝我迎上来。我看了看四周，没什么动静，懒得找说法进屋去，直接在街沿上低声说：“客人来了，她想尽快去向鸡鸣寺报个到，你汇报一下吧。”刘小颖说：“好的，我待会儿就过去，你中午来听回音好了。”

中午，我又去书店。令我意外的是，见面地点不是在诊所，而是虎踞胡同，第三间红瓦房。这地方我不认识，而且听上去怪怪的，我想革老是不是又发展什么新人了。其实不是的，革老的意思是，第一次见面，还是谨慎点儿好。

这是一个难得的大晴天，傍晚时分，我叫了一辆黄包车，在南京的大街小巷里穿行。终于，车子在一个胡同口停下，车夫说：“先生，到虎踞胡同了。”我下车，往深处张望了一下，问：“没弄错吧，这真是虎踞胡同？”车夫说：“没错，您瞧那石老虎，张牙舞爪的，全南京可就这么一只。”我看也是，便付了钱埋头往里走。胡同并不长，很快到了尽头，并没有找见什么“第三间红瓦房”。纳闷之际，我突然看见了红色的晚霞，顺着霞光看，落日的余辉照在瓦房上，将一排房顶映得红彤彤的，煞是好看。我数了数，朝前走过去，在第三间屋子那里停下脚步，发现门口有块纸牌，赫然写着：莫愁湖租船。

屋子里空无一人，我寻思着，踩着石阶下到湖边，看到夕阳里的芦苇闪烁着金光，有艘船正从芦苇丛中游出，桨橹一刺水面，涟漪散开，那只船便朝我这边昂着头冲来。我正疑惑着，看见船头立着一个一身渔民家打扮的女子。细看，竟是革灵。不一会儿，船头向我靠过来，我纵身一跃，便上去了。革老此时正独自坐在船舱里，对我伸了个头，笑着说：“天公作美啊，我还怕老天突然换张阴雨的脸，麻烦可就大了。”我坐下后问：“为什么要到这儿来？好远啊。”革老说：“我的诊所倒近，可合适吗？虽然说是一号的人，但素未谋面，贸然带她去诊所未免太不谨慎了吧。要知道，诊所里有我们的一切秘密和身家性命，电台、密码、档案，什么都在那儿，要出点儿差错便什么都完了。”我点头称是。革老问：“怎么样，见了人感觉怎么样？有特使说的那么神吗？”

我答：“是个女的，你可能想不到吧。”

革老果然一惊：“什么，是个女的？”

我说：“是，代号叫莫愁湖，二十三四岁的年纪。”

革老忍不住发起了牢骚：“上面在开什么玩笑？这么重要的任务派个年轻姑娘来，怎么，想用美人计啊？荒唐！又来一个女的，难道还嫌我手下的女将不够多吗？”革老毫不掩饰自己的情绪，说得吹胡子瞪眼的，“再来一个，我这儿不就成了娘子军啦。”我笑了，说：“革老，你别急，不是我夸她，虽然只跟她接触过一次，但我感觉她不是个弱女子，有名堂。”革老说：“什么名堂，一个才二十多岁的女娃子，就算从娘胎里就开始修炼也才几年道行，能有什么名堂？搞不好只会给我们添乱！”我说：“从我看到的情况看，她的道行不浅，人很聪明机灵，见过世面的。”革老说：“你也仅仅是一面之交。”我说：“是，但有些东西是可以通过一面之交感觉出来的，我觉得她身上有某种神秘的东西，心理素质非常好，交际能力很不一般，初次见面，在那种场合，落落大方，谈笑自如，一点儿都不怯弱、不做作。这不是一般新人能做到的，你说呢？才第一次，谁都不认识，不容易的。”革老舒口气，自顾自沉吟道：“好啊，等着吧，先看看她能不能破掉我设的谜语，找到这儿。”我正想接茬儿说什么，便看见林婴婴已经出现在视线里。

立在湖边的林婴婴，一身白西服，亭亭玉立，在夕阳的映照下全身发亮，微风轻拂她的长发，飘飘然，颇有点儿仙女的味道，空旷的天地更显出她的轻盈和美。当然也有些单薄，可能因为美吧，看上去似乎也有些脆弱，经不起碰撞。她很快发现了我们，看见我立在船头在朝她挥手。

上了船，互相认识之后，革老示意由我把我们小组暗杀白大怡的情况给林婴婴介绍一下。林婴婴听完介绍，说：“听你这么说我才知道，原来暗杀他的行动已经经历了这么多的波折，现在给我们的时间也不多嘛。”我说：“至多十天半月。”她说：“这时间应该够了。”革老听了不高兴，责问她：“你凭什么说这时间够了，你都不知道他现在的情况。”她说：“我正要问呢，他现在住在哪里？”我说：“不知道，我估计就住在那栋楼里。”

她说："要杀他，这个必须搞清楚。"

我说："是。"

她说："最好别住在那楼里，如果吃住都在那楼里……"她耸耸肩，说："那样他就成洞里猫了，我们只有抱一挺机关枪去跟他拼命了。"这叫什么话嘛，革老听了翻白眼，张口要说什么。我怕他说难听话，闹不愉快，连忙抢过话头，告诉她吃饭是要出来的。其实我是猜测的，是为了抢话说，随便说的。

她又问我："我能去那楼里看看吗？"

我说："这肯定不行，那地方只有我处里的人才能出入。"

她感叹道："这回野夫搞得很警惕嘛。"

革老一直憋着气，这会儿终于忍不住，甩话给她："敌人又不是傻子，已经遭过两次暗杀了，能再不谨慎点儿嘛。"

她看看革老，像没有听出革老话里的不高兴情绪，笑道："看来，这次行动比我想象的要难。"

革老气鼓鼓地说："难得多！"

她看看革老，又看看我，好像要安慰我们似的，十分放松地说："不过也难不倒人，人家连总统都能杀，他白大怡又不是孙悟空，会七十二变。只要变不了，不用急，总是有办法的。"

革老被她说得直想嘲笑她，但笑到一半忍住了，变成了苦笑，诉起苦来："说得容易啊，但是……你看，我们就这么几个人，老的老，女的女，有行动能力的人都走了，你也是女将一员，轻视不得啊。"林婴婴想了想，居然爽快地说："这样吧，这任务就交给我吧，我来完成。"革老显然对她的轻率甚为不满，再也不想忍，严肃地说："莫愁湖同志，这可是当前最紧要的任务，不是儿戏，没有充分的把握，不能贸然行动。我们已经打草惊蛇了，万一再出问题怎么办？到时候恐怕连一点儿收拾的余地都没有了。"林婴婴看看我和革老，笑着问革老："你怎么就肯定我是贸然行动呢？没有把握的事，我不会随便答应的。"她的语气如此肯定，让我和革老不知说什么好，我们互相看看，未置一词。冷场之后，林婴婴说："当然，我也需要你们配合，首先我要确切知道他的行踪。"

“刚才不是说了，他作息可能都在那楼里。”革老说，“就是说，他不出门，没有行踪。”

“不是说他要出门吃饭吗？”她说，“出门就是行踪，我要知道他准确的出门时间，一天几次，何时出，何时回。这应该可以摸清楚吧。”她问的是我。我答：“应该可以。”她说：“那就麻烦你了，其他的都交给我好了。”说得这么轻巧，不能不令人担忧……她接过了我肩头最沉重的包袱，可是我的心头却并没有因此而轻松，而是愈加沉重。我掏出手绢，擦了把额头上的汗。夕阳最后的一抹红光被夜幕吞没了，桨橹下的湖水发出哗啦哗啦的声音，天气并没有变得凉爽，只是湖水中青草的气息更浓了。等我们近岸时，天完全黑了。

小伙子秦淮河扮成三轮车夫一直在岸边等着，我们上岸后革老和革灵坐他的车先走了，我陪林婴婴一直走出虎踞胡同。出了胡同，有一辆黑色的小汽车在等她，车夫是个大胡子，很沉默的样子。上车前，她突然对我说：“哦，对了，我现在待的那地方，打交道的人不是看不懂密码电报，就是一群整天追求时髦浪漫的小丫头，以后不知金处长有没有办法帮我调一个好的部门？”我问她：“怎么个好法？”她干脆地说：“当然是核心部门，能搞到情报的嘛。我可以想象出来，那些人，你就是把她们的脑袋敲开了也搞不到什么情报，这对我不是浪费青春嘛。我们都是党国甩出来的飞刀，与其把刀子插在无关痛痒的脚背上，还不如不要这把刀子，因为这样的话这把刀子只能给自己增加风险，并不能对敌人构成威胁。我认为既然是刀子，就应该把它插在敌人心脏上，心脏的心脏上。”

黑暗中，我依然看见她黑黑的眸子一闪一闪地亮。我目送她上车，车子轰然而去，我突然觉得有种梦幻的感觉，好像刚才的一切都不是真的。可真的就是真的，一个坚定的、激烈的、热气腾腾的形象不时从黑暗中向我浮现，和舞会上的那个聪明的、优雅的、温情脉脉的小姐截然不同。她身上蕴藏着火热的一触即发的激情和在激情驱使下什么事都敢作敢为的大胆和不羁。她既有“炽热如金”的一面，又有“柔软如银”的一面。作为她的战友，我将不断目睹到她“炽热如金”的一面，而那些刽子手，也许会迷醉于她“柔软如银”的表面……

04

白大怡到底住哪儿？

他已经换地方了，转移到密码处下属的一个资料库房里。那是一排平房，却有一个独立的小院，在密码处小楼的背后。这里是库藏密码和电报的地方，我们每个月领的新密码本，还有我们平时处理完的电报，都被保管在这里。它当然很重要，所以平时二十四小时都有持枪的哨兵把守。我是第二天上午，从秘书小李和机要员小青的谈话里听出名堂的，当时李秘书从外面回来，正在登记文件的小青问他："哟，你怎么这么快就回来了？"李秘书答："我就没去成，居然不准我进门，见鬼！搞得这么神秘，连我们都不信任了，荒唐！"小青说："都是搞机要的，一条藤上的两个瓜，搞得那么神秘干什么。"李秘书说："就是。"小青说："一定是出了什么事。"小李说："什么事，就那个专家住在了那楼里，听说重庆的人在追杀他，野夫专门把他藏到里面去了。"

李秘书是去交电报的，我们是一周处理一回电报，统一交到库房。但这一次小李没有交出去，说是推到下周一起交。我问小李："那有没有增加警力呢？"他答："这我倒没注意，进不去，也看不到。"我问他："那你怎么知道是那个白专家住在里面？"他说："我看见的，我在门口，哨兵拦住我的时候，正好看见他在院子里散步，苦思冥想的样子。"我说："那里面有一排房子，你看到他住在哪一间吗？"他说没看见，又说："应该是最里面的那间吧，据我所知那屋子有一个房间，可以住人的。"小李对我发牢骚："烦死了，给他们干活儿还遭白眼。"我让他把电报给我，下午我去交，我说："这是规定，一周一交，我们留着万一有个差错不是找罪受嘛。"我想去证实一下，白大怡究竟是不是就住在那屋里，还有，他吃饭到底是在哪里。小李说："就是，还是按时交为好，处长的面子大，你去可能就让你进了。"

下午，我骑摩托车去密码处库房，发现卫兵换了，连我都不认识，难怪李秘书进不去。我要进去，卫兵也不从，说要野夫同意才能放行。密码处的楼房依然静静的，依然进出自如。我便去找影中处长，言明情况。我说："我怕阁下不知情，到时批评我们没有照章办事。"影中说他知情的，让我放心就是，云云。不过几句话的工夫，我明白，野夫可能怀疑白大怡在耍名堂，所以专门派出自己的兵来守着他，名义上是保护，实际上另有目的：防他逃跑。

白大怡其实被软禁了！

让我更没想到的是，我从密码处的楼里出来回去时，发现一支三人流动巡逻小组，在大院里巡逻。这是以前很少见的，除非有紧急情况，巡逻队才会执勤。我不知到底发生了什么事，让野夫一下如此戒备森严。后来才知道，这跟白大怡并无关系，巡逻队也不是野夫安排的。是中村下午在接见一位重要人物，警卫队临时加的一班警戒。

白大怡明确是住在库房里，现在的问题是他什么时候去吃饭、去哪里吃、谁带他去吃等。下班前，我再次去宪兵大院，这次我想了一个办法，假装要请一个比较熟悉的日本军官吃饭，所以带着小车。我把车停在司令部大楼附近，在车里等了一小会儿，便听见下班的军号吹响了，几分钟后库房里有人出来。谢天谢地，白大怡也出来了！这说明我没有猜错，吃饭是要出来的。其实，头两天是有人给他打饭的，昨天起不知为什么改了，可能是因为配了卫兵的原因吧。我守在车里，目不转睛地看着白大怡在两个卫兵一左一右的看护下，和库房的几个人一起走远，往食堂方向走去。

我就这样又守了一天——主要是三个吃饭的时辰，把白大怡吃三餐饭的时间、地点、方式完全摸清楚了。晚上，我和林婴婴在一家茶楼里见了面。我们不约而同都穿着便服。我铺开一页纸，上面是日军司令部机关大院的平面图，不是随便画的那种，很讲究的，工工整整，还分了三种颜色，箭头、坐标、文字说明，都有。我说："你看，这是北大门，这是南小门，这是他们司令部大楼。你如果从北大门进去，进门往右，一直往前走，走到这里，你可以看到有一排黄色平房，他就住在这里面，应该是这间屋。"林婴婴问："肯定吗？"我摇头说："这个没有得到确认，应该是的。这儿二十四小时都有卫兵站岗，你要进去行动可能很难。"她笑道："那就等他出来嘛。"我说："他一天至少要出来三次，早上七点半，中午十二点，傍晚六点半，他要到这栋灰色小楼去吃饭。偶尔也会去这栋大楼里见野夫，但这是没准儿的。主要是一日三餐，很准时，到时间必然要出来，从这儿到这儿，有近一里路，要走五六分钟。”

我刚说完，她便收起图，对我笑道：“我有事，要先走。”

我说：“要我做什么随时通知我。”

她说：“你的事就是给我换个好部门，我要去核心部门。”

我说：“不是那么容易的。”

她说：“听说你跟卢头儿的关系不错嘛。”

我说：“敌我关系，互相利用而已。”

她说：“你就利用他，把我弄到你身边去也可以啊。”

我叹一声气，说：“干不掉白大怡，将来到我这儿来的就不会是你，而是他。我们头儿原来就曾这样说过的，说他懂密码，将来放我这儿合适。”

她起身说：“放心，我一定会干掉他的。”

说完她就走了，我看着她年轻、动人的背影，有一种不祥的预感。我想不通，她初来乍到，单枪匹马的，凭什么如此信心饱满？

仅仅隔了一天，林婴婴竟用铁一般的事实粉碎了我的担忧。这天午后，我从外面吃饭回来，一回到局里，还没有进办公楼呢，刚走到反特处门前，便听说白大怡被枪杀的消息。天大的喜讯哪！我感到一种甜蜜的暖流瞬间将我融化了。什么叫幸福？就是你梦想的东西在你意想不到的时刻降临。莫愁湖啊，她真的比梦还要神奇！

05

话说，白大怡毙命时，我正在一家餐厅吃饭。

是秦时光请客，他不知发了什么神经（其实是有了喜事，林婴婴答应晚上同他约会），这天中午兴高采烈地把处里全体人员都拉到我们单位门前的一家餐厅去吃大餐。餐厅不是很大，但颇有特色，二楼还有露台。没什么客人，屋子里太热了，他们就选在露台上吃。

我们刚开吃没多久，忽然，远处传来一声枪响。

我觉得，子弹仿佛就从我头顶掠过，呼啸而去……以后很长一段时间，我脑海里老是会浮现这一幕——

一粒金色的子弹从远处飞来，掠过餐厅的屋顶，一直飞行。

子弹越过几棵树的树梢和布有铁丝网的院墙，飞入到日军司令部大院。

弹头越来越大，滑过一个卫兵的头顶，最后不偏不倚钻入一个人的脑门。

此人正是白大怡！他善于计算的脑袋就这样顿时开了花，血汩汩地流淌不止……

白大怡当时刚吃完午饭，从食堂出来，准备回办公室。

野夫赶来，眼见白大怡一动不动倒在血泊中，脸上青筋陡起，面色狰狞地环顾四周。他似乎一下发现了什么，指着远处一个灰色屋顶，对卫兵嚷嚷：“那儿！快！凶手在那儿！快去给我包围他！”

我后来专门去看过那幢楼，它是南京火车站的一栋居民楼，伞形屋顶，三层高，坐落在一块坡地上，比旁边的五层楼还要高出一层。白大怡被杀的消息不胫而走，在保安局四处传播。据事后参加过搜捕的李士武说，他半个小时后即赶到现场，登上屋顶，从瓦缝里找到一只弹壳，旁边一处明显留有人坐过、趴过的痕迹（压碎了几片瓦），还有不少烟头和火柴棍，以及一路手印、足印。顺着脚印，他发现枪手是顺着贴墙的铁皮下水管爬上来的，手和脚的印子清晰可辨。枪手似乎有意不想牵连楼里的民众，来去的脚印、上下水管的手抓印留得十分醒目。

第二天，白大怡倒下的地方，又有人应声倒下了。不过，这只是一个稻草人，几个鬼子，还有李士武等人，正趴在枪手曾趴过的地方，模拟射击。经过再三模拟和试验，鬼子得出结论，从趴在屋顶往白大怡毙命的地段看，前后只有十米左右的视野。就是说，目标只有进入这十米内枪手才看得到，才能击中目标。据目力估算，从屋顶到白大怡倒下的地方，直线距离至少有八百米。这么远的距离能够一枪命中目标，绝对是神枪手，而且还必须是神枪。一般的枪，这么远的射程已经很难保证命中率。后来，野夫根据弹壳型号，试射了五种枪型，基本上可以确定，凶手使用的是德国造的 XBI2—39

狙击步枪。

从丢下那么多烟头这点来看，枪手在屋顶守的时间很长，少说有几小时。他可能天不亮就上去了，想趁白大怡吃早饭时下手的，但可能因为早上光线不够好，他下不了手，只好干熬着，等到中午。从留下的脚印看，枪手穿的是一双军用胶鞋，鞋子很大，肯定是个大个子，男的，但人也许很瘦，因为最后跳到地上时踩出的鞋印子并不深。要么此人有轻功，可以踏雪无痕。因为他离开的路径几乎没脚印，有两个湿泥地的脚印，居然也很浅很浅。

这下李士武有的骂要受了。野夫一上班便冲到我们局里来召开紧急会议，会上野夫骂天骂地，指桑骂槐，骂够了，最后冷冷地看着李士武，看得他浑身发毛，脸色发绿。“有内贼！”野夫对他嚷，“要知道，你这边是重灾区，你这个反特处长是吃白饭的，整天报喜不报忧，嘴上硬！我敢肯定，凶手十有八九在你身边，你给我好好查！尽快出结果，查不出来，我送你去广西前线吃子弹去！”

林婴婴没在会上，她还不够资格。我无法想象，她听了野夫的这番话后会作何感想。天知，地知，我知，这一定是林婴婴干的。

第四章

01

事发后的整个下午，我像突然发了一笔秘密横财，心里乐坏了。我过于激动，在办公室里坐不住，想下楼去透透气，刚出楼门便看见了林婴婴，她正一个人站在不远处，向我露出迷人的微笑。我走过去，四顾无人，低声说：“恭喜你，这次你可立大功了。”林婴婴说：“还有好消息呢。”我问：“什么好消息？”林婴婴看看四周，说：“这里不方便说，晚上找个地方详谈。”我问：“好，去哪里？”林婴婴说：“鸡鸣寺那儿吧。”我略微想想，说：“好！晚上八点半，你到杏子胡同口等我。”

入夜，我和林婴婴分别坐着黄包车，在杏子胡同口见面后，又一前一后，前往诊所。我们到了后，看见秦淮河已经在诊所，和革灵坐在前厅，我们的出现让他们吃了一惊。秦淮河赶紧出去放哨了，革灵关了门，问：“你们怎么来了？外头闹得那么厉害。”我用开玩笑的口气说：“这年头哪天不闹腾？”革灵看看林婴婴又问：“有事吗？”她孩子气地说：“来请功啊。”革灵一愣问：“请功？请什么功？”林婴婴看看我，咯咯地笑道：“还是你说吧，让功臣自己说这不成王婆卖瓜了？”

这天晚上，我们像过节似的，革老开了一瓶烧酒请大家喝，我喝多了，他还给我扎针解酒。真是灵光，一分钟前后脑勺还痛得跟个破鸡蛋似的，他一针下去，痛顿时轻了，又一针下去，后脑勺消失了，破鸡蛋不见了，好像滚到了胃里，只剩下胃里一股烧灼感。他说：“这没办法了，谁让你喝得这么快。”我说:“不是高兴嘛。”我真的很高兴。他说:“如果你想让胃也不难受,只有一个法子。”“什么法子?”“继续喝。”他说,“再喝上一杯,让胃受不了,吐出来。”说得大家都笑了。

何止是我高兴,大家都很高兴。

革灵大概是自中华门牺牲后第一次露出笑颜。

有时候,我想我们冒死工作不仅仅是为了信仰,也是为了让生活中留下这些难忘的记忆。这天晚上尽管我喝多了酒,但每一分钟的事情,大家说的、做的,哪怕是一丝笑容,甚至连守门的黄毛土狗在月色中的睡态,我都记了一辈子,任何时候想起来都历历在目。

02

白大怡的死,可喜的似乎不仅仅是他的死,还有林婴婴的工作调整似乎也见了转机。有望来的人死了,这就是林婴婴的机会。一天中午,我吃完饭从食堂出来,正好看见卢胖子在前面迈着方步走。把局长叫成“卢胖子”、“胖子”,把俞副局长叫成“俞猴子”、“猴子”,这都是林婴婴的发明,以后我们在私下经常这么叫他俩,确实很贴切:一个是形似,一个神似。

“吃过了?”我追上去跟卢胖子打招呼。

“吃什么,根本没胃口。”他气咻咻地说,“烦死了,野夫又在作践我了,说什么我们保安局一定有军统分子,凭什么嘛,自己手上出的事,非要我来擦屁股。”我附和道:“就是,人在他手上,事情又出在他的眼皮底下,自己大院里,跟我们有什么关系。”他说:“可我也怀疑这可能是军统的人干的,死的这家伙是白崇禧的冤家啊。”我说:“是军统的人十有八九错不了,可要问是哪里的军统,我觉得十有八九不是咱们南京的,而是上海的。”他问为什么,我答:“我听说这人在来南京之前,在上海火车站就遭暗杀了,所以我怀疑是那边的人追杀过来的,跟我们这边应该关系不大。”

这话似乎安慰了胖子,他停下来看着我深有感受地说:“理是这个理,可人家说是你的问题怎么办？你说，这事开始跟我们无关，结束也不在我们手上，他凭什么就把矛头指着我们。”我说：“这不正常嘛，他脏了身子要找人给他当替死鬼嘛。”卢胖子又是点头又是摇头地说：“不瞒你说，我现在也是死了心，反正只要出了事总有我们的份儿，八竿子打不着也要打。”我说：“这叫人在屋檐下不得不低头啊。”我绕着圈子把野夫责备了一番，让局长大人的心里稍微顺畅一些之后，言归正传。

我说：“我要说的是老话，调个人给我，我确实是人手不够啊，加上秦时光——这家伙你知道，整天迟到早退，往外面跑，哪能做事嘛。”胖子对秦时光是有成见的，因为他是猴子的死党，所以开口闭口总叫他“四眼狗”：仗势欺人的货色。一提起他，他便恢复了局长大人的口气，板着脸说：“这条四眼狗做的都是没屁眼的事！我知道他经常出去乱窜，不是搞女人就是搞我。”我说：“我发现他最近确实常往野夫机关长那边跑，联络很勤，你还是要小心一点儿，可别让皇军那边对你有看法了。”他哼一声，骂：“我还怕一条四眼狗不成！”我说：“不是怕他，而是要防他。他们跟76号院那帮人的关系本来就好，如果皇军那边又不支持你，我们就被动了。”他怒冲冲地说：“你等着瞧吧，总有一天我要把他们都治了，最先要治的就是他，秦时光！”我说：“所以你更要给我调人啊，多一个人我也可以多盯着他一点儿。”

见对方思量着，不说话，我鼓足勇气说：“电讯处新来了一个报务员，叫林婴婴，我在舞会上跟她接触过，感觉人不错，听说她跟上面的关系也不错，把她给我怎么样？”他干脆地答复我：“她？怎么可能？刚来，谁都不了解她，怎么能去你那边？”我故作惊讶说：“你也不了解？我听秦时光说她是你的人嘛。”他说：“哼，他知道个屁！老实告诉你，她是上面，最上面，总统府压下来的，我对她也不了解，到现在才见过一次面。”他脸上露出不正经的笑容，说：“她很漂亮，是不？你该不会是被她迷住了吧？要是这样，我劝你早收手，她的后台可不一般。”我说：“你把我想哪儿去了，局长，我是想，既然她上面有人，有后台，我们更要拉拢她，把她养在我那儿，保准会成为你的人。”他恢复了正常语气，说：“要她，不行，我还是给你看看其他人吧。小心行得万年船，我不会把一个不明底细的人随便安插到你那儿去的，你那儿必须是我的净土。”

汪伪政权聚拢的本是一群乌合之众，追名逐利之徒，所以四处是帮派体系和裙带关系，各帮系之间离心离德，明争暗斗。保安局内也是这样，卢、俞二人貌合神离，双方用人都十分小心，像林婴婴这种从天而降的人，来历不明，两边都不敢重用的。我首次出击，试探一下，连个盼头都没摸到。

出师不利啊。

又一次舞会上，我把我的看法和难度告诉林婴婴，她一言不语，心事重重，好像陷入了某种不愉快的沉思之中，脸上有一种凝固的、受苦难的表情。但她也许意识到自己这个样子在一群怒放的鲜花中有些失态，便端起桌上的一杯甜酒，一饮而尽，接着咯咯大笑起来，就像一朵恶毒开放的虞美人，妖艳又性感，一下把她刚才的失态淹没在笑声中。我的身体几乎马上有种被目光烫伤的不安感，因为我看见一道雪亮的目光向我刺来，那是秦时光妒嫉的双眼发出的。当时他正跟静子跳舞，但林婴婴的笑声惊扰了他，没等曲终，他就走出舞池，朝我们走来。

林婴婴说："也许我得好好使使你身边这把刀，他爱上我了。"

我说："他是猴子的一条狗，当心激怒他咬你。"

她说："不会的，他在做梦，一只狗正在做梦呢。"说着又咯咯笑起来。

秦时光过来问我们在笑什么，林婴婴有板有眼地说："我们在说一只狗做梦的笑话，哦，老乡，你应该想办法帮我弄到这样一只狗，它从不咬人，也不叫，整天躺在屋檐下的走廊上，睁一只眼闭一只眼地做着一个个美梦，从不站起来一下。因为从不站起来，一只燕子就在它温暖的胸脯上筑起了窝。"

秦时光装模作样地说："啊，这样一条狗，需要有人打断它三条腿，弄瞎一只眼睛，还要把它的舌头割了，牙齿拔了。"

静子看看我，说："那太残忍了。"

林婴婴上前拉住静子的手，亲昵地说："不，静子姐，我就要这样一条狗。"落落大方的样子，好像静子和她真是两姐妹，至少是过往甚密的闺友。可事实上，这才是她们第三次见面。静子从开始本能地不喜欢她，到后来视她为闺房密友，中间似乎没有什么转折，像水在槽中流，怎么流都是被规定了的，没什么好奇怪的。

这就是林婴婴，她身上有种莫明其妙的吸引力，能够叫你围着她转，跟着她走。

03

空气里弥漫着泥土的气息和野草的清香。

大约一个月后，一个星期天下午，我和林婴婴有一次重要约会，是在郊外一座被当地人用各种各样传说编造起来的神山上，整座山好似一枚巨大的马蹄形印章，人们说这是玉皇大帝掉在人间的一枚天印，故名天印山。三百年前一位道士曾想在山上营造自己不朽的法场，但石砌的庙宇刚刚落成，一夜间便倾塌为一堆废墟。那天我们看到一座破旧的尖塔和一个房屋的地基，这便是不朽的法场消失的最后一个象征。我们在历史的石阶上坐下来，头上顶着下午三点钟的灼热太阳，周围是一片在秋风中败落、芜杂的茅草。目光所及之处，城市散漫地坐落在山水的环抱之中，不伦不类，龌龊不堪，犹如一桌狼藉的杯盘。

有些时间可能什么都不会发生，而有些时间又可能什么都会发生，这天下午就是这样一个时间，似乎什么都发生了，起码什么都可能要发生了。这一个月来，我为了让林婴婴进入核心部门工作——这也是后来王木天特使交给我的任务，已经明里暗里做了不少努力，但都是白费工夫。由于卢、俞两人的矛盾，我简直想不出有什么办法可以完成这项任务，但那天下午，林婴婴告诉我说：

“我得到保安局一个天大的秘密，上海76号院的那帮杂种，准确地说是李士群和丁默邨这两条狗不信任卢胖子。为了架空他，又不想让他察觉，他们和俞猴子私下开设了一部无线电台，随时在进行秘密联络。”

“有这事？”

“肯定！”

这是我们保安局内的秘密，秘密中的秘密，偌大的保安局内也许只有俞猴子与秦时光两人知晓。林婴婴正是从秦时光那里探听到这一秘密的。我马上激动起来，兴奋地说：

“这是一块敲门砖，你可以借此攀上卢胖子这棵大树。”

“是啊，”林婴婴说，“我也这么想，但光知道不行，我们应该弄到电台的频率、呼号、联时以及使用的密码，让他当个第三者，用耳可以听，用眼睛可以睹。否则，卢胖子在无法证实我们忠心之前还是很难器重我。”

“那些东西怎么能弄到呢？”

“偷！”

“偷？去哪里偷？”我说，“我正想问你，他把电台设在哪里？”

“家里！”

“难怪他上班老是迟到早退，原来他在家里还有一摊子事啊。”我说。平时，秦时光跟俞猴子走得近不假，但他们如此对付卢胖子还是让我倒吸一口冷气，“秦时光知道我是卢胖子的亲信，不用说，我也成了他监视的人之一了。”

“对，所以你也要小心。”林婴婴说，“我觉得卢胖子早晚要栽在他们手上的。”

“你更要小心。”我问她，“你现在跟他接触多吗？”

林婴婴嫣然一笑：“当然多，不多能探到这么大的地雷嘛，你看，这是什么？”说着，从包里掏出四把簇新的铝制钥匙和一部德国“莱卡”相机，交给我说：“我已约他今晚出去喝一杯，希望你成功。”她要我今晚就行动，去秦时光宿舍“走一趟”。

这天晚上对我来说就变得格外珍贵和惊恐了，我要动一动李士群等一伙人的心脏，那里面鬼知道有什么隐秘装置，也许只要我手里仿制的钥匙一插入锁孔，某个卧室里就会响起尖利的警报声。我经历的每一分钟都可能是最后一分钟啊，四把钥匙实在是太多了，也太新了，它们将开启的也许不是秦时光密室的门，而是我的地狱之门。去冒这样的险无异于赌博，任何力量或心智都无法决定成败，成败只能挂靠在“运气”两个字上。

感谢上帝，那天晚上向我伸出了仁慈的双手。我是幸运的，没有一把锁

(两道门，两只铁皮箱总共四把锁）不在这四把簇新的钥匙中，没有一次惊恐的经历让我持续太久，没有一个动作让我留下蛛丝马迹，没有人看见起点，也没有人听到我无穷无尽按下快门的声音——我觉得这声音像枪声一样震耳欲聋。当林婴婴打来电话，通知我秦时光已离开她时，我怀着一种丧魂落魄的快乐告诉她：

"一分钟前，我已把一切，甚至连像一滴眼泪一样的逗号，都装在了你的镜子（相机）里。"

三天后，林婴婴拿着我的"摄影作品"敲开了卢局长办公室的门。秘书小唐请示局长同意后，把她放了进去。局长正在批阅文件，之前他知道林婴婴的来头，曾主动与她见过一面，这回人家登门拜访，自是有些客气，给了不少笑脸。当天晚上，林婴婴对我转述了她与局长会面的全部过程，她说——

我把胖子从头到脚看了一遍，最后把目光落在他一头白发上，认真地对他说："第一次看见局长不戴帽子，发现有不少银发。"

他说："老了。"

我说："不，局座主要是太操心。"

他对着案头的文件努了努嘴说："是啊，你看每天都有这么一大堆事儿要做。当然，为报答皇军和汪总统的知遇之恩，不鞠躬尽瘁也不行啊。"

我说："也是。不过，以我之见，身累不如心累，公务缠身只是身累，暗箭防不胜防才令人心累。正如万兽之王的狮子，一面要全心全力捕食，一面又要盯防猎户的暗算，即使再强健壮硕，恐怕也会疲惫。"

他听得一怔，对我正色道："你想说什么？有话直说，别拐弯抹角。"

我说："局长，您身边有小人，在暗中对您使坏。"

他说："别胡说八道，哪儿来什么小人？"

我说："局长您光明磊落，胸怀坦荡，可未必人人都是君子，有人在背后对您放暗箭呢。"

他说："什么人？你听谁说的？别造谣生事。"

我说："我可不是听说的，是看到的。"

他说："你看到什么了？"

我说："有人私设电台。"

他说："谁？"

我说："姓俞的。"

他说："你是说俞副局长？"

我说："是，俞副局长想做曹操，把您当汉献帝耍。"

他说："他干了什么？"

我说："他每天都用电台对您搞暗渡陈仓。"

他霍地站起身，看了我一眼，又坐下，强作镇定地说："怎么可能？"

我说："按常理说是不可能，不过他本来就不想按常理出牌。"

他说："他能出什么牌？"我说："他已经把我们保安局一分为二，但还不满足，还要独占鳌头。"他说："他这是做梦。"我说："如果有丁大人做后盾就不是梦了。既是电台必有双方，一方是他，你的部下；一方是你的上司，丁大人和李大人，你信吗？"他说："不可能！"我说："知道您谨慎，也知道您肯定会有兴趣看，所以都替您带来了。"说着我从手提包里取出一沓相片，交给他看。不看则已，一看便如同火上烧油，他咬牙切齿地问："你这都是从哪儿弄来的？"

我说："秦时光的狗窝里。"

他骂："他妈的，又是这个瘪三！"他一把将照片扔到地上，开始给你打电话……

以后没有一件事情是不可想象的，林婴婴捏着俞猴子的"尾巴"投靠了局长大人，被卢胖子调至身边，表面上是他秘书，实际上是他的第三只眼，是他的"秦时光"，每天的任务就是窃听"宁沪"私语。这时她的身份已神奇到这样的地步：既"亲爱地"扯着卢胖子的臂膀，又"恶毒地"捏着俞猴子的尾巴，两边都有她的视野和触角。

04

这一个月里，李士武过着水深火热的日子，野夫几乎天天打电话来问：凶手找到了没有？射杀白大怡的神枪手！有一天，久等无果的野夫把李士武叫去他的办公室，见面就丢给他一粒 XBI2—39 狙击步枪的子弹，咬牙切齿地发话：

“我的李处长阁下，你在考验我的耐心！告诉你，本机关长的耐心有限，我限你半个月内必须给我找到凶手，否则你就给我吞下这颗子弹！”

半个月一晃眼就要过去，急得李士武走路都打瞌睡，因为天天夜里睡不着觉。这天午后，我和李士武吃完饭回来，结伴而行，我想打探一下他搜捕工作的进展情况，跟着去他办公室闲聊。聊着聊着，他坐在沙发上，抽着烟，居然就睡过去了。但睡得很浅，我正要起身走，一阵清亮的鞋跟声把他惊醒了。鞋跟声由远及近，昏昏然的李士武像熟悉这个鞋跟声似的，特意起身走到窗前看。看到林婴婴从窗外走过，他有一种冲动，想喊她一声，却一直没张口。他似乎在犹豫是喊“小林”还是“林秘书”。喊小林吧，好像交情还不够；喊林秘书吧，好像又显得太正规，太乏交情了。此时林婴婴刚走马上任新职：卢局长的秘书，李士武在危难之际，其实很想巴结她的。他一直看她走进了办公大楼，看得发呆了，终是没有抓住巴结的机会。

发呆中，有人敲门。进来的是李士武的副官马进，在他身后，还有一个三十来岁农民打扮的汉子。

马副官喊：“处座，人带回来了。”

李士武看了那个汉子一眼，皱眉道：“什么人？”

马副官说：“就昨天说的那个人。”

李士武的眼光一下落在那人手上：右手食指。他上前跟他握手，顺便摸了摸他右手食指的老茧，脸上露出古怪的笑，问他：“叫啥名字？”那人说：“周大山。”人家有事，我自当告辞。李士武却按住我肩膀要我留下，并对我悄声说：“你刚才不是问我凶手找到了没有，告诉你，远在天边，近在眼前。”他就是“凶手”吗？我的心紧缩了一下，悄悄观察此人。他的穿扮完全像个农民，胡子拉碴，邋里邋遢，身上散发出一股汗酸味。但仔细辨别，似乎又不像个农民，他的目光镇定又机灵，话讲得有条理又措辞得体，是见过世面的。李士武从我身边走开，专门坐到办公桌后，皮笑肉不笑地看着周大山，又问他：

“知道为什么要把你叫来这里吗？”

“不知道。”

“有人告你用枪打人呢。”

“怎么可能？”对方急辩道，“长官，我只打野味，从没有伤过人。”

“你上山打野味，进城打人，两不误。”马副官对他嘲弄地说道。

“不可能！”对方瞪圆了眼，“我从来没有伤过人。”

“你的意思是你打人是误伤的？”李士武似乎心情很好，不急于发威。对方说：“不可能，我打什么中什么，连百丈开外挂的铜钱我都能打中，怎么可能误伤人？”马副官吓唬他：“别瞎吹，骗谁呢！”他红了眼，伸直脖子，头一顶一顶地说：“我绝对没有骗你，长官，你们一定搞错人了。”马副官还想说什么，被李士武拦住，他起了身，悠然地荡开一步，点燃一支香烟，吸一口，惬意地吐出烟雾，对着烟雾里的周大山的人头说：“百丈开外挂的铜钱你都能打中，这么说你是神枪手了？”

周大山说：“是啊，长官，村里人都这么说，我是枪管里生出来的，要说枪法，绝对没人能比。”

李士武说：“口说无凭，眼见为实，你敢打给我看吗？”

周大山说：“没问题。”

李士武问：“用我们的枪也没问题？”

周大山说：“是枪就行。”

李士武点点头，示意马副官去拿枪。拿来的枪就是德国造的XBI2—39狙击步枪。李士武接过枪，递给周大山看，问他：“见过这枪吗？”

周大山迟疑着，支支吾吾，不知说什么好。我觉得他的反应有点儿不对头，按说这枪他不应该见过，摇头就是了，怎么就不肯摇头呢。“哎，问你呢。”李士武提高声音，“发什么愣，说实话，见过就见过，没见过就摇头。”

周大山点点头。

李士武奇怪了：“这么说你当过兵？”周大山又说“有”，又说“没有”，让李士武一下发了怒，拉开发威的架势，指着他鼻头教训他："抬起头，看着我，给我说老实话，否则老子撕了你的嘴，让你永远说不了话！"周大山这才承认，他是逃兵，打过淞沪战争，开战第一天就逃了。"太可怕了。"他好像又回到了战争现场，哆嗦着说，"第一天我们连就死了四十七个人，只剩下九个人，后来我们都逃了。"李士武对他说的这些明显不感兴趣，而对他"百丈开外的铜钱都能打中"的枪法倒是兴趣十足。"如果你真有这本事，试给我看了，我不但相信你是良民，还要把你招到我的队伍上来。走，还愣着干什么，跟我走。"

就走了。

我没有去，后来听马副官告诉我说，他们开车上了紫金山，刚下车，李士武一眼看见三四十丈外的大树上，枝头停着一只鸟儿，对周大山说："看见了没有，那只鸟，试试看吧。"说着叫马副官把枪交给周大山。周大山接过枪，有些犹豫，说："我没有使过这枪……"李士武干脆地说："没事，这一枪就算给你练习。枪嘛，都大同小异，给你练习一只弹夹总行了吧。"马副官说："这弹夹里有二十发子弹呢。"李士武接过枪，老道地退出五发子弹，又把枪递给周大山："给你练十五发吧，这五发就是来真的，到时我给你去树上挂个铜钱，要是打不中，你就是骗我啦。"

周大山接受了这个条件，接过枪，立刻像变成了另一个人，雕塑一样，也不理会李士武说话，推子弹上膛，端起来就瞄准。

突然，不知怎么的，鸟儿好像受了惊，倏忽而飞。

以为这下肯定不行了，然而就在这时，"砰"的一声，枪响了，飞翔中的鸟儿应声落地，李士武和马副官都目瞪口呆。反应过来后，两人简直是心旷神怡，高兴得朝天鸣枪，像打了什么胜仗似的。

马副官说："回到办公室，李士武便让我马上给周大山办'入伍'手续。我对他说，本来我们这里是不招不识字的人的，不过你的枪法实在太好了，算给你破个例吧。一边说，我一边把文件纸递给他，让他签字。可他不会写字，我让他画个押就算数。"

马副官递上印泥，教他怎么做。"就按个手印。"马副官对他说，"按了印你就是这屋里的人了，可以拿军饷养家糊口了。"可周大山不想当兵，死活不肯在上面画押，最后还是用枪逼他按了手印。这哪是给他办什么入伍手续嘛，这纸的抬头分明写着：供状。不是入伍，而是入狱！可周大山不识字，退一步说，识字也没用，事已至此，一切都不由周大山分说了，何况他还是一个怕死的逃兵，枪栓一拉，你叫他干什么他都会干。

这天下午，他把自己“干”成了一个暗杀白大怡的凶手。

05

下班前，李士武带着周大山的“供词”来找卢局长汇报工作。这块工作是俞猴子管的，私下里李士武和俞猴子也是一根藤上的，按说，公事公办的话，李应该去找俞汇报这工作。但正因为俞是他的主子（俞在局里有两个死党，就是秦时光和李士武，他们构成“猴子铁三角”），这又是一出假戏，李士武不想把自己的主人牵连进来。所以，李士武找卢胖子汇报这工作，其实是阴谋中的阴谋，这样万一东窗事发，他可以反咬胖子一口，同时自己一身干净的俞主人还可能保他。

林婴婴告诉我说，她把李士武放进去后，一直猫在门外侧耳偷听里面的对话，先听到的是卢局长的声音：

“哦，你找到暗杀白大怡的凶手了？”

“是。”李士武说，“人和枪都在我办公室里，刚刚招供了。”

“是从哪里找到的？”

“周庄。”

“周庄？是乡下人？”

“嗯，他装成是个猎人，实际上是只重庆的‘江鳖’，以前是上海航七团的狙击手、神枪手，打过淞沪战争，现在是戴笠的保镖。喏，这是他的供状，你看看吧。”

“我看有什么用，让野夫机关长去看吧，听说你是跟机关长立了军令状的？”

“嗯。”

“那把人快交上去啊，去交差啊。”

“你要签字我才能交人。”

林婴婴对我说：“听到这里，我立刻端上一杯水，敲门进去，看到卢胖子正握着笔，准备在那份送人报告上签写意见。我问他这是什么，他说是什么。我当然知道这里面有诈（因为是她安排了那次狙击行动，她当然知道谁才是真正的‘周大山’），全然以秘书的口吻，建议胖子去看看人。我说，这么重要的事局长你怎么能连人都不看一眼就签字？”

林婴婴说：“局长，我们应该替李处长把把关，万一有什么长短呢。”李士武讪笑：“放心吧林秘书，人赃俱全，不会有错的。”局长还帮他的腔，说：“我去看什么？我又不是孙悟空，长着火眼金睛，可以看出什么名堂，有什么名堂让野夫去研究吧。”林婴婴说：“举步之劳，去看一下又何妨？”力劝局长去现场看人。

林婴婴对我说：“胖子同意去看后，我又临时把俞猴子喊上一起去看，搞得很慎重，让李士武恨不得追我的影子踏。看了人，我又力劝胖子不要签字，巧妙地把权力拱手送给俞猴子。我说局长，这是我们俞副局长主管的业务，我看您还是要尊重俞局长，不要什么都搞‘一支笔’嘛。我说局长，权力不是抓出来的，而是放出来的，我在下面听说你们两位局长不团结，从这件事上我看出来了，局长是你的不对哦，这不是越俎代庖嘛。我说了一大通，说得冠冕堂皇，正气凛然，把卢胖子气得当场拂袖而去。回到办公室，他朝我发火，说我疯了。我不卑不亢地反问他，我说，我的局长大人，难道你不觉得这里面有诈？即使你看不出他们的诈也该看出我的诈啊。我说，局长你该想到，我当着俞猴子的面这么说你，肯定事出有因嘛。他问我有什么原因，我说，如果不出我所料，到明天的这个时候，局长您就要感谢我了。”

第二天，根本没到这个时候，才上午十点钟，野夫召集我们所有处以上军官开会。会议一开始，野夫便厉声责问李士武：“你给我说老实话，周大山到底是个什么人！”听李士武说他是什么凶手后，他拍了桌子骂：“放屁！你把我当傻瓜了是不是？告诉你，跟我玩把戏你还嫩了一点儿！给了你一次机会你不珍惜，现在你就等着去死吧。”掉头，指着马副官：“你，说！机会给你了。”

马副官起身，狗头狗脑地看看李士武，欲言又止。卢胖子催促他说：“机关长在这里你怕什么，是什么就说什么。”马副官咳嗽两声，如实道来：“周大山……不是凶手，他……是李处长让我去周庄找来的一个……猎手。”

李士武跳起来：“你放屁！是你……”

野夫大拍桌子：“放肆！你闭嘴，让他说，我说过你没机会了。”

马副官清清嗓子，越说越大声：“事情……是这样的，李处长……他说他跟机关长立了军令状，必须找到凶手，找不到要丢脑袋。我们找了一大圈儿，一点儿线索也没找到，他怕机关长问罪，安排我四处去找一个假的顶替，最后我在周庄找到了。我说……欺骗皇军是死罪，劝他不要，他说天知地知，只要我守口如瓶就谁都不会知道。可是……可是……”

不管是什么样的“可是”，结果是一样的，李士武以“欺骗皇军罪”被当场带走，关进了班房。

06

进班房还不是李士武倒霉命运的结束，林婴婴还要把他钉在“军统内贼”的耻辱柱上。这也许要感谢卢胖子和俞猴子在处以上军官会上围绕李士武“是不是军统内贼”的一番激烈争论，林婴婴的灵感正是由此而发。

事情是这样的，李士武被逮的第二天，保安局召开全体军官大会，会上卢局长把李士武如何被野夫抓捕的事情添油加醋地大讲一通，然后严峻地指出：“野夫机关长一直怀疑我们内部有军统安插的贼骨头，现在我可以说，李士武一定就是军统内贼，否则他为什么要搞一个假货来搪塞我们？很显然，目的就是要混淆是非，麻痹我们。然后我要说，耗子都是一窝窝的，什么意思？李士武不可能是一个人，他一定还有同党。”同党是谁？俞猴子和秦时光都坐不住了，两人纷纷出场给李士武作辩护。我和马副官自然替卢胖子说话，仗势欺人，强词夺理，胡搅蛮缠。

会议开成一锅粥，吵死人了。

林婴婴却只字不言，可能是因为“灵感突发”，在思考如何实施下一步行动。会后，被突发的灵感激励的林婴婴直接跟我去了办公室，关上门就问我：“李士武有没有家属？”我说：“有，就跟我住一栋楼。”她问：“你跟她熟悉吗？”我说：“还行吧，有什么事吗？”她说：“你要想办法尽快去通知他家属，告诉她李士武被野夫抓走了，情况很严重，可能要枪毙。一定要说得严重一点儿，非死不可，让她去闹，去求情，争取见李士武最后一面。”我问她为什么，她说：“他们不是口口声声说有内贼嘛，就满足他们吧。”我又问：“你想干什么？”她说：“那就看你能给我干什么，现在你的任务就是去给李士武家属煽风点火，一定要让她意识到丈夫就要死了，她无论如何要豁出去跟丈夫见最后一面。”

我说：“什么意思？我不懂。”

她说：“以后你会懂的……”

果然，第二天下午我就懂了，那时我正在办公室一如既往地举着望远镜看我的“消息树”，突然空中传来一声枪响。半个小时后，林婴婴像只刚逮了大耗子的小花猫一样，欢快无比地溜进我的办公室，兴奋又压抑地对我说：“李士武下地狱了。”我很震惊，问她：“怎么回事？”她反问我：“难道你刚才没听到枪声吗？”我说：“听到了。”她说：“那就是送他下地狱的子弹，他继承了白大怡一样的噩运，正在院子里好好地走着，突然被远方射来的子弹断了魂。”说话间，她忽从身上摸出一沓钞票给我，说：“你去看看他家属吧，犒劳她一下。这次行动之所以能这么顺利，全靠她给你及时准确地提供了关押李士武的地方。我一听他关押在那个地方就知道有戏了。”

我这时才明白，为什么林婴婴非要让我去鼓动李士武老婆见他，因为只有见了他，才能知道他关押在哪里，然后才可以安排枪手狙击他，因为野夫不可能去班房里审问他。野夫会在办公室里提审他，而野夫的办公室是固定的，现在李士武的关押地也明确后，他走的路线就固定了，枪手就可以选择固定的地方守候他。

我问她：“那个神枪手到底是什么人？”

她笑道：“反正不是我，枪响的时候我正给胖子泡茶呢。”

我说：“但肯定是你安排的。”

她说：“这还用说吗？”

我说：“所以我要问你他（她）是谁？”

她说：“对不起，无可奉告。你也是老黑手党了，该知道规矩，不该问的不要问。这是一号的人，这里任何人都无权知道。”也许为了岔开这个敏感话题，她忽然给自己倒了杯水，对着我的茶杯一碰：“我觉得我们还是应该庆贺一下我们的胜利，来，因陋就简，就用它代替酒水吧，为我们成功地陷害栽赃干杯！”

我们碰了杯，一干而尽。

“这下野夫一定以为内贼已除，以后我们背后的眼睛要少多了。”

“李士武这样死也算是死得其所，最后替我们干了一件好事。”

“那他要感谢你，是你为他设计了这个光彩的结局。”

“也要感谢野夫，归根到底，还是他的愚蠢成全了他。”

“他并不愚蠢，而是你的这一招太高明。”

“你别老夸我了，你要鼓励我，帮助我戒骄戒躁。”

我们沉浸在幸福中，你一言我一句，有说有笑。最后，我接着她的话感叹道：“是啊，干我们这一行的一定要警钟长鸣，采取任何一个行动都要慎之又慎。”由此她想起一首诗，背诵道：“因为我们从事的是世上最危险、最残酷的事业。我们采取的每一个行动都可能是最后一个，甚至一道不合时宜的喷嚏都可以让我们人头落地。”

我背：“但是，死亡并不可怕。”

她背：“因为我们早已把生死置之度外。”

我背：“为亡国而生，轻如鸿毛。”

她背：“为救国而亡，重于泰山。”

我背：“革命尚未成功。”

她背：“同志仍需努力。”

我背：“一路平安，同志们！”

我背完最后一句后，她激动地上前握住我的手，高兴地说：“你也会背这首诗啊。”我说：“这是我的座右铭，一直记在心上，每天晚上睡觉前都要默诵一遍。”她开怀大笑道：“哈哈，我也是这样的，我们不但志同道合，连生活细节都不谋而合，哈哈哈。”

秋天了，天高气爽，阳光如梭，轻风送爽，一只小鸟欢快地从我们窗外的空中一掠而过。

这之后，俞猴子作为李士武的主子，又是“周大山事件”的审查把关者，在野夫眼里一落千丈，而林婴婴在卢胖子手上则变得越发宝贝了。

第五章

01

我知道，李士武惹的“周大山事件”一定是林婴婴栽给他的，但我一直不知道，她究竟是做了什么样的文章让他蒙此深冤。我曾特意问过她，她却含糊过去，不道明，让我猜。我猜有两种可能：一、她在门外偷听李士武向局长汇报抓到“凶手”周大山时，知道李在撒谎，便私下去找马副官，挠他痒痒，掏他心窝，知情后又对他“晓之以理”，鼓动他“明哲保身”，把李士武推下水；二、是她策划了整个事件，她利用马副官想当处长的心理，给急于想寻到凶手的李士武下了个套子，让他钻进去，这就是说，她是幕后策划者，是她授意马副官给李出馊主意，把他骗到沟里去。应该说后一种风险很大，因为这意味着她将有“把柄”被马副官握着，所以我更倾向是第一种可能。而李士武那天留下我是有意的，因为他知道我是胖子的人，他打算要胖子来签发交人报告，担心胖子会征求我的意见，便有意让我当个撞上的“见证者”。

李士武表面上对我客客气气，实际上恨我入骨——因为我们身处“对立的阵营”，我要在他那里探听个什么，根本不可能。所以，以前反特处一直是我们工作的盲区，现在变天了，李士武栽了个人仰马翻，马副官被扶正当了头，林婴婴要找他探个什么，如探囊取物一样容易。这时候，我们其实已经把保安局基本掏空，机要处有我，反特处有林婴婴的“死党”，俞猴子那儿有她的“跟屁虫”秦时光（这只癞蛤蟆一直在做吃天鹅肉的美梦），卢胖子这儿更不用说，有林婴婴和我两条“大蛀虫”呢。

就这样，林婴婴来了几个月之后，保安局的上上下下被她一个人连贯起来，融为一体。那时候，保安局里没有一个声音是我们听不到的，没有一个行动是我们不知晓的。正如什么事情都会恰恰发生在一个时间里，什么事情有时往往也会发生在一个人身上，林婴婴就是这样一个人，什么不可能的事情都会被她不可想象地创造出来。她撑起双手，便把保安局的地下世界支立起来，而且这世界还相当发达。她和战友们活动于此，游刃有余，一点儿也不感到局促，不感到封闭和危险。我们置身其中，既看到了遥远的星辰之外的奇观，也看到了深在海洋之下、地球中心的微妙。林婴婴像一面巨大的魔幻的镜子，保安局的一切细微、奥妙无不显现在她的这面镜子里。

但是，她也给我制造了个麻烦，就是：李士武出事后，俞猴子在野夫那边的行情一路看跌，卢胖子的感觉变得特别好，他决定乘胜追击，拿秦时光开刀。这天下午，他把我叫到操场上散步，见面第一句话便笑嘻嘻地：“我要送你个礼物，是你一直想要的东西哦。”我问：“是要给我们处配一辆新车吗？”他哈哈笑道：“车嘛，哪有人重要。”我说：“难道你还要给我调人？”其实，之前他刚把小唐秘书放给了我。“不，我要叫你那个四眼狗滚蛋！”他说的是秦时光，“我要撤他的职，把他扔下去，去搞后勤，让小唐接他的班。小唐跟了我这么长时间，这次为了做上头的人情，让小林来做我的秘书，把她放到你那儿，可没给她个位置，我还真觉得有点儿对不起她。我把四眼狗搞下去，也是为了给小唐腾个位置，两全其美啊。”我一时有些语塞：“这……合适吗？”他干脆地说：“有什么不合适的，这里还是我的天下嘛，像他这种瘪三没资格待在这种重要的岗位上，只配去后勤管管吃喝拉撒。”

不，我其实不希望秦时光离开我，因为他是我博得胖子“宠爱”的一张牌。只有他在我身边，这胖子才会把我当做他的裙带，拉拢我，器重我。同时，有秦时光在身边，我也能多少掌握到他们那个派系的秘密。

“我认为这不合适。”我思量后表态。

“为什么？”

“时机不对。”

“什么时机，你知道什么，现在是最好的时机。”

“表面上说是这样的，现在是俞猴子失落之时，但你这样做是乘人之危，落井下石。”

“这叫一不做二不休，趁热好打铁。”

“可是你想过没有，你才把他的左膀卸了，现在又要把他右臂断了，人家会跟你急的！兔子急了还要咬人，何况他还有76号的后台，你不要把他想简单了。”

他以为我不知道秦时光私设电台的事，又不便让我知道，只好语焉不详地对我说：“我知道他跟76号的关系，关系复杂呢，你不知道都……我掌握了大量证据，知道他在搞我的鬼，所以我才下决心要把他搞走。”

我当做不知道电台的事，只好另找说法：“你想想，上次秦时光当着我——他明知我是你的人，居然敢当着我的面在丁主任（丁默邨）面前说你的不是，这正常吗？”我看他视而不答，接着说，“我认为不正常，难道他没想到我会告诉你？当然想到。想到了又不忌讳，说明什么？说明他是有意为之的，是公然向你宣战。这次我不知道他又怎么了，但总之是对你……不恭了。然后你想，他这么频繁地招惹你，无事生非，说不定是他有意挖的一个陷阱，目的就是要激怒你，等着你去处理他，好让他的后台老板跳出来对你发难。这是一种可能。二，……”我搜肠刮肚，总算临时编了几条听上去不乏道理的道理，吓唬他，让他取消对秦时光的处理。他也还真的给我吓住了，接受了我的建议。

“那好吧，先放他一马。”他说，“不过这只四眼狗，总有一天我要叫他吃不了兜着走！”

我想总有一天，你也要吃不了兜着走，你这个大汉奸！就这样，林婴婴给我制造的这个麻烦——小麻烦——算是就这么让我给解决了。但是，她接着又不停地给我制造麻烦，越来越多的麻烦，有的麻烦太大太大了，我们都无法解决。为了解决这些麻烦，我们都将面临生和死的考验。

02

刘小颖的书店就开在我们单位大门口，离我很近，这样便于我们随时联系。

大约是林婴婴给胖子当秘书后不久，一天早上，我去书店闲逛，发现离书店不远，在书店斜对面，新开了一家裁缝店。一个跛足的三十来岁年纪的汉子正在一扇扇地卸下排门，摆出裁缝店的招牌。此人似乎很在意地看了我一眼，但我没太在意。

后来，刘小颖告诉我，林婴婴经常去裁缝店，我也没太在意。因为我想，像她这种大小姐，富贵人家的子女，钱不是用来维持生计的，而是维护面子的，每天花钱熨烫衣服、擦亮皮鞋，是她要维持体面的一部分。我根本没想到，这竟然是我将来麻烦的一部分。

李士武被杀后不久的一个周末，林婴婴约我在雨花台见面。到了雨花台，她让我上她的车，叫司机往郊外开。这是我第一次坐她的车，那车比胖子坐的车还要好，真皮座位，桃木装饰，车身高贵，漆水亮得刺眼，摸上去光溜溜的，比婴儿的皮肤还要细腻、光滑，苍蝇停上去一定也会滑下来。我不认识这车是什么牌子，据说是美国的什么牌。这也是我第一次正式见她的司机（上次只看见一个背影），是一个中年男子，满脸大胡子，戴墨镜，穿西装，搞得比我还有派头。他对主人言听计从，但嘴巴基本是不用的，最多用的是“嗯”，要不就是点头，或者摇头。后来也是这样，我甚至一度怀疑他是哑巴。

车子一直往郊外开，开了几十公里，开进了一片田野，看到一条清澈的小溪，我们才停车。下了车后，司机守着车，我和林婴婴沿着小溪往前走。中秋已过，田野里不时飘来阵阵稻花香，清澈的溪水里跳动着欢乐的阳光，加上李士武刚刚被我们除掉，我的心情出现了自妻子女儿离开我后快一年来从未有过的舒畅。我们一边走一边说了好多最近工作上的事情，都是高兴事，越说心里越开朗。突然，林婴婴好像突然想起静子似的，问我：“你那个静子园长呢，怎么好久没见她来找你了。”我说：“我们本来就见得不多，见她都是有事情，需要她。”她笑道：“没事就恨不得不见她？”我说：“差不多吧。”她突然咯咯地笑。

我说：“你笑什么？”

她说：“我突然觉得静子就像……啊，算了，不说了。”一脸诡异的表情。

我说：“话说一半最滑头。”

她说：“不好意思说。”

我说：“又不是让你在大会上说，这儿除了这些沉默的小草和石头，只有我听得见。”

她说：“就是不好意思在你面前说。行了，不说了，你自己去想吧，其实这很容易想到的，你想，什么样的女人是这样的？你需要时就见她，不要了就恨不得躲着她。”

我想了想，知道她在说什么，骂她：“你这张嘴巴，像——专干咬人的活儿！”

她说：“你才咬人！你不就想说我是狗嘴嘛，狗嘴吐不出象牙。”

我说：“你满嘴都是象牙，比象牙还值钱，可以救无数人的身家性命。”

她说：“可我连自己的亲人都救不了。”说着她哭了，哭得很伤心，一边哭一边告诉我她不堪回首的经历。她的经历真的比我还要惨，上海沦陷后，一夜间她家被鬼子杀掉了十一个亲人，包括父亲、母亲、兄弟、嫂子、襁褓里的婴儿。正是这次惨痛的遭遇，让她下定决心要参加革命。后来偶然认识上海军统站的人，便介绍她入了军统。

我问：“他是谁？”

她说：“此人后来去76号当了走狗。”

我说：“是不是王木天的前任，前军统上海站站长陈录？”

她说：“是的。”

我说：“难道传说中的那个刺杀大叛徒陈录的孤胆女英雄就是你？”

她笑道：“正是鄙人。也正是凭这个，一号才把我调到他身边。这都是老皇历了，要名副其实，还要再立新功。”

在我们往回走的时候，她又突然提起静子，还拿出一只翠绿的手镯，让我转给静子。她说：“既然是谈情说爱，你也该给她买点儿礼物。这镯子不错的，我想她会喜欢的。”我说：“不用，我给她买礼物，岂不是穷人接济富人，穷摆阔。”她说：“那你就以我的名义送她，告诉她我喜欢她。哎，哪天你带我去她单位见见她吧。”我说：“要见她也不用去她单位，我喊她出来就是了。”她却执意要去：“登门拜访更显得诚恳嘛。”我只好说实话：“那会让你难堪的，进不去的，她那个鬼地方可比熹园右院都还要难进。”她说：“怎么会呢？不就是个幼儿园嘛。”我说：“我也不知道为什么。”

我是真的不知道。

不知怎么的，这天她似乎怎么也放不下静子和她的幼儿园，乘车回来的路上，她又提起来，并一定要我带她去看看。我说：“那要绕很大一个圈子呢。”她说：“又不要你走，有车的嘛。”我说：“那有什么好看的，肯定进不去的。”

去了以后，我无意中发现他们好像去过那儿，虽然她和司机在问我路，但有两个路口我们在说其他事，他们忘了问我，可司机照样没走错。当我发现这个异常后，快到幼儿园的时候，我有意不说，可司机却自动减慢了车速，林婴婴的目光也是老远就很在意地瞅着幼儿园。这使我更加怀疑可能他们来过这儿。

这也是我第一次对林婴婴产生了一丝夹杂着复杂心理的情绪。以后，这种心理被不断放大，最终在我的诱导下，她不得不对我承认了她的秘密身份。

03

天皇幼儿园设在孤零零的明代屯兵要塞内，门口无招无牌，大门常日紧闭。它与日本高级军官居住的熹园右院相距不远，直线距离至多三百米，但中间有一条护城河，河的北岸是熹园右院的后围墙，南岸有不少临时搭建的棚户，住着战争难民。

作为一座幼儿园，它太不像了，建筑不像，管理也不像。南京城里的人，可能谁也想不到，这里是幼儿园，它森严的样子使人想到监狱，没有通行证，谁也进不去，包括我。我从没有进过幼儿园大门，只在门口张望过，看到大门内有一面影壁，上面用日语写着“天皇幼儿园”几个大字。院子看进去很空旷的样子，当中是一块有五六亩大的四方形空地，铺着明代大方砖，四边有一些古式建筑，连着高大、厚实的围墙。大门口，有一棵孤零零的老槐树，有一半树枝已经枯败，向天空伸着绝望的枝丫。这天，我们车子开过去时，我老远注意到，老槐树在落日的余晖下拖着长长的阴影。

当我们车子从大门口缓缓经过时，我听到一间屋子里传过来一群孩子咿咿呀呀的朗读声。林婴婴认真听了，问我：“你知道他们在朗读什么吗？”我听着觉得像日语，“是日语吧。”我说。她点点头，跟着孩子的朗读对我翻译道：“他们在读——我们的故乡在远方，我们的父母在天堂，中国是我们的土地，南京是东京的兄弟……”

据我所知，幼儿园里有五十个孩子，都是孤儿，父母都在侵略中国的战争中丧了命。其中有静子的孩子，她丈夫也在战争中死了，留下一个男孩，今年六岁。他是园中唯一还有亲人的孩子。每次来这里我总要想，这场战争给我们留下的孤儿太多太多，可同样是孤儿，我们的孩子无家可归，沦落街头，生死天定，他们却像宝贝一样被珍藏在这里，衣食无忧，接受着最良好的教育和关爱。我相信，如果让他们出现在街头，一定会引来无数仇恨的目光。这座城市的每一棵小草都对他们充满仇恨。也许正因如此，这里才变得像监狱一样森严。

林婴婴听我这么说了后，对我坚定又沉重地摇摇头，问我：“你见过那里面的孩子吗？”当然见过。她问我：“你觉得他们像日本人吗？”我说：“你这是什么意思？”她说：“就这意思，你看他们像不像日本国的孩子？”我说：“这……怎么看得出来，但肯定是嘛。”她哼一声，对我不屑地说：“为什么？就因为他们说日语？”我说：“你想告诉我什么，直说吧。”她说：“我听说那里面的孩子都是我们中国人，是在南京大屠杀中遇难同胞的遗孤。”我情不自禁提高了声音：“开玩笑！你没见过那些孩子过着什么样的生活，养尊处优，跟一个个小皇帝一样。”她说：“这就是不正常，凭什么要对他们这么好？”我说：“因为他们的父母亲都是他妈的‘靖国烈士’。”她说：“这是他们说的，其实真实情况根本不是这样的，那些孩子都是我们的，鬼子在拿我们的孩子做一种实验。”什么实验呢？她从车上找出一本杂志，对我说：“你听着，我给你念一篇文章。”

我说：“给我看就是了。”

她说：“这是日语，你懂吗？”

我说：“我一辈子也不会学这种强盗用的语言，我以会日语为耻。”

她说：“我喜欢你这种雄性大发的样子，可惜太少了。”

我说：“整天过着一种藏头掖尾的日子，人都霉了。我真想去前线，生死一瞬间，生不怕死，死而无憾。”

她说：“我们也在前线，我们在前线的前线，在刀尖上，你听着。”她翻开杂志给我讲起来，“这是一个日本著名科学家在接受《朝日新闻》访谈时说的话，他说——以下是他的原话——当今世上犹太人和支那人是人类的灾难，这两种人素以精明、伪善和奸诈著称，人类在他们的影响下信义不存，公正无求，道德沦丧。世界要和平，要恢复正义，要安定团结，必须要灭掉他们。在西方，希特勒已开始大举灭绝犹太人的行动；在东方，本国政府也已进兵支那。但我认为，这些兵刃相见的行为过于血腥，缺乏智慧，所以容易遭到非议和反抗而引来重重阻力。狗急要跳墙，明目张胆屠杀必将引发全民战争，世界大战。不战而降之，温柔而屈之，笑中藏刀，蜜中灌药，让他们在感动中、在幸福中、在无恐无惧中消失，才是高明之举，长远之策。”

我问：“完了吗？”

她说：“这里登的就这些，但这只是他说的冰山一角，很多东西由于涉及到他下一步行动的秘密没有刊登。”

我说：“他还说了些什么？我想你一定知道。”

她说：“他准备研发一种药物，人吃了会降低智力。”

我说：“这种药现在就有，还要他研发干什么，比如所有镇静剂、麻醉药，经常吃就会伤害身体。”

她说：“可是这种药你好好的会去吃吗？知道它是药，就只有病人才会去吃，吃了是治病的。他要研究的是一种食品，像烟酒、零食、点心什么的，开始吃好好的，看不出有什么副作用，但吃了就要上瘾，吃多了你就完蛋了。”

我说："这不就是鸦片嘛。"

她说："对，可以这么说，他要研究一种新型鸦片，让我们中国人再做噩梦！"

我觉得她越说越离谱，不知说什么好，张了几次嘴终于发话："不可能，他在痴人说梦。"

她合上杂志，对我摇了摇头："你别小看此人，他在生命科学领域里是独树一帜的，像现在风靡欧美的 Melatonin Plus 梦美助眠药就是他研发的。据说这是一种几乎没有副作用的安眠药，不但能催眠而且还能催醒。就是说，你服用后半小时内一定能睡着，八个小时后又一定能按时醒来，像定时闹钟一样。"

我说："天方夜谭！我根本不相信，如果真要有这种药，如此神奇，早普及了，至少我们早听说了。"

她说："你错了，有些东西恰恰是通过限销甚至禁销来突出它的权威和价值的，目前这种药只供应欧美高级市场，其他国家几乎看不见，禁销。"

我说："你越说越玄了，我更是不相信。"

她说："还有更玄的，他是个瘫子，双脚不能行走，只能靠轮椅生活。自古异人都有异相，一万个瘫痪在轮椅上的人，可能九千九百九十九个都是庸常的人，但有一个或许就是人上人、人中骄子。世界就是这么神奇怪诞，世界音乐第一人贝多芬是个聋子，留下中国音乐瑰宝《二泉映月》的阿炳是个瞎子，伟大的诗人兰波是个同性恋者，杀人魔头希特勒是个见了女人羞羞答答的人。作为一个瘫子，能够自食其力已经难能可贵，但他现在至少是一个在生命科学领域里有名的科学家，报纸采访他，你看他接受采访也谈得头头是道，这说明什么？他不是一个普通的瘫子，可能就是一个人上人。"她一口气说道，最后双眼盯着我，对我一字一顿地说："我得到消息，这个人现在就在静子那里，幼儿园里。"

"他去那儿干什么？"我十分诧异。

"已经来半年多了。"她像没听见我问的，依然自顾自说，"我们怀疑他就在那里，在孩子们身上做试验，研制那种药。"她太沉浸在自己的思绪中，露出了一点"马脚"。

“你说‘我们’是指谁？”我问她，“除了你，还有谁？”

她意识到刚才的失言，沉下脸，对我爱理不理地说：“这重要吗？对不起，现在无可奉告，到时候自会让你知道的。”

我确实把这个看得很重要，因为我对她已经心有阴影——我在怀疑她的真实身份，在真实身份大白之前，坦率说她的身份问题比什么都重要。此刻，她也许并没有意识到我已在怀疑她。

我说：“我想现在就知道，不行吗？”

她说：“这问题要一号才能回答你。”

我说：“你是在告诉我，这是一号交给你的任务？”

她说：“你的理解能力一向令我钦佩。”

我说：“你的行动能力一向令我佩服。所以，我在想，既然我们明知他人就在那里面，他又是那么罪大恶极，你把他干了就是了，一了百了。”

她说：“怎么干？”

我说：“你不是有神枪手嘛，也许你就是。”

她突然哈哈笑道：“首先，他整天待在屋子里不露面，神枪手是英雄无用武之地啊，其次，我们也不能干他。”

我有意跟她抬杠：“怪了，哪有鬼子我们不能干的？”

她说：“干了我们就要吃大亏！刚才我们只说了他一个身份，世界著名科学家，同时他还有一个身份，是日本现任天皇的表兄弟，属于皇亲国戚。两个身份，任何一个都是不能搞暗杀的，搞暗杀，杀一个科学家，一个皇亲国戚，全世界人都会谴责我们，鬼子就有理由大肆屠杀我们的黎民百姓。”

我想，他娘的，这人就像书上写的，怎么要什么有什么。“其实，就算他没有这两把保护伞，你不要以为就一定能杀掉他。”她说，“我们现在对里面的情况一无所知，谁知道有多少人在里面。”这个，我记得静子跟我说过，老师连她也才五个。她又反驳我说：“首先，静子说的不一定就是事实，其次，就算老师真的只有五个，可还有生活员、医生、炊事员等，你知道有多少人吗？”

我说：“我是不知道，但是有一点是明确的，大门口没有卫兵，守门的只是一个残疾人，一个一只袖管空洞洞的断手佬。我想如果说要养人保护他，养卫兵是最方便的，名正言顺，包括老师也可以多设嘛。”她说我这个推理不乏道理，属于真知灼见。“不过……”她带点儿调侃的口吻对我说，“我们现在的任务也不是暗杀，所以虽是真知灼见，但并无实用价值。”我从根本上怀疑有这档子事，一再找证据驳斥她。她似乎有点儿不耐烦，对我说了气话：“废话少说，想想办法，我们进去瞧瞧就知道了。”

我说这肯定不行。她说：“也许我暂时不行，但是你一定可以的。你现在说不行，只说明以前你没有努力过，努力一下，好好打打静子这张牌，我就不相信你手上有这么一张大牌还进不了门。”她似乎早准备了一条烟，甩给我，“给你点儿子弹吧，我相信看门的断手佬一定抽烟的。”确实是抽烟的。我揶揄道：“你知道的比我还多嘛。”她说：“因为我要完成任务。”至于任务到底是谁交给她的，她一直没有道明。

这一天，林婴婴让我看见了新的一面，但是这一面具体是什么内容，意味着什么，我并不知道。当然，以后我会知道的。

04

第二天下午，我揣着两包烟，去幼儿园找静子。我有意只带两包，因为怕多了让断手佬怀疑。我还有意没有坐车，走去的。林婴婴给我灌了一团坚硬的东西，过去了一天我还是消化不了，我想走着去，路上好好想一下，消化一下。

却是越想越糊涂。

怎么说呢？幼儿园是我最早接触的地方，从现有情况看，如果里面有什么任务，我也是完成任务最合适的人选，组织上为什么避开我，对我隐瞒。林婴婴虽然对我说了一些，但很明显说的都是大而无当的东西，我觉得她说的没有藏的多。

到底是怎么回事？我想了一路，眼看幼儿园到了，还是无果。

依然是大门紧闭。我敲门。大门上的小门洞开，断手佬走出来，他还是老样子，穿着没肩章没领章的旧军服，四十来岁，面相凶恶。他认识我，还“认得”我的来意，见了我二话不说，对我点点头回头走了。我知道他是去喊静子了。可我今天有任务，我想进去看看，这里面有没有那个跛子科学家——这个自负的神经病！我喊一声“太君”，擅自跨进小铁门，跟着断手佬走去。他发现后连忙转身过来，把我赶出门，还对我骂骂咧咧的，又是甩胳膊舞臂，又是吹胡子瞪眼，直到我拿出两包烟送给他，才安静下来。

断手佬嗅着香烟，阴沉的脸松懈开来：“我抽过这烟，好烟，谢谢！我知道你要见静子园长，我帮你去叫。”又回头走了。

“哎，太君。”我喊他。

“什么事？”

“让我进去。”我笑道，“给我个机会，我想给园长一个惊喜，从天而降，突然出现在她面前。”

“不行。”他立刻变了脸，“如果这是条件，你把烟拿走，我抽不了。”欲把烟塞给我。

“不不，不是一回事。”我把烟推还给他，“烟你拿着，太君抽我的烟，我高兴。”

“那我帮你去喊园长，”他说，“你要自己进去是绝对不行的。”

我又递给他一支烟，给他点了，自己也点了一支，陪他抽，一边跟他套话：“为什么？这儿又不是军事要地，凭什么这么严格，我们是自己人。”他干脆地说：“这你别问我，你去问园长吧，她不是你朋友嘛。还要不要我去喊？”下最后通牒了，我只好说“要”。

后来静子出来，我也编了些理由，请她说服断手佬让我进去看看：我想看看你的闺房，想看看你的孩子，想看看孩子们的教室……不管我说得多么煽情、肉麻，静子一概是含笑摇头。“走吧。”她拉着我的手催促我走，“他不可能让你进去的。”我说：“你不是园长嘛，只要你让我进去他能不听你的嘛。”静子拉我的手更着力了，虽然给了个口头安慰：“下次吧，让我舅舅带你进来。”

这安慰对我形同虚设。

这天，我又带静子去了熹园吃饭，席间我很小心地问起幼儿园的一些事情，我感觉到她不是很愿意谈论。她说：“我的工作没什么好说的，每天都一样，给孩子们当保姆，当老师。我很累，但也很开心，因为孩子们都很可爱。”我说：“你们当初怎么会选中那鬼地方，那儿以前是屯兵的，屋子都造得阴森森的，墙高门厚，整天阴风袭人，见不到阳光，做幼儿园怎么都是不合适的。”她说：“其实我也挺奇怪的，为什么要把幼儿园设在那样一个地方。”我说：“你不是园长嘛，怎么就不好好选个地方。”她说：“幼儿园已经开办三年，我才来了一年多，哪轮得到我选啊。”随后她问我今天干吗要请她出来吃饭，幼儿园的话题就没有继续下去。我怕她多疑，后来也没有再主动问起，直到送她回去的路上，我有意选择从熹园右院背后的那条河边走，中途突然发现，幼儿园方向有一片灯火。我判断那就是幼儿园，可孩子们这么迟怎么会还没有睡呢？我这么问她，她说那楼应该是他们医院的。一个幼儿园的医院能有几个医生啊，而且此刻孩子们都睡了，怎么还会灯火通明？我突然想起林婴婴说的，那医院是有秘密的，有罪恶的。当然，这只是我自己想想而已，没有跟她提出来。

我一直送她到门口，从熹园过来，抄小路走，真的很近，只有二十分钟的路程。分手时，我把林婴婴给我的手镯送给她。在月光下，手镯发出绿莹莹的光，看上去真像是一件宝贝。她一定没有想到我会送她东西，很激动，当即套在手上反反复复地欣赏、夸奖，末了问我：“这东西一定很贵吧？”我说：“不贵重的东西怎么好意思送你。”她说：“你干吗要送我这么贵重的礼物？”她也许等着我说我喜欢她。可我开不了口，我怕开了口收不了场，便耍了个滑头，说：“这个问题你回去自己去想吧。”她说：“好的。”含情脉脉地看着我，把手递给我。我牵起她的手，也许应该顺势把她拉入怀里，但我只是紧紧地，好像是深情地用双手捏了一下，便放她走了。这也是我们除跳舞之外，第一次带暧昧的身体接触，我感觉她的手是冰凉的，不知她是怎么感觉我的。

回家的路上，我对自己说：你今天无功而返，明天林婴婴一定不会给你好话听的。我还想，要从静子嘴里挖到幼儿园的秘密，也许比要了解她身体的秘密还要难。从现在的情况看，我可以负责地说，我要得到她的身体也许是不难的。

第二天早晨，我约林婴婴提前到单位，在操场上散了一圈步。林婴婴得知我落败而归后，哈哈笑着自嘲道：“这么说，香烟白送了，石头（翡翠手镯）也白送了。不，不，你等于是把石头送给了我，这下我心里有块石头了。”我说：“没办法，情况就是这样，断手佬绝对买不通的，给他一箱烟都不行。”她说：“这说明他一定接受了死命令。”我想也是。

“你有没有问过静子？”她问我。

“什么？”

“为什么搞得这么森严？”

“没有。我没敢问，怕让她多疑。”

“对，你不要问，要问也让我来问。”

“估计你也问不出名堂。”我说，“静子这人……很稳重的，不爱多言。”

她沉思了一会儿，说：“没事，我来想办法吧，反正我们一定要进去，进去了才能有判断。”

我再次表示了困难和疑虑，我总觉得她的说法不对，那些孩子怎么可能是我们的？那里面怎么可能藏下一个研究机构？我说：“你不知道，那里面是一个空荡荡的地方，怎么可能藏得下那么多人？”她以庄重的口气对我说：“我的同志，请你相信我，不要怀疑，要怀疑请用事实来怀疑。以我掌握的情况看，这里面就藏着罪恶，那个罪大恶极的人肯定就在里面。你不想想，一个幼儿园干吗要那么大地盘？不瞒你说我昨天也去了，开车绕着围墙走了一圈，我注意到，一排房子晾着好多孩子的衣服，那排房子应该就是孩子们的寝室。可是在它对面，还有一幢楼，阳台上晒着好多白大褂，好像是一座医院的样子。”我说：“就是医院。”这我听静子说过的，里面有一栋楼是医院，专给孩子们看病的。她责问我：“那么你想，一个幼儿园配一个医院，这个谱摆得比天还要大，正常吗？不正常！我判断这个所谓的医院就是研制基地，那些人表面上是医生，实际是那个跛子家伙的助手。”她突然想起，告诉我：“哦，这家伙的名字叫腾村，腾村龙介。”

东升的朝阳，把远处的天空映得金光闪闪。可是，我的心情很灰暗，她越把那事情说得真实不可怀疑，我心里越是不踏实：一来，我在追问，这任务到底是谁交给她的；二来，如果这确实是今后我们组必须完成的任务，我觉得要完成它是很难的。而她则再三强调说：我们必须想办法进去。我烦了，对她不客气地说："请你搞清楚，是你想，不是我想，我认为……没办法，你也想不出办法。"她又像开始一样哈哈笑道："金处长，你太低估我了，不瞒你说我已经有办法了，只需要你配合一下，把静子给我约出来，把我隆重地介绍给她，行吗？"

我说："这没问题。"

她说："那我们就准备进去吧。"信心满满的。

05

她真的想到办法了。

这天中午我把静子约出来，林婴婴在得月楼豪华地宴请了我们，完了又执意要用车送静子回单位。静子说不要送："我自己回去，很近的。"近是不近，可静子怎么会让她送？出来吃饭是看我的面子，又不是要攀附她。我等着她把牌打给我。果不其然，林婴婴拉着静子的手，亲昵得跟一对姐妹似的嗔怪道："岂有此理啊，静子姐姐，中国有句老话，客随主便，今天是我请你出来，我要善始善终把你送回家。金处长，你说我该不该送？"我能说什么？"该！"我对静子说，"是的，客随主便，上车吧，这也是你妹妹的一份心意嘛。""就是，上车，上车。"林婴婴打开车门，请静子上车："还是金处长理解我，姐姐今天认了我这个小妹，我要满心满意表达对姐姐的敬意。"

静子就上车了。

车子就开走了。

转眼就要到静子单位，可直到这时我还是不知道林婴婴葫芦里到底藏着什么迷魂药，会让断手佬敞开那扇沉重、森严的大门。两个拐弯，小车停在天皇幼儿园大门前，断手佬闻声出来，打开了小铁门，恭候静子回来。

静子欲下车，道了谢，道别："好了，到了，你们回吧。"

林婴婴拉住她，不让她打开车门：“哎，姐姐，先别下车，我说了今天我要送君送到家。”吩咐司机：“去跟门卫说一下，就说园长回来了。”

静子连忙阻止：“不要，不要进去了，就这样吧，我走进去就行了。”

静子说着下了车，林婴婴跟着也下了车，挡住静子，一边叫司机打开后备厢。林婴婴拉着静子来到车尾，指着后备厢里的东西说：“姐姐，你看，这是我送你的。”后备厢里蹲着一只大大的石狗，林婴婴介绍道：“姐姐，我知道你生肖属狗，专门请大师傅给你雕了这个。”

这时我才明白她葫芦里藏着什么迷魂药，我上去抚摸着石狗夸奖：“哎哟，这师傅的手艺真好，你看这对眼睛，跟活的一样。”林婴婴说：“何止是师傅的手艺好，你看这石头也是百里挑一的，这是浙江雁荡山上的大青石，比铁还要硬，还要重。”转身她对静子说：“姐姐你说，你走进去，它怎么进去啊，除非金处长是个大力士。金处长，你能扛进去吗？”

我说：“我能把它从车里搬下来就不错了。”

她说：“那这个任务就交给你了，等车进去了你把它搬下来，搬进姐姐的屋里。”

我们俩就这样一唱一和，鼓动静子去吩咐断手佬开门。静子去吩咐了，断手佬也听了，门就开了，汽车轰的一声就进去了。车子停在静子宿舍门前，我和司机负责把石狗搬进屋，林婴婴则择机四顾，一边套静子的话。院内静得出奇，几无人影。

“哇，这里面好大哦，姐姐，这里有多少孩子啊？”

“五十个。”

“不多嘛，怎么要这么大的地方。”

“我也不知道，我来的时候孩子们已经来这儿了。”

“这房子很古老气派啊，古代的建筑就是气派。”

“嗯。”

“怎么没看见孩子呢？”

“现在是午休时间。”

两人边说边打开门，帮助我和司机把石狗弄进屋。进门前，我注意到，对面楼里出来一个人，穿着白大褂，站在阳台上，在朝这边张望。为了多套她一些话，林婴婴一进屋便对屋里面的所有东西都表现出好奇，向静子问这问那。静子如以前一样，并不乐意作答，但碍于情面也尽量应付着。

林婴婴看见墙上有好多幅静子和成群孩子的合影，问静子："这就是你的孩子们吗？"

"嗯。"

"金处长，你来看，他们真可爱，看了他们我就想起自己的小时候了。"

我过去看着孩子们照片，一边问她："你小时候的幼儿园有这么好吗？"她说道："简直是天壤之别，我们那时候就在一栋破房子里，几十个孩子才两个老师，静子姐姐，你这儿一定有好多老师吧。"又套上话了。

"并不多。"静子答，"老师连我才五个。"

"但肯定还有很多生活员，炊事员啊，勤杂工啊，对不对？"

"嗯。"

"肯定还有卫兵。"

"卫兵倒没有，就一个看门的。"

林婴婴指着窗外对门的那栋像医院的屋子问："姐姐，那一定是你们的食堂吧。"

"嗯，一楼是食堂，二楼是医院。"

"哦，还有医院吗？"

"嗯。"

适时，电话铃声突然响起来。我猜，这一定是刚才那个白大褂发现我们进来，催我们走的，便连忙告辞。车子开出大门后，林婴婴跟我分析刚才那个电话，得出结论，道："这说明你的静子虽然是园长，但并不是里面最大的，还有管她的。"我说："也许是监视她的，否则不可能我们一进去就被人发觉。"她说："我看到我们进去时一个穿白褂的人在对门楼下冒了一下。"我也看见了，是个年轻人。她说："秘密一定就在对面的楼里。"我想也是，又是医院，又是食堂，把它们搅在一起总觉得怪怪的。她说："今天可惜没见到孩子。"我说："行了，毕竟是第一次。不过，下一次不知要送什么才能进去了。"她说这个问题就交给我了。

我说："我对另一个问题更有兴趣。"

她问：“另一个什么问题？”

我说：“这到底是谁交给你的任务？”

她说：“说出来你要吓一跳，还是先不说吧。”

她真的没有说。她是打算永远不说，还是在等待一个合适的时机说？我不知道。但我知道，她对我有秘密。这个秘密正在变得越来越大，越来越真实……

第六章

01

以后我会认识他：刚才在对面楼里张望我们的那个穿白大褂的人，他名叫小野，二十四岁，中等个子，肌肉发达，目光明亮，走起路来，步子迈得急促又轻松，给人的感觉很精干。他的白大褂里总是穿着军服，领章上缀着少佐军衔。这天，我们进去后，他一直立在阳台上注视着我们，直到我们离去，他才离开阳台，下了楼，往幼儿园这边走来。

以下是后来静子向我复述的一幕——

小野过来，在静子屋前停下。静子以为他要来找她，可他停顿一会儿又继续往前走，脚步加快，似乎刚才的停顿给他增加了脚力。

断手佬注意到小野在往自己这边走，主动迎上来，面带笑容，是一种带着惧怕的笑容。他似乎从对方急匆匆的脚步和严肃的表情中读到了恐惧。果然，小野冲到他面前，二话不说，重重地甩了他一个耳光，骂："是谁让你放他们进来的！"

断手佬挨了打，反而释放了恐惧，不服气地顶撞他："她是园长，我能不听她的？"

小野喝道："有些事园长也要听我的，我们要为她的安全负责。"

断手佬说："那你要跟她说，否则……下次她又叫我开门怎么办？"

小野哼一声："不会有下次，记住，不要放任何外人进来！"说罢，转身离去。

小野又来到静子屋前，又像刚才一样略微停顿一下，却没有像刚才一样走掉，而是上前敲静子的门。静子一直在注意他，这会儿为他打开门，不冷不热地问："有事吗？"

"我来看看它。"小野走到石狗前，一边看一边说，"原来是一只狗，嗯，有意思。最近我看园长你经常外出，是不是有了如意郎君？这东西就是你的如意郎君送的吧。"

静子瞪他一眼："你管得多。"

小野笑道："我怎么敢管你，你是园长。"

静子看小野要把石狗翻过来看："哎，你干什么，别去动它。"

小野说："我看看底下有没有机关。"

静子说："你还是看看自己的脑袋吧，什么都怀疑，这是石头，比铁还硬的石头，哪里去藏机关。"

小野笑笑："园长，凡事小心为妙嘛，我要为你的安全负责。"

静子冷漠地说："谢谢，我很安全。"

小野说："这些中国人良心大大的坏，你要大大的小心。"

静子说："去对你的教授说吧。"

小野说："教授是我们大日本帝国的国宝。"

静子说："我知道，这里的安全措施都是为他，不是为我的。如果是为我，对不起，我不需要，搞得跟监狱似的，烦死了。"

小野说："心里安静就不会烦，你看教授，整天待在楼上，从不下楼也不烦。"

静子说："他能下楼吗？"

教授就是腾村龙介，著名科学家，皇亲国戚。但这里，人人都叫他"教授"。

教授下不了楼的，他的脚筋断了，两只脚形同枯木，着不了地，只能靠轮椅代步。以后，接近教授成了我的噩梦，因为他是难以接近的，他每天待在对面楼里——所谓的医院，几乎足不出户，过着像时钟一样精确、刻板的生活。好在他身边有四个女助手，分别叫千惠、百惠、十惠、小惠，个个年轻、漂亮，各有专长。她们除了负责陪教授工作、生活之外，还有一个职责就是：

写日记，全程记下她们陪教授度过的每一分钟、每一件事。我对教授的了解和想象均来自她们的日记，那日记真是事无巨细，活灵活现。从千惠的记录看，我们离开幼儿园时，教授正坐在轮椅上，在二楼室内运动场里对着墙壁打网球，打得大汗淋漓。千惠帮他拣球，她的专长是运动和保健，主要负责教授的身体健康，每天下午陪教授运动一小时，完了做按摩，晚上熬汤焖药，次日安排教授分餐，定时定量进食，强身健魄。以下是我根据千惠这天的日记想见的一幕——

千惠说："教授，时间到了，不打了吧。"

教授说："好，今天到此为止。"

千惠开始拣球，她穿裙子，拣球时有些姿势会很性感，让教授受了刺激，上去摸了她的屁股。千惠一下显出万种风情，上来搂住教授说："今天晚上要我来陪你吗？"

"你行吗？"教授冷冷一笑。

"怎么不行？"千惠说，"我的每一个细胞都等着您的召唤。"

"可是今天不行。"教授说，"我知道的，你正在'休假'。"

千惠顿时惊慌地查看背后，从屁股一直看到脚，没有发现什么异常。

教授说："你以为有血迹？没有的事，干净得很。脏了才知道就不是我了。"千惠问他："那您怎么知道的？"教授大笑着说："我是研究生命科学的，生命对我来说没有秘密，我可以从你的眼睛看到肝脏，从你的嘴唇看到阴唇，从你的头发看到血液，所有看不见的秘密都在我的眼睛里。"

千惠上前亲了一下他的额头，说："教授，你真不愧是我们大日本国的国宝。"

教授说："等我在中国的全部研究计划完成之后，就不仅仅是日本国的国宝了。"

千惠说："而是世界的。"

教授说："对，到那时全世界人都要感谢我，就像今天的欧洲人感谢希特勒一样。"

千惠帮他擦汗，教授继续说道："世界上有两个种族一直是人类的灾难，一种是犹太人，再一种就是我们身边的支那人，人类要安定，要公平，要秩序，要正义，必须把这两种人全部灭绝……”

这时候小野进来，毕恭毕敬地向他汇报刚才静子带人进来的事。教授一直默然地听着，眉宇间透露出一种高贵、睿智，目光里却藏匿着冷漠、阴鸷，冷得有一丝杀气，阴得有一股毒劲。不等小野汇报完毕，他手一挥，发话：“叫野夫来！”

02

如果说千惠是教授的生活助理，那么百惠就是工作助理，她的职责主要在教授的办公室里：只要教授进了办公室，一切均由她来照顾。教授的办公室有半个篮球场那么大，分各种区域，工作的、生活的、休闲的。休闲区内专设有茶艺区，铺着地毯，临着窗户。野夫驱车赶来时，百惠正坐在窗边泡茶。教授在另一端，实验区，坐在轮椅上，穿着白大褂，正对着显微镜在仔细观察什么。他已经五十岁，从背后看，头发稀落，几乎快秃顶了。在他背后，有一溜长长的案台，台上放着各式玻璃器具，大小不一，形状各异。在两只半米多高的玻璃瓶里，用福尔马林药水泡着两个婴儿的标本，都睁着眼，握着小拳头，蹬着光腿，看上去很瘆人。

从百惠的记录看，野夫以最快的速度亲自驱车而来。车子一头闯进断手佬刚刚打开的大门，依然保持最快的速度急驶，绕着操场转了大半圈，最后停在医院的楼前。因为速度快，停下时刹车片发出尖利的摩擦声。

小野早在楼前立着，脱掉了白大褂，亮出一身军服，呈立正姿势。野夫下车，小野向野夫行了日式军礼。野夫把一个长方形的纸盒转交给小野，两人便进了楼。

小野带野夫进来，轻轻地走到教授身后，恭敬地向他报告：“教授，野夫机关长来了。”教授继续看着显微镜，说：“知道了，让他先喝杯茶。”小野把野夫引到茶艺区，安排他坐下，百惠即给他端上一盅茶。野夫饮过三杯茶后，教授才过来，自己推着轮椅。小野上去想帮他推，他挥手不准。

野夫恭敬地起身相迎，对教授说："尊敬的教授先生，您好，打扰您了。"

教授一挥手，吐出一个字："坐。"

野夫乖乖地坐下。待教授坐定，百惠及时献上茶。教授接过茶盅，呷一口，问野夫这茶怎么样。野夫连声道好，随后谦卑地问教授招呼他来有何指示。教授把茶盅还给百惠，冷冷地说："喝茶，先喝茶，知道这是什么茶吗？"野夫连忙喝一口，品了一会儿，说："这是杭州的龙井茶。"教授说："是龙井不错，但龙井也有精粗之分，这是精品，是用谷雨前的芽尖尖焙的。"野夫说："是的，这茶确实好，这么好的茶叶我只有在中村将军那儿喝过。"教授说："这茶就是中村将军送的。"

忽然，教授瞥见沙发脚边放着野夫带来的那个大纸盒，问这是什么。野夫打开纸盒，拿出一只青花瓷瓶给教授看，说这是他刚从上海寻来的，据说有三百年的历史，是景德镇的官窑烧制的。教授拿来细细看着，最后道："假的。"

"假的？"野夫大惊失色。

教授指着百惠说："它的年头还没有百惠长。""惭愧！惭愧！"野夫难堪至极，一再致歉，请求教授多多谅解。教授这才言归正传，把下午静子带人进来的事情说了个大概，并指出两条：一、你要告诉她——静子园长，下不为例，不管什么人，什么理由，都不要带进这个院子；二、听说静子跟一个支那处长接触很多啊，你必须"关心"一下。教授指着那个假青花瓷瓶对野夫警告："别像你买的这个玩意儿一样，又买个教训。"

教授一言九鼎啊！静子告诉我，野夫别了教授，当即去找她"关心"了。时值下课时间，静子和另一位辅导员小美正带孩子在户外玩耍，孩子们见野夫的小车开过来，都咿咿呀呀围上来，逼着车子停在路中央。野夫下车，把静子叫到她的办公室，先了解了情况，后照着教授的指示留下两个要求。对第一个，静子爽快答应了，对第二个，静子没有答应。她解释说："本来就没有的事，我们只是跳过几次舞，吃过几餐饭。"野夫问："你喜欢他吗？"静子说："我没考虑过这个问题。"野夫说："这样就好，希望你永远不要考虑这个问题。"

静子答应了。

事情没有像野夫事前担心的一样严重，静子的表态也让他满意，野夫出门时心情很好。所以出来见了孩子们显得很慈祥，有说有笑，平易近人。上车前，他还装模作样地对孩子们行了个军礼，孩子们都像受过训练似的，一齐还以军礼。野夫在孩子们齐刷刷的军礼中上了车，车子驶出大门时，静子看到孩子们还对大门高举着小手。

03

不光是教授和野夫在操心我与静子的暧昧关系，还有一个人比他们更操心，他就是刘小颖瘫痪在床的丈夫——陈耀。

陈耀曾是我的部下，也是重庆的同志，明暗都与我在一个时空里，朝夕相处，交情笃亲笃深。几个月前，灾难降临，陈耀在外面吃饭，与一个人发生争吵，那人先出手打人，扇了陈耀一个响耳光。陈耀是大个子，体力过人，打架是不让人的，最后把对方打趴在地。那人逃走后，喊来一个鬼子报仇，鬼子举着手枪闯进餐厅，毒打陈耀。陈耀不敢还手，任其痛打扬威。鬼子打够了就走人，原先被陈耀打趴的那家伙刚才一直没机会泄恨，临走前顺手操起板凳打了陈耀一个拦腰。就这一手把陈耀彻底打趴了，打断了脊梁骨，造成高位瘫痪，只能卧床不起，把一家子的生计和军统的工作都压在了刘小颖一人身上。他们有一个小孩儿，叫山山，才五岁，陈耀瘫痪后，家里的日子过得十分悲苦，孩子都养不起，只好送回老家。我一直以老单位领导的身份，尽可能照顾他们，给刘小颖张罗起这家书店，挣点儿小钱，聊以度日。我曾多次给卢胖子施加压力，想把刘小颖弄到保安局来工作，哪怕打个临工也好，但胖子始终不答应。

后来我了解到，陈耀其实早就操心起我和静子的关系，那是林婴婴刚到南京不久的时候，他是从我的部下小青那儿听说的。作为前同事，小青偶尔也会去看看陈耀，有时是我安排她去的，比如送袋米、送包药什么的。小青是个性格很开朗的姑娘，对人很热情，话比较多，有一次她在偶然跟陈耀说起我和静子的事时，多了一句嘴，说："我觉得，那个静子园长一定是喜欢上我们处长了，她老是给他打电话，我们处长一接她的电话也老是放不下，没准儿他们在谈恋爱呢。"说者无心，听者有意。陈耀觉得这是个非常大的事，小青一走便让小颖挂出火钳，通知我去书店。

我去了，手上拎着一小袋红薯，大大咧咧的，老远就嚷开了："小刘，来客人喽。"刘小颖热情地上来迎接我，有意大声地说："哎哟，金处长，你怎么又给我们带东西来了。"我说："谁叫我是处长呢，陈耀好吧？"刘小颖接过东西说："好的。"里面的陈耀听见了，立即大声喊我进去。

屋子被一排书柜当中隔开，外面是书店，里屋是他们简陋的家，陈耀就躺在里屋一张散发着贫寒气的破床上。我被陈耀喊进去，他挣扎着想坐起来，却不行。我连忙上去扶起他，帮他坐好，责怪他说："这屋里跟战场一样烟雾腾腾的，你怎么抽这么多烟啊。"他说："心里烦着呢！"我说："有什么好烦的，你该烦的都烦过了，别老是在死胡同里打转转。"他气呼呼地说："我是为你烦。"当时林婴婴刚到，我心里偷着乐，对他笑道："为我烦？哈，我这几天乐得简直做梦都是高兴事，你应该知道吧，组织上给我派来了一个人，很能干的……"他打断我说："别跟我说组织上，今天只说你。"我想，除了组织上的事，我还有什么好说的呢？

陈耀点了一支烟，很严肃地对我说："老金，你今天得跟我说实话。"就好像我对他说了不少假话似的。我不无疑惑地问他："说什么？"他问我："你和那个日本……女人，到底是什么关系？"这让我有些意外和尴尬，一时无语。他急着追问："你说啊，到底是怎么回事？"我说这是组织上安排的。他问："安排你们谈恋爱吗？"我说是的。他瞪大眼睛，一时不知说什么好，顿了半晌，说："你……老金啊，她是野夫的外甥女你知道吗？"我说："我怎么不知道，正因为这样，组织上才安排我去接近她，她身上有货。"他几乎喊了起来："不是货！而是祸！你有没有想过以后？老金！"我说以后的事谁说得准，走一步算一步。他白我一眼，哼一声，说："老金啊老金，亏你还是个聪明人，怎么就在这件事情上犯糊涂？鬼子的女人你能要吗？"我说："我不要，可你知道这是工作需要。"他依旧激动地说："工作需要也不能往火坑里跳啊。老金，你是我最好的朋友和兄弟，你是我大哥，亲大哥，比亲大哥还亲，你听我一句劝，不能再这样下去，你必须跟她分手，否则你以后是要遗臭万年的。”

我怔怔地看着他，不知道说什么。

他依然慷慨陈词：“如果说当伪军是为了生计情有可原的话，那跟日本婊子好是绝对没人会原谅你的，你知道吧老金。”我想谁跟婊子好了，静子不是婊子，我也没跟她好过。我有些不高兴，说：“我知道。”他说：“知道就到此为止。”我说：“问题是革老不会同意的。”陈耀用非常坚定的语气说：“他当然不同意，可你也不是必须听他的，全听他的我们就都完了。这个人，我现在不信任！”我问他这是什么意思，他说：“就这意思，别听他，听我的，我才是为你好，他啊，就是要我们为他好，为他卖命，我已经为他卖了命，现在轮到你为他卖命了。”我说：“你这就有点儿胡搅蛮缠了，你出事……完全是偶然。”他说：“不错，我是跟人打架出了事，可是我要不为卢胖子干活儿，我会去那种地方吃饭吗，那是汉奸开的饭馆！可是你再想想，我凭什么为卢胖子干活儿，还不是为了他，否则谁要穿那身臭黄皮！”他指了指挂在墙上的衣服，接着说：“要没有组织，我宁愿饿死也不要穿这身黄鼠狼的臭皮！”他越说越激动。我安慰他：“是的，我们都是为了党国才穿这身黄皮的，我跟静子接近也是为了党国。”他说：“可天下有几个人知道你这是为了工作，以后革老死了，知道的人都死了怎么办？别说以后，就是现在，你跟她相好的事儿一旦公开，保证有人背后朝你吐口水，走在大街上说不定还要挨黑枪呢。赶紧想办法，让那婊子死了心，离你远点！”我敷衍了事说了一句：“有什么办法呢？”他说：“找个女人，成个家，她就死心了，你也就安顿了。”

据刘小颖说，这之后陈耀整天都在琢磨为我找女人的事，有时也跟她商量谁最合适。刘小颖倒是马上想起一个人，就是革灵。中华门牺牲后，革灵很可怜，每次见到刘小颖都哭哭啼啼的。革灵和中华门的夫妻关系没有公开，刘小颖觉得我们结合还是蛮不错的。刘小颖跟陈耀这么一说后，哪知道反而让他灵机一动，突发出一个灵感。他觉得自己虽然没死，其实已是行尸走肉，跟死没两样，当男人当不了，做父亲做不成。与其让我去“可怜”革灵，还不如“可怜”他陈耀，让我娶小颖，这样至少对小颖和孩子是有好处的。

孩子才五岁，需要人照顾啊。

事后我知道，刘小颖坚决不同意。

04

这天，我下班回家，路过书店，虽然不见火钳子挂出来，但我还是进去了，因为我刚给陈耀买了一些药。陈耀天天躺在床上，需要补点儿维生素什么的。刘小颖收下药，客气道："哎哟，你花这个钱干什么。"我为了不让她歉疚，说："是局长同意的，我在医务室拿的。"我答应着，一边准备进去看看陈耀，却被刘小颖拦住。她小声说："算了，你有事走吧，他没事。"我说："我也没事，去跟他聊聊天。"刘小颖却很固执："算了，你还是走吧，别老待在这里，不好的。"我觉得有些不正常，看着她。她有意支开话题问我："哎，莫愁湖同志还好吧？"我说："嗯，好的。"她又问："他（她）到底是哪个人啊？是男的还是女的？"我说："算了，你别问，组织上不想让你们认识。"

陈耀在喊我："老金，你在干吗？进来坐坐吧。"我再次准备进去，却又被刘小颖拦住，她一边推我走一边对里面说："老金有事走了。"我走出书店，心里很纳闷，越想越觉得刘小颖的举止很怪异。我搞不懂刘小颖到底为什么不让我去见老陈。难道……后来才知道，其实这里也在酝酿一场阴谋，这场阴谋只针对我一个人！

我一走，刘小颖即去了里屋，不等她开口说话，陈耀便气呼呼地指责她："你干吗不让他进来！"

刘小颖说："他有事，这是他给你的药，是维生素，把它吃了吧。"说着扶起他，准备给他吃药。陈耀一把把药扔了："哼，什么事，都是你的事，你就是怕我跟他说那件事！"刘小颖忍不住顶一句："是，我就觉得不合适。"陈耀凶狠地拍打自己的身体叫道："你觉得这样适合吗！你没看见我已经是个死人啦，我已经管不了你们啦！让老金来……"刘小颖一把捂住他的嘴，"你别说了……这不行的……"说着抱住陈耀抽泣起来，"我不能丢下你……

我宁愿跟你一块儿死也不会同意的……”

刘小颖说到做到，很长一段时间她都不让我进屋，有事都在门口说。有一天，她在整理床铺时从被褥下面发现陈耀写给我的一封信，说的还是这件事，被她当即烧掉。陈耀知情后，又跟她大闹一场，甚至以寻死相胁，一定要小颖把我叫来一谈。刘小颖告诉他，其实这跟老金说没用，就算他愿意，没有革老同意也不行。

“要他同意干吗？”

“这不是个人的事。”

“这就是个人的事嘛，只要我同意，你同意，他同意，跟组织上有什么关系。”

“我们的一切都是组织的，当初我和你的事还不是组织上安排的。”

“当初是当初，现在是现在。”

“但我们工作的性质没有变。”

陈耀冷静下来，说：“这样也好，那就跟鸡鸣寺说吧，我自己也觉得跟老金不好开口，所以才决定写信。你不知道，我都写了一天了，写了又撕，撕了又写。既然这样，让革老出面来说最好。这样，你去找一下他，就说我有重要事情要跟他谈，请他来一下。”刘小颖迟疑地看看丈夫，犹豫再三，还是狠了心劝他：“算了吧，这事不行的。”陈耀又发作起来：“你又来了！你以为我是疯子吗，我这一切还不都是为你们好！”

“可这不行的。”

“行不行要跟他说了才知道！”陈耀吼道。

“难道我就没有发言权吗？”刘小颖突然变得很坚决，“我说不行，我不愿意！”

“那我就死给你看！”

陈耀滚下床，爬着去拿菜刀，上演了一场自杀戏……

这是刘小颖对我复述的一幕，她说这次陈耀抢到了菜刀，真的把它架到脖子上要砍自己，把她吓哭了，晚上还做噩梦。这只是开始，以后这样的恐怖戏，这样的噩梦还将不断上演。陈耀的精神就像他的身体一样，已经被固定成一个样子：绝望！他整日躺在床上等死，唯一想完成的事就是把妻儿托付给老朋友、老上级、老同事——我！这么多“老”既是我们的交情，也是他了解我、信任我的资本。他相信我，也相信自己的决定：把妻儿交给我，是最好的选择。

所以，他的死，已经注定。

可怕，这一天，终于降临！

05

这天，刘小颖在丈夫疯狂的胁迫下，只好把我再次召唤到陈耀床前。陈耀没有直截了当提出想法，而是迂回了一下，先是老话重提，好心劝我应该尽快找个女人，借此摆脱静子。我苦笑着，出于应付，随意说了一句：“好的，我知道了，我找找看吧。”

他立刻说：“别找了，我给你介绍一个。”

我取笑他：“你现在连门都出不了，还给我介绍？要介绍也只能给我介绍个书里的人吧。”他却认真地说：“不，我要给你介绍的人，远在天边，近在眼前。”我问是谁，他说是刘小颖。我听了马上站起来，像被他吓了一跳，不由地退开一步，一边气愤地指责他：“陈耀，你在说什么，简直是胡闹！”他说：“我没有胡闹。老金，相信我，我这是为你好，也是为我和他们好，你就答应了我吧，算是我求你了。你把我送回老家，你就把他们母子俩接回你家，我死也甘心了。”

可是我死也不相信他怎么……我气愤难当，不知说什么好，把烟头丢在地上，踩灭，对他怒喝：“不要说了，这是绝不可能的！亏你想得出来，我为你害臊！”说完我愤然离去。走出门，刘小颖正在门口拿钳子拨弄着炉子，看我气鼓鼓地出来，过来搭讪：“老金……”我在气头上，没好话说：“你去管管他吧，我有事走了。”

没走多远，只见刘小颖疯了似的追出来，大叫大嚷："老金！老金！你回来！回来！"

我停下脚步，冷漠地立在那儿。刘小颖追上来，因为着急而气喘吁吁地说："老金，你……快回去，他要……自杀……枪抵着脑袋，要自杀……你快去劝劝他……"说着哭了。我拔脚跑回去，冲进屋，果然看见陈耀举枪抵脑袋，命悬一线。

"你回来了，好。"他笑得很灿烂。

"陈耀，把枪放下！"我对他喊。

"你别过来，就站在那。"

"陈耀你别干傻事，有话好好说。"

"是的。"他说，"喊你回来就是有话要对你说，你听着……"这时刘小颖也冲进来，陈耀对她说："你走，这里没你的事，今后把孩子带好就行了。"我说："就看在孩子的面上，陈耀，你先把枪放下。"他摇摇头，对妻子说："小颖，别让我生气了，快走吧。"刘小颖哭泣着离去。陈耀没忘记交代她："你别哭，把力气留着带我们的孩子吧。"我说："对，陈耀，你还有个孩子，山山，他才五岁，他需要你，你快把枪放下吧。"他说："我可以把枪放下，老金，但你要答应我一个条件。"我说："好，什么话都可以说，你先把枪放下，你这样子哪像说事情的样子嘛，别走火了。"他大声说："你先答应我！你不答应我就走了！"咔嚓一声，他真的按下了撞针。我连忙说："好好好，我答应你，你说吧。"他轻声道："老金，我们兄弟一场，战场上我救过你，今天你就救救我，答应我，把小颖娶了，孩子也是你的，把他们都接过去，让他们过个像样的生活。老金，我早就有这个想法了，从躺下那天起，我就在想，今后他们怎么办呢，我想来想去只有托付给你。可是我一直开不了口，开了口也没有人同意，都骂我疯了。我没有疯啊老金，我是没办法，孩子这么小，世道这么乱，今后怎么办啊！"

见他消停，我马上插话："你不要这么想，陈耀，还有我，我们还有那么多同志……"他打断我："听我说，老金，事到如今我谁也不相信，我只相信你，你就答应我吧，让我……死了也安心……"我说："你把枪放下我就答应你。"他说："不，你先答应我，不答应我就开枪走人了。"我说："好，我答应你，从今后小颖和山山……都是……我的人……我的亲人……我的家人……”他说：“老金，你答应了，可不能反悔啊。”我说：“不反悔，现在你把枪放下！”他苦笑道：“我还没说完，让我再跟你说几句吧老金，革老这人不可信任，太自私，你不要全听他的……”我上前两步，对他说：“我知道了，你把枪放下吧。”他说：“你别过来，过来我就开枪了。”我大声喊：“陈耀，你到底想干什么，我已经答应了你！”他突然流了泪说：“是的，你答应了我，我可以死得瞑目了。”我说：“你再不放下枪，我要收回我的话了！”他泪流满面地说：“收不回去了，老金，小颖……是个好女人啊，可惜她命苦，我对不起她，拜托你了。”我说：“我不是都答应了你，你把枪放下！”他说：“老金，今天我举了枪就没想过还要再放下，你答应也好不答应也好，我都要下辈子跟你见面了……”

我预感到他要开枪，扑上去想夺他的枪，就在这时，枪响了。

血溅在我脸上，又滴回到陈耀脸上。我抱着奄奄一息的他，又是痛哭又是痛骂：“陈耀！陈耀！你这个王八蛋，你怎么能这样，我不是都答应你了，陈耀！你这个王八蛋……”

这一天，正好是我陪林婴婴智闯天皇幼儿园的同一天。一个小时后，静子也受到野夫的警告：不准她与我再往来。就是说，我们俩几乎在同一时间，以不同的方式被不同的人告知：不能往来了！

第七章

10

看来 11 月是我的扫帚星，去年这个月，我妻子和儿女别我而去，今年这个月，我的老朋友、老搭档又步后尘。死亡对死者是解脱，对活人是折磨，我对生活的眷念越来越少了，但担子却越来越重。安葬完陈耀后第四天，我回了趟杭州老家，两件事：一是给妻子和女儿上坟，她们走了一周年，必须要祭一下；二是把儿子接回南京。我已在陈耀坟头对刘小颖表明态度：让她回去把山山接回来，我把儿子接回来，然后一起过。

我儿子叫达达，今年七岁，这一年来由我父母照管着。我的父母年纪大了，不想出门，再说我也不想把他们带到我身边，我是个炸弹啊，随时要爆炸的，还是别让他们挨着我好。再说，有了小颖，孩子有人照顾，他们也可以不来。

可是，我想错了。

我回到南京后，发现刘小颖还没有回来。陈耀和刘小颖老家都在常熟，就是沙家浜的地方，离南京很近的，她回去接儿子，按理早该回来了。我同她分手时也是这么约定的，因为还要去丈母娘家看看，我请了七天假，让她先回来守着点儿，万一出现什么突发事件可以给组织上通个风。怎么会这么长时间没回来呢？我想革老也许会了解情况，当天晚上便去了诊所。诊所又有变化了，为我开门的是一个五十来岁的妇女，包着一块麻线头巾。才十一月份，天还没有冷到这份儿上，我马上猜想，她可能是个北方人，也许是革老的老乡：他们那边的妇女爱包头巾。

革灵好像身体不舒服，病怏怏地躺在床上，革老正在帮她扎针，完了，正在收针。我一问，革老确实知道小颖的情况，对我说："刘小颖跟我请长假了。"我问："什么意思？"他不悦地说："不明摆的嘛，她不干了！"我说："这怎么可能？我们分手前讲好的，她回去接了儿子就回来。"他说："可是她跟我就不是这么说的，她跟我说陈耀死了她心里很难受，不想干了，只想回老家把儿子带大。"我说："她回家要工作没工作，要积蓄没积蓄，怎么养孩子啊。"他说："这你别操心了，中国这么多人都穷得叮当响，可谁家没有孩子啊。"我说："这不行，我没有联络员怎么行？"私底下我想的是：这样我如何了却陈耀的临终遗愿啊。我要求派人去她老家把她找回来。革老说："没必要，我已经给你找了一个帮手。"说着让革灵叫来刚才为我开门的那位妇女，介绍我们认识。她姓陈，叫陈珍莲，五十二岁，确实是革老同乡。二十年前，她和丈夫一起到济南闯天下，开了一家馆子，生意不错，发了。前年丈夫当了汉奸，在外面吃喝嫖赌，她一气之下参加了革命。不久前，经组织介绍，她辗转到南京，加入了我们组织。

革老本想叫她去接管刘小颖的书店，做我的联络员，我不同意，因为我还想让刘小颖回来——必须回来！否则我怎么跟陈耀交代！但我没有直说，我说："这肯定不行，那书店是保安局的房子，给刘小颖开书店是照顾她，除了她没人能在那儿开店。"我说得冠冕堂皇，让革老一时没了主意。倒是我儿子日后的保姆，陈珍莲同志，一下替自己找到了角色。她问我："听说你有个儿子才七岁，这次带回来了是不？"我说是的，她说："那我就去帮你带孩子吧，当你家保姆，这样还更便于工作。"革老也觉得这主意不错，当即决定了，我无权反对。

以后，她就来了我家，表面上照顾我儿子，暗地里帮我做事。我儿子喊她叫"陈姨"，我对外也这么叫她。陈姨同志性格坚强，是个很有主见的人，加上又在大城市生活过，见多识广，有点儿知识，能看报，会写字，后来替我做了很多事。这是后话。

02

话说回来，第二天我去单位上班，老规矩，小李见了我，带上钥匙和一堆文件，替我打开门，率先进去，放好文件，一边说："处长，这是这几天的文件，都已经送过领导传阅了，你看看吧。"我点头，他又说："林秘书来过电话，让你一回来就去找卢局长。"我问："什么事？"他说："不知道。昨天周部长来局里视察工作了，也到了我们处。"我说："没事吧？"他说："没事，都正常。"我问："秦处长呢？"他说："不知道，上午来过一下，后来又走了。"我又问："小唐呢？"他答："她在楼上，在局长那儿了。"突然，小李想起什么，跑回办公室，给我提来一个捆得严严实实的纸包。我问他："这是什么？""这是刘小颖送来的。她回老家去了，让我把这个交给你。"

看样子像书，我没有马上打开来看。我知道，马上小青会来找我。她是管电话的，一般我外出回来她都会来跟我汇报谁给我打过电话。果然，不一会儿，她来了，还是老样子，蹑手蹑脚地进来，调皮地喊："报告处长。"我故作受惊的样子，说："你怎么又老一套，吓我干吗？"小青嬉笑着说："对不起，处长，我不是故意的。"我说："说吧，有谁找过我？"她头一歪，问："电话吗？"我说："你还跟我捉迷藏。"她缩缩脖子，一五一十跟我数了几个曾找过我的电话，却没有静子的。我觉得奇怪，问她："没有了？"她说："没有了。"她看看我又说："我觉得应该还有电话，可就是没有了。"我说："你想说什么，没有就没有，你走吧。"她说："我觉得奇怪，这么多天静子园长怎么没给你来过一个电话，处长，你们是不是吵架了？"我说："去去去，谁说她必须给我来电话。"她说："以前都是这样的嘛。"我想也是，这是怎么回事。当时我还不知道野夫已经禁止她跟我来往。

小青还想跟我说什么，秦时光突然闯进来，一副久违的样子："哎哟，你回来了，我的大处长，什么时候回来的？"我说："昨天下午。"他关切地问："谁去接你的？"我说："我自己。"他煞有介事地说："你看你看，你又在放任自由了，你想过没有，你是这栋楼里机密度最高的人，你要对自己的安全负责啊，万一……"我打断他："好了，不要危言耸听，我的安全没问题。

我不要人去接，一个人悄悄回来就是为了安全。”他说：“你这叫什么理论？”我说：“最朴素的道理。你知道吗，什么人最安全，一个消失在人群里的普通人最安全，你又派人派车，搞得兴师动众，人都盯着你就安全了？反而不安全！再说，我这次出去是私事，按规定也不能用车。”他说：“这你又错了，你的安全就是最大的公事。”我说：“行啦，没时间跟你废话，有事吗？”他说：“没事。”我说：“我有事。”他问：“去楼上？卢大人找你？”看我点头，他立即面露不恭，揶揄道：“嘿，我敢说他找你一定是说我的事。”我问：“你有什么事？”他说：“还是让局长大人亲自告诉你吧。”一脸鬼祟。

我一边上楼，心里一边敲小鼓，这秦时光到底什么意思？他就喜欢玩这种小伎俩。尽管我了解他这副德性，但心里还是不太舒服。林婴婴见到我，兴奋地朝我做鬼脸，一边对我小声说：“你回来得正好，我有好多事要跟你说呢。”我问她什么事，她指指里屋，更加小声地说：“在这里怎么说，晚上我们找地方好好聊一聊。”里屋，卢胖子正敲着桌子在训斥谁：“你这叫不仁不义知道吧，我对你这么好，有人在戳我的脊梁骨你居然不问不顾，你的心长在哪里，长在背脊上的……”突然，他像有预感似的，对外面喊：“小林，谁来啦？”

我推开门进去，看见挨训的人是小唐，让我备感意外。这是我第一次看到局长对小唐发火。小唐曾是他的秘书，一直是他的贴身小棉袄，怎么会让他大动肝火？小唐走后胖子告诉我，秦时光在周佛海面前说他的坏话，小唐在场却没理会，听之任之，任其抹黑，显得“很软弱”。我马上想到，这可能不是软弱，而是“变节”：她变阵了，跑到俞猴子阵营里去了。小唐这次被林婴婴挤下来，放到我身边，至今没有安排职务，可能很失落，因而另攀高枝了。这种可能性很大，我觉得，但我没有对胖子说，他也没有给我机会。他心里憋着气，急着要对我宣泄，等小唐一走，便声色俱厉地对我发火：“你那条四眼狗，我要扒他的皮！上次真不该听你的，没把他赶下去！”

“他怎么了？”我问道。

“怎么了，他在周（佛海）部长面前说我的坏话！”我知道他会继续往下说，故意不置词。他径自往下说：“这个小瘪三，也不知吃了哪个王八蛋的屎，胆敢在周部长面前告我黑状，我要叫他吃不了兜着走。”我说：“他去找周部长了？”他说:“哼，他算老几，见部长？没门！是部长临时来这儿视察工作，找了几个处长去谈话，你不在，我就怕他乱讲我坏话，专门把小唐叫上一块儿去。结果小唐压不住他，他在部长面前大谈什么局里存在着危机，说了一大堆问题，还告我的状，狗胆包天！”

我问：“他说你什么？”

他说：“他说我跟俞猴子貌合神离，在下面拉帮结派，搞得大家人心惶惶。哼，我拉帮，我拉谁了，我需要拉吗？是有人结派想抢我的权，反倒成了我的不是，吃屎的反倒把屙屎的告了，荒唐透顶！”

我说：“局长，你跟他生气是抬举他了，小人一个，何必呢。”

他说：“我看我还是该把他收拾了。”

我说：“收拾他还不是小菜一碟，但一定要找对时机，要做到人不知鬼不觉，现在先别管他，看他能折腾到什么地步。”

这事儿说得差不多后，我把刘小颖的事情提出来。当时我还不知道小颖走是另有隐情，我猜测是她可能不好意思面对我，有意躲我。女人嘛，都要面子的，陈耀把她这么塞给我，对她是不公平的，也是很没面子的，她作出拒绝的姿态是很正常的。不过我相信，只要我坚持娶她，她会同意的。她躲我，是欲擒故纵的那一套，可以说，是在等我用切实的行动和语言去打动她、劝她。现在，我就采取行动了，我要趁机说服胖子把她弄到保安局来工作。

“哎，局长，我刚才来单位的路上看见刘小颖的书店关门了，是怎么回事？”

“我怎么知道？”

“以前陈耀活着，还有一份工资，现在……死了，母子俩的日子一定更难过了。”

“这能怪谁，要怪也怪陈耀自己，谁喊他死，是他自己。这事你不要再多管了，你对他们够好的了。”

“话是这么个话，但理不能这样讲，陈耀毕竟跟了我那么多年，现在人走了，丢下孤儿寡母的，我不管谁管啊。”

“你怎么管？”

“我觉得局里应该给刘小颖找个工作，让她有份固定的工资。”

“工作，工作，哪里有她的位置啊！”

“只要局长有这份心，哪里都找得到位置的。”

他气呼呼地走回办公桌前，一屁股坐下，扬起头，瞪我一眼，说：“金深水，你管那么多闲事！叫你来是帮我解难的，你倒好，还来给我添乱。我跟你说，这个泼妇的事我是不会管的，你以后再也不要跟我提她了。”

我看他态度这么强硬，不再往下说，心想，今天他情绪不好，硬说反而容易逼他说绝话，把路堵死，择日再说吧。

03

啊，幸亏没有说下去，因为等我回到办公室，打开小颖给我的纸包，我发现小颖的走别有隐情。是怎么回事？小颖给我留了纸条，是这样说的：

老金，我要走了，回老家，不回来了。走之前，我想对你磕个头，感谢你对陈耀这么长时间的照顾，更感谢你让陈耀走得体体面面。我想陈耀在地下一定能安息了，我为他有你这么好的一个朋友和上级感到万分欣慰。今后你不要再记挂我和山山了，我们很好，会好的。这次有人给了我一笔钱，给钱的人你也认识，他欠陈耀的，当初他要好好待我们，陈耀不会死的。现在他用钱来还债，打发我们，我也不客气地收了钱。有了这些钱，我回乡下会生活得很好的，所以你就放心好了。最后，我要说的是，可能陈耀说得对，这人不大有人情味，你以后跟他来往要多加小心。祝你平安！刘小颖敬上。

信是夹在一包书里面的，“祝你平安！刘小颖敬上。”是一个笔迹，我认出是小颖自己的手迹，其余又是一个笔迹。小颖的文化水平不高，写不出这么长的信，前面那些话一定是她找人写的。这人是谁我不感兴趣，也无关紧要，我感兴趣的是信中说的给她钱的那人，是谁？我首先想到是革老，琢磨一番后，越发觉得就是革老。虽然信中有些话没有直说，但我不难明白，小颖回家是革老的意思。那么，革老为什么要叫刘小颖走，甚至不惜给她一笔钱，还专门大老远地去替我找来个联络员，动这么大的心思，费这么大的力气，为什么？当时我还不知道陈耀曾经为我娶小颖的事找过革老，但是琢磨这封信，我琢磨出来了：我怀疑革老已经知道这件事。

中午，这封信像一个催命鬼似的把我赶出门，赶去了诊所。我要证实一下，我琢磨得有没有错。开始革老还跟我打太极，含糊其辞，后来我把刘小颖的信丢给他看，他承认了，还理直气壮地对我说："你应该感谢我才是，哪有这样的事，这不丢人嘛。"我说："对陈耀来说生死都不计了，哪还在乎丢不丢人。"他说："他不在乎，你要在乎，我也要在乎。老实说，我猜陈耀的死一定有名堂，一定给你留了什么丢人的遗嘱。"我问："什么？"他说："要你娶刘小颖为妻是不是？"

果然，他知道这事。我怀疑是他强迫刘小颖说的，问他："你怎么知道的？"他说："陈耀自己跟我说的，他还让我来跟你说呢，我没同意，简直是笑话，怎么可能？这种事，你会同意吗？你同意组织上还不同意呢。别理他，不管他有什么遗嘱，这不是儿戏，可以讲人情，可以徇私，这是大是大非的问题，没有商量余地。"我说："所以你要刘小颖走？"他说："这是一个原因，但不全是。"我说："那还有什么其他原因？"他摇摇头，露出一副苦恼相，撇着嘴说："说实在的，我是为她考虑，孩子还小，书店生意又不好，如果留在城里生活成本太高，我们组织上也养不起，索性安排她回老家去。"我说："可她是我的联络员，我工作需要她。"他说："这不给你安排了新人了嘛，陈珍莲不错的，别看年纪大了一点儿，干事只会比刘小颖强。"我觉得心里有一股气在一浪一浪地涌上来，我忍了又忍，没忍住，直通通地说："可我已经答应他了。"他一下变得严肃地问我："你答应什么了？跟谁？"我说："陈耀死之前把刘小颖和他儿子托付给我，我答应了陈耀，现在我已经别无选择。"

革老连吸几口冷气，在屋子里团团转，最后指着我鼻子说："我猜就是！可我不明白，你怎么会答应他呢？你怎么能够答应他呢？听着，这不行的！绝对不行！"我沉默了一会儿，抬头说："革老，这样我的心难以安宁，你不知道，陈耀就是看我答应下来了才狠心走的，现在我反悔，言而无信，他在地下也难以安息。我活得不安宁，他死得不安息，你高兴吗？"他说："我不高兴，但我不会因为不高兴就放任不管，让你去做傻事。高不高兴是个心理问题，可你想过没有，如果你娶了刘小颖，那就不是心理问题，而是实实在在的，事关党国利益和我们工作意义的现实问题、历史问题。要是断了静子这条线，我看你怎么办！”最后一句话，他说得掷地有声。

我没跟他硬碰硬，尽量让自己平静下来，对他说："革老，没这么可怕，首先我跟静子的关系也没有到那个地步，我跟谁结婚就好像伤害了她似的。其次，我们结婚也可以不公开的嘛，悄悄的……”革老抢断我的话说："悄你个头！悄悄的？我看你是昏了头，养情人都悄悄不了，你还想悄悄地养个老婆孩子在家里，除非他们是一件衣服，你可以压在箱子底下，可他们是大活人！再说了，婚姻大事是人一辈子的事，能当儿戏吗？你爱刘小颖吗？我敢说，你这根本不叫爱，你是可怜她、同情她。”我说："我就想了却陈耀一个心愿。”他说："行，那你也了我一个心愿吧，就是革灵，我女儿，亲生女儿，她现在也是挺可怜的，中华门死了，肚子里还怀着他的孩子呢，怎么办？你同情同情她吧，娶了她，她或许可以把孩子生下来……”

我知道，中华门和革灵是结婚多年的夫妻，去年革老把他们从北平带到南京，由于工作需要，没有公开夫妻关系。如今中华门走了，秘密已经无法公开，革灵怀的孩子成了一个“无本之木”，一个“无头案”，让人不知所措。

革老接着说："不瞒你说，我这样想过，但我跟你说过吗？没有，为什么？就想到静子，不想让私事影响公事。现在我告诉你，革灵已经把孩子打掉了，就前天的事，你昨天没看见吗，她病怏怏的，伤心啊，身子和心都伤了。作为父亲我不希望她这样，我希望你能娶她，让她把孩子生下来，哪怕只是名义上的娶，只要能把孩子生下来就行。可我想到静子，想到你的任务，想到党国的利益，我别无选择，只能亲手把她的孩子打掉了。”

革老说着掉过头去，也许是流泪了，让我非常难过，也非常难堪。不一会儿，革老拭了眼泪，掉过头来，看看我，看看时间，像是给我们解围说："行了，这事我们不要再争了，总之一条，你不要把静子这条线给我断了，这是我们的‘生命线’，这条线断了，别怪我无情无义。至于刘小颖嘛，你放心好了，我给她的钱不少，足够她把孩子带好带大的。走吧，你下午还要上班。”说罢，革老率先往外走。我沉重地立起身，默默地跟着他往外走。革老一边走，一边劝告我："俗话说‘无毒不丈夫’。做男人，尤其是干我们这行的，有些事你不能太讲情义，情义害人哪！如果什么情义都要讲，我可能早已死了好几次了。”

我走了很远，革老的这句话还在我耳际回响。

04

下午，下班前几分钟，林婴婴约我晚上七点半在鼓楼街21号见面。到时间，我在约定地点见不到人，左右四顾了好一会儿，终于看到附近花坛边有个黑影儿在朝我招手。我过去看，人影儿又不见了。正当我由疑惑向惊悚演变时，背后有人拍了我肩膀一下。我回头看，正是林婴婴。夜来天寒，她穿一件黑色风衣，系着腰带，挂一条长围巾，显得很洋派。我说：“你搞什么鬼，小心我拔枪把你撂倒了。”她说：“朝我开枪说明你瞎了眼，你没看见，刚才我来的路上有多少男人回头看我。”我说：“你干吗躲到这儿来，这儿都快23号了，而且你还迟到了至少五分钟。”她说：“见鬼，我至少比你早到两分钟，就因为站在那儿，欣赏我美貌的人太多，我才躲到这儿来的。”我说：“我们怎么来这里？这哪儿是说事的地方。”她说：“那走吧，我带你去一个能说事的地方。”说着，突然上来大大方方地挽住我的手，对我做了个怪相：“给你个机会，这样就没人回头看我了。”

我一时愣在那儿。“走啊，还傻愣着干吗！”她拉着我走，像一对闹别扭的恋人，马路上有个拉双轮车的老汉，奇怪地看着我们。林婴婴说：“哎，你别这么僵硬行不行，好像我用枪抵着你似的。”我小声说：“你小声点儿。”她说：“你是不是好久没跟女人牵手走了。”她说得不假，除去跳舞之外，我确实好久没牵过女人的手了。我说：“跳舞时牵过。”她说：“你跟静子也没这么牵过手吗？”我说：“没有。”她说：“哎，我敢肯定她一定希望你这样去牵她手。”我说：“你怎么话这么多。”我闻到了她身上散发出来的香气。她说：“我在关心你啊，你不要做苦行僧，要做浪漫主义革命者。就说我们尊敬的一号吧，他把工作和生活融为了一体，一手尖刀，一手女人，鲜血和鲜花一起灿烂。”我说：“我应该提醒你，秦时光就是这样的人，一手刀子一手女人，你可别跟他灿烂。”她调皮地说：“承蒙抬爱。”接着又说，“哎，你好像好久没约静子了吧。”我说：“是的。”她说：“想见她吗？”我觉得还是想的，不知是因为她没给我来电话的原因，还是我真的在想她。但我说出来的话却是：“有什么好想的，不想。”她说：“你不能这样，不能有事才找她，平时还是要跟她常来往。我跟秦时光就是这样，我们经常见面，但他休想占我便宜。便宜都让我占了，这就是我的水平，交际也是一门艺术啊。”

不知怎么的，她突然跟我说起革灵，说：“我觉得革灵对你也有意思，要不要我给你牵个线搭个桥？”我说：“你胡说什么！”她说：“怎么叫胡说，你们两个，一个孤男，一个寡女，天造地设的一对嘛。”我听了觉得很刺耳，不由想起刘小颖，心思一下乱了，烦透了。她看我一时无语，说：“怎么？你也觉得我说的有道理吧。”我很矛盾，心里很想跟她说说小颖的事，但又觉得不妥。显然，她不知我与小颖之间的事，跟她说不但贸然，还违反纪律。这么想着，我不客气地说：“你闭上嘴我会很高兴的。”可她仍然说：“要我说，静子可以来假的，革灵嘛，可以来真的，革命需要，先可以来秘密的，等将来革命成功了，可以明媒正娶。”我真的生气了，大声喝道：“闭嘴，你烦死我了！”她看我真生了气，吐了下舌头，把我搀得更紧，说：“别这么大声，我们现在是一对热恋的恋人，说话要轻言细语。”我拿她没办法，只好装出热恋的样子，顺着她往前走。

我们去了一家日本人开的茶馆，林婴婴好像经常来，服务员都认识她，进门就热情地迎上来，甜甜地招呼：“林小姐楼上请。”上了二楼，服务员径直带她去了一个包间，给人感觉好像这是她固定的地儿，至少是早订好的。

确实，是早订好的，我进去时，发现包间里已经有个人：一个女的。我们见了，彼此都很惊诧。是静子！“深水君，你好……”她显然不知我会来，手忙脚乱地立起身，不知怎么迎接我，僵直地杵在那儿，像站在悬崖边，无措得很。“你怎么在这儿？”我一副惊愕的样子，并不比她好多少。不用说，这是林婴婴有意安排的。我有理由怀疑她在背后监视我、调查我，她不但知道我和静子已经多时不联系，还知道野夫警告过静子不要和我来往。

后来我问她，确实，她知道这事。我说：“你怎么知道的？”她说：“是静子告诉我的。”这说明她背着我见过静子。她坦然承认：“是啊，最近我们经常见面。”我说：“你干吗背着我见她？”她说：“她是我姐姐怎么不能见？再说了，她也希望见到我。”我说：“你不要利用我做事。”她说：“你把我当做什么人，我们是同志，一条战壕的，我们在合作做事。”我说：“我至今没有接到过上级指示。”她说：“看来你至今还不信任我，那就算是帮我行吧？如果说以前我没有帮过你，我想以后你会需要我帮助的。”听，她在跟我做交易——要说交易，我是欠她的，她至少替我干掉了白大怡。

这是静子去上厕所时我们谈的，她希望我一定要破掉野夫的“禁止令”，让静子回到我身边。她说：“我感觉得出来，野夫的禁令让她很痛苦，她心里依然有你。这也说明野夫的禁令不过是根草绳，只要你给她动力，多些甜言蜜语，她一定会挣断草绳，跟你重续旧缘的。不信你看，待会儿她回来我就走，把时间单独留给你们，看她会不会留下来。如果她走，说明草绳还是比较牢的，可能是根麻绳，需要你拿出耐心，如果她留下来，说明草绳已经烂了，必断无疑。”

静子留下来了，真的像林婴婴说的一样，很痛苦，我还没说什么，她的眼泪已经默默地流了下来，好像很为自己的屈服感到内疚似的。尤其是，我回杭州前给她打过电话，她很想来送我，但最后因野夫的禁令起了作用，没有成行。说起这个，她竟然呜呜地哭了。看她这个样子，我明白，草绳真的已经烂了，林婴婴又可以得意了。其实我也暗自庆幸，如果静子就这么“离我远去”，鬼知道革老会作何猜测，他一定会以为我是因为要娶小颖故意推开她的，那样他没准儿会处分我！我似乎又该感谢林婴婴，但不知怎么的，现在我再不像以前那样佩服她。甚至，我有点儿隐隐地惧怕她，好像她在天上走，我的一切事情，明的暗的，都在她的视野里掌控。

这天晚上，我和静子聊了很多，我的亡妻和她的亡夫都聊到了。她告诉我，下个月7日是她丈夫去世三周年的祭日，以前她在北平一家医院当军医，后来丈夫在攻打南京的战场上牺牲，她带着孩子来收尸，当时她舅舅野夫已经就任机关长一职，她便留在了南京。她去幼儿园工作也是很偶然的，孩子大了，要上幼儿园，她四处找，偶然找到这家幼儿园。她想把孩子送进去，却怎么恳求、说情都不行。我说：“难道你舅舅去说也不行？”她说：“他是首先反对的。”我问：“为什么？”她说：“因为那里面的孩子都是孤儿，没有父母，父母都死了，我的孩子还有我，还不够资格。我舅舅是非常恪尽职守的人，最怕别人说他闲话。”我问：“那最后怎么又进去了呢？”她说：“很偶然，原来的园长出事了，服毒自杀了，才把我调去了。”

即使这样，她的孩子其实还没有正式“入园”。她说：“调我进去后，我舅舅和园方开始还不准我带孩子进去。这太过分了，我强烈要求后他们才作了妥协，允许我带孩子进去，但我的孩子没有纳入幼儿园的管理中，必须跟我一起吃住。”我说：“太荒唐了吧，哪有这么严格的？”她说：“就是这么严格。”她告诉我，现在幼儿园其实有五十一个孩子，她的儿子就是多出来的那一个。

我问：“你喜欢这个工作吗？”她想了想才说：“我挺喜欢小孩儿的，但是，怎么说呢，这幼儿园……太特殊了。”我心头一紧，蓦然想，是不是真的像林婴婴说的一样，孩子们都是“实验品”。

我问：“怎么特殊？”她说：“这些孩子都是我们国家英雄的后代，连天皇都关心他们，我压力很大。”话到这儿，我临时决定套她话，问她：“听说天皇还有个亲戚也在里面，是不是？”她刹时变了脸，很严肃地问我：“你听谁说的？”不等我作答，她又追问：“是不是林小姐跟你说的？”我说：“你跟她说过吗？”她说：“没有，我没有跟任何人说过。”

静子是个很单纯的人，没有受过任何训练，她没有意识到，当她这么说时其实已经给我一个信息：里面真有那么一个人。后来，我把这个信息转告给林婴婴时，她很高兴。不过我马上打击了她，我说：“你别得意，静子已经对你频频找她有点儿警觉了。”她问：“她说我什么了？”我说：“具体也没说什么，只是我感觉到她在怀疑你，问了我不少你的情况。”她说：“你说什么了？你有没有说那是我跟你说的？”我说：“什么？”她说：“天皇亲戚的事啊。”我说：“没有。”她问：“那你最后怎么把这事儿圆过去的？”我说：“不用我圆，她后来没再问了。”

静子确实不是个有心计的人，对她这个问题我当时也不知道怎么回答，我有意把话题绕开去，说了一些其他的事，后来她居然也没有再提起。我因此觉得里面的秘密她可能并不知道，她也是局外人，不知道腾村在里面做什么，否则她不会这么不敏感。对此，林婴婴也有同感，并认为这对我们有好处。她说："如果她也是同谋，我们很难从她嘴里挖到什么。"我说："你已经找她挖得太多了，别再挖了，万一她找野夫了解你就麻烦了。"她说："我还想再进去。"我说："你别做梦了，根本不可能。静子告诉我，上次她带我们进去野夫都知道了，为什么野夫不准她跟我来往？就因为这事，这是导火线。"

确实，以后很长时间，林婴婴拿幼儿园没有任何办法，静子基本上不接受她的单独邀请，她试图进去的法子想了一个又一个，均以徒劳无功告终。

05

这期间，革老的"生意"转眼间兴旺起来。

一天晚上，陈姨接到通知，要求我和林婴婴，包括陈姨，都一起去诊所开会。会上，我一下子见到好几张陌生面孔，有两个年轻人，三个中年人，都是男的，加上原有的我、林婴婴、革老、革灵、秦淮河和陈姨，总共十一人，屋子里挤得都坐不下。后来陈姨还告诉我，诊所门口新开了一家烧饼铺，里面的一对父子也是我们的人。这么多人，不知从哪儿来的，但我知道，他们是为何来的。这天晚上，革老在会上这么说：

"今天把你们叫来开个碰头会，有几件事要说一下。第一件事不用说，你们已经看到了，我们的队伍又壮大了，我们已经度过了最困难的时期。刚才，你们来之前我已经接待了'一家人'，九点半，还有'一家人'。想到自己又有那么多'家人'，我就觉得心里很安慰，很来劲儿，像在整条胆经上扎了针。我首先把这个情况传达给你们，也是想给你们心理上增添安慰和劲头，我们并不孤单，我们是一个完整的组织。第二件事很重要，最近重庆几次来电、来人，都说到一个新情况，就是新四军有北上，往大别山方向调动的迹象。这是个很严峻的情况，你们知道，新四军是共产党的军事力量，他们不听从委员长的指挥，擅自布置、调防部队，其险恶用心不言而喻，就是想借抗战的名义扩大自己的地盘，将来跟党国争夺江山。据可靠消息，最近共产党往南京派了不少人，建立了多个地下组织。这是对我们的挑战，一号要求我们尽快把他们的地下组织情况摸清楚。”

我听着觉得心里憋气，忍不住问：“鬼子的事情都忙不过来，还去管他们做什么？”革老不悦地看我一眼：“做什么？目光看远一点儿，鬼子迟早是要滚蛋的，共产党始终是我们的后患。”我说：“这有点儿危言耸听了吧。”革老盯着我，面露愠色。我耸耸肩，说：“大敌当前，说这些话真让人丧气。”革老眉毛一挑，不客气地说：“这不是我要说的，是委员长要说的，你如果有意见可以写成文字，我给你往上转，一定转给委员长。”林婴婴看我们话不投机，嬉笑着打圆场：“老人家，这可使不得，都知道委员长是个多疑的人，你这不是把我们老金往火上推嘛。”革老说：“不是我要怎么样，金深水，你这个……怎么说呢，我知道你恨日本人把你的妻子女儿杀了，我也恨，你知道，亲眼看见的，中华门不是走了吗，他是我的女婿。我的亲兄弟也是被鬼子炸死的。日本佬，包括日本佬的一群走狗，黄皮狗、汉奸走狗，当然是我们的大敌，但是对共产党我们也不可掉以轻心。用委员长的话，我们在抗战，共产党在干什么？拉队伍，磨刀子，队伍拉大了，刀子磨锋利了，到时候你看好了，不知道刀子往谁头上砍呢。”

林婴婴说：“委员长的意思是，与其让他们日后砍我们，不如我们先砍了他们？”

革老说：“没说现在就砍，现在是让我们摸情况。”

听革老这么说，我气就更不打一处来，共产党当然跟我没什么关系，但在这个节骨眼上把矛头转到他们头上，我总觉得不对劲儿，心里不舒服，且不说这本身不厚道，关键是我心里没有任何兴趣去干这些事，于是我脱口而出：“情况摸清楚了，有一天想砍就砍，说来说去就是自相残杀，没劲！”这是带着情绪说的，我自己都感到吃惊，心里对上面反共的意图有这么大情绪。林婴婴似乎感到不对劲儿，出来当和事佬，说：“好了好了，既然这话题没劲，就换个话题吧。革老，说下一件事吧。”革老说：“不行，这话一定要说清楚，你是一号派来的人，你觉得金深水的思想是不是需要清理一下？”

林婴婴一本正经地说：“我觉得首先要清理的是我们委员长。”革老很生气：“你怎么这样说话，放肆！”林婴婴说：“本小姐说话一向放肆，可如今也只能在这儿放肆放肆。革老，你要理解一下我们，我们整天钻在敌人堆里，说话做事全都是掐头去尾，掖掖藏藏，也就是在这儿，在同志们面前，才随便一下，请你别大惊小怪，小题大做。再说了，本小姐就是这样的人，直来直去，不说假话，如果说我对委员长个人有看法，那也不影响我为委员长卖命，因为他现在代表的是党国，而我就是为党国生、为党国死的忠实信徒，党国的利益就是我行动的准则。我认为，老金有什么想法没什么错，但只要党国需要，必须无条件服从。我们都是军人，俗话说，军令如山倒，不管你理解还是不理解。这就是我要说的。”

我不得不佩服林婴婴，在嬉笑怒骂中，把每一句话都说得那么有力量，又那么不容置疑。这天晚上革老的情绪很不好，会议草草收场。散会前，革老把我单独留下来，林婴婴没有及时走，革老对她说：“你也回避一下吧。”林婴婴的语气依然不太正经：“革老，这是你第一次让我回避，一次不多，但是一旦多了，革老你在我心目中也会成为像委员长一样，变成一个多疑的人，多疑是离间的最大武器啊。”革老说：“你这个小女子，怎么……干我们这行的有些回避很正常嘛。”林婴婴起身说：“是，这是我们安全的需要，我理解，革老，告辞了。”革老说：“路上小心一点儿，你啊，说话老是没轻没重的，我……”林婴婴说：“让你担心了？不用担心，你放心好了，这就是我的过人之处，举重若轻，笑里藏刀，绵里藏针。”说着走了，让革老怔怔的。林婴婴走后，我不等革老开口，先开口了：“正好我也有事要和你说。”

他问：“是刘小颖的事吗？”

我说：“不是。”

他要说的是刘小颖的事，我说的是天皇幼儿园的事。其实，我早就想问革老天皇幼儿园的事，却一直没说，这天晚上不知怎么，我突然有冲动，把这事掐头去尾地跟革老说了。革老说他没有听说过这事，我说：“那你能不能问一下重庆，有没有这回事？”他问我这是从哪儿听来的，我没说实话，以“道听途说”敷衍过去。既是道听途说，他也没太在意，答应我可以问一下重庆。他之所以跟我说刘小颖的事，是看我今天有情绪，担心这跟刘小颖有关，我是在借题发挥。我默认了，趁机又建议他把小颖叫回来。我说：“我们不能这样抛弃她，这会让人寒心的。”他把我大骂一通，说我组织观念淡薄，魂被陈耀带走了。说到陈耀，他又把陈耀大骂一通。我觉得，他的情绪似乎比我还不对头，肝火那么旺，嘴巴那么毒，真是有点儿老不死了。

我们几乎是不欢而散。

我刚出门，正好遇上革灵和林婴婴手牵着手从另一边出来，很亲热的样子。尾随我出来的革老看见林婴婴，很是奇怪，责问她："你怎么还不走？"

林婴婴笑着说："问你女儿吧。"

革灵说："她有事。"

革老问："什么事？"

革灵说："爸，我们女人的事，你别问了。"

林婴婴突然朝我走过来，落落大方地搀住我的手，对革老和革灵做了一个怪相说："我在等他，我的假男朋友，我们这样出去才更安全，你们说是不？否则这么个黑巷子，一个孤男，一个寡女，才引人注目呢，灵灵姐，你说是不是？你要跟我学习，大胆去牵男人的手。《圣经》上说，两个人在一起总比一个人独处好。"

她暗暗推推我，我们便手牵手相依离去。门口那个卖煎饼的老汉，奇怪地看着我们。走过煎饼摊，我问她："你刚才叫革灵怎么叫姐啊，你什么时候跟她搞得这么亲密了？"她说："不是我，是她要跟我搞得亲密。你知道为什么吗？"我问："为什么？"她说："她对你有意思，想让我来牵线搭桥。怎么样，她有心，你有意吗？"我抽出手，警告她说："你正经一点儿！"她说："生什么气啊，我又不是要逼你娶她。"我说："你管得太多了，一会儿静子，一会儿革灵，你觉得这正常吗？"我觉得她有点儿不正常。她说："你才不正常，把我的好心当驴肝肺。"我说："谁知道你安的是什么心。"她又上来挽着我的手说："刚才会上那么多人，只有我和你是同一条心的。"顿了顿，她又问我："哎，你今天为什么对革老布置的任务意见那么大？给人感觉好像你是共产党似的。"

这是她第一次在我面前提起共产党，我当时没有什么反应，当耳边风吹过去了。

同时，这也是她第二次跟我提革灵的事，第一次我没当真，以为她是跟我开玩笑。这一次，看她口口声声"灵灵姐"的样子，我觉得多半是真的。

但我不知，这究竟是革灵的意思，还是她的？在我心里的天平上，革灵与她左右摆动了一个长夜，最后是她压下了革灵。没有道理，有的只是一种感觉。我对林婴婴的感觉正在发生变化：由开始单纯的欣赏、佩服，渐渐变得不可捉摸。

这个晚上，我的心情极差。我一直把我的工作看得非常神圣，我盼着日本人早一天滚出中国。对共产党我虽然没有感情，但要让我把生命用来对付他们，我是不愿意的。所以，当革老提出要我们去摸查共产党的情况时，我有些控制不住情绪。在我看来，这是很不明智的，外敌当前，国人应该同心协力才是，报上不也是这么说的嘛，怎么私底下就变味了？还有林婴婴，她怎么就变得让我越来越陌生了？说真的，这天夜里我在床上辗转反侧之际，有一会儿突然冒出了一个怪念头：她会不会是共产党？我一边这么想，一边又告诫自己，别胡思乱想。

第八章

01

这些日子，每次上下班，我的目光都会不由自主地朝书店看去，好像刘小颖没有走，好像她随时会回来似的。这天下班，我发现书店门口放着一张破沙发，我好奇地走过去，见书店的门依然紧闭，一把大锁已经生锈。不一会儿，一个老头拉着一辆两轮板车过来，把破沙发搬走了，显然是他收来的破东西，临时放在这儿的。

我掉头，突然发现对门裁缝店那跛足师傅在偷窥我。这已经不是第一次了！我的脚不由自主地往那边走，好像那里边藏着我不能不探究的秘密。我走进裁缝店，发现不见人影。“有人吗？”我喊。跛足的裁缝从里屋跌跌撞撞出来，满脸堆笑，说：“哟，长官，您这是……需要我为您效什么劳？长官。”我有些冷淡：“师傅贵姓？”他答：“免贵姓孙，孙悟空的孙。”我说：“听口音，师傅是苏北人？”他说：“对，苏北沭阳的，长官也是苏北人吗？”我答非所问：“认识我吗？”他说：“长官常去对门买书，见过几次也就记着了。长官贵姓？”我说：“金。”他说：“哦，金长官有何吩咐？”我看见他背后的衣架上挂着一件女军服，他见了，主动介绍说：“这是你们单位林小姐的衣服。”我说：“嗯，她是我们首长的秘书，我们林秘书好像很照顾你的生意嘛，经常来是不？”他爽朗一笑说：“嗨，我就是为她来的，人家是大小姐，家里有金山，衣服每天都要熨，鞋子每天都要擦，我啊，有福气啊，她看上了我的手艺，走到哪里把我带到哪里，所以天塌下来我还是有碗稀饭吃。”我说:“哦，这个派头大嘛。”他说:“那当然，她可不是一般人能比的，你想都不敢想。”我说：“是吗？能不能说来听听，她是怎么的不可比？”他说：“反正家里有的是钱，听说她在‘总统府’里还有人。”我说：“哦，这么说，她是又有钱又有势，确实了不得啊。”我问他跟她几年了，他答：“小三年了。”

我一边跟他说着话，一边悄悄观察他的手。这是一双裁缝的手吗？骨骼粗壮，手掌宽厚，看上去充满力量——他注意到我在观察他的手，顺便把手塞进了正在擦的鞋套里。他的穿扮也很土，明显比他年纪要老相。没有上门前，我以为他是个小老头，见了面，仔细看，我猜他的年纪顶多三十来岁。他似乎有意把自己扮得老相，包括抽的烟，是老年人抽的那种旱烟，烟杆细长细长的。我请他抽了根纸烟，他抽了一半，灭了，说劲儿不够，改抽自己的旱烟。不知什么时候起，他已经戴上了脏乎乎的工作手套，抽烟时，我已看不到他的手。

恰在这时，林婴婴进来。“哟，金处长怎么在这儿啊，是什么风把你刮到这儿来了，稀客，稀客。”她风风火火地说，好像是在自己家里。我故作神秘地说：“我在这儿等你。”她问：“你怎么知道我要来？”我说：“你不是这儿的常客嘛。再说了，晚上你不是要出席中华海洋商会的联谊会嘛，你能不来整洁一下？”她说：“这么说你也是为此来的？”我说：“我哪有这般雅兴。”她说：“我就不信，静子园长会不邀请你，我给了她两张票。”静子下午确实给我打过电话，说过这事儿，否则我怎么会知道这舞会。我说：“这么说你又去见过静子了？”她说：“她在上课，没见着，叫门卫来取的。”我心想，看来静子已经对她有所避讳。我说：“你完全可以把票给我，何必舍近求远，去给静子。”她对我悄悄说：“这你应该知道为什么，我变着法子想进去啊。”我说：“你还在做梦，该醒了。”她大着嗓门说：“晚上要请我跳舞哦！”

就在这天晚上的舞会上，我第一次听到了杨丰懋这个名字，并见到了这个人。我后来曾在舞会上多次见过他，他给我的印象是个傲慢的人，或者说装得像个傲慢的人。他高个子，长方脸，西装革履，头发油亮，抽着粗壮的雪茄烟，神色冷漠，气宇轩昂，既有绅士的风度，也有水手的那种粗犷气概。据说，当时在南京上流社会里，他的名字尽人皆知，他曾给汪精卫捐赠过一个师的武器，长枪短枪，大炮小车，一应俱全，且都是美货。这个师成了汪精卫的皇牌师，驻扎在南京江宁，把守着南京城的半边城门。1945年秋天，这个师跨过长江，上了大别山，替汪精卫率先敲响了丧钟。但是在1940年冬天，这个师俨然是“汪总统”的看家狗。

这是一个十分高档的西式派对，地点在“总统府”内的宴会大厅。派对下午四时开始，服务员端着酒水来回穿梭，国人、洋人、伪军、鬼子，混杂一堂。陈璧君（汪精卫夫人）、周佛海、中村将军、野夫、卢胖子、俞猴子，但凡有点儿名堂的人悉数到场。晚上八点钟，舞会开始，这些人陆续离去，这些大人物的喽啰们相继赶来凑热闹……我和静子到场时，舞会已经开始了一会儿，舞池里一对对男女旋来转去，其中有林婴婴和秦时光、小唐和马处长等人。我和静子起舞时，发现卢胖子和俞猴子拥着一个风度翩翩的人进来，其人年不过三十，但架势煞是引人注目，不少人见了他都围上去，跟他交头接耳，俯首称臣。静子告诉我，此人就是下午在这里搞派对活动的主人——中华海洋商会会长杨丰懋。

在胖子和猴子的引领下，杨丰懋分别与舞会上的很多人一一相认，包括我和静子、林婴婴、秦时光等人。有一阵子，静子和秦时光去跳舞了，我和林婴婴没去，坐着聊天。我注意到，在我们对面，杨丰懋正和俞猴子攀谈着，举手投足间，一副年少得志的模样。我问林婴婴：“那人你认识吗？”她说：“看来好像很了不得嘛。”言外之意是不认识，让我略为意外。我说：“你不认识吗？”她说：“怎么不认识？刚刚局长不是才介绍我认识的。”我说：“他好像很有来头嘛。”她说：“当然。你来迟了，没看见，刚才周部长（周佛海）在他面前跟个跑腿儿似的。”我说：“看样子又是发国难财的家伙。”她说：“可能，听说他旗下的那个海洋商会是做黄金和军火生意的。”我说：“把我们国家的黄金运出去，拉回来一堆废铜烂铁。”她说：“差不多吧。”

我不由自主地将目光再三地投向那个人，心里默念着他的名字：杨丰懋……我隐隐地感觉到，此人非同一般，可他仅仅是一个商人吗？我的确这样想过，但当时我怎么也没想到，这人将会在我的生命中留下无可替代的位置，堪称浓墨重彩。

秦时光和静子从我们面前舞过时，我小声问林婴婴："听说你晚上又开车去接过静子？"她笑道："看来静子对你真是无话不说。"我说："接成了吗？"她说："你还不知道？"我说："我当然知道，可你为什么不听我的，我让你别去搅她了，难道你不觉得她现在对你不像以前那么好了？"她说："所以你更要在她面前替我唱赞歌啊，让她消除误解。"我说："我自己都不理解你，怎么让她理解你。"她意外地犹豫起来，神色变得凝重，最后简单地说："等着吧，我会让你理解的。"

我想再说什么，看见杨丰懋款款朝我们走来。显然，他的目标是林婴婴。

"你好，林小姐，我可以请你跳个舞吗？"

"幸会幸会，杨会长，久仰您的大名啊。"

"幸会的是我，我久仰你的美貌啊。"

两人握手，寒暄，起舞。我注意到，这个杨会长跟林婴婴似乎有些相同之处，长相？神态？声音？都像，又都不像。随后，我又请静子跳舞，在与杨会长和林婴婴他们擦肩而过时，我问静子："你怎么认识他的？"她说："谈不上认识，只是一面之交，是在我舅舅家里。"我说："如今南京城里的富翁都是机关长的朋友。"静子说："可惜你不是他的朋友。"是指她舅舅。我说："他知道你又在跟我来往吗？"她忧郁地点了下头。我问："他有什么反应？骂你了吗？"她突然问我："你爱我吗？"我没有选择，只能说"爱"。她说："他可能会找你谈话，你就这么说好了。"我说："怎么说？"她说："你爱我，我们是真诚相爱的。"我说："那会不会激怒他，把我调到前线去？"她咬着牙说："如果这样，我跟你一起去前线。"

我明显感觉到，说这话时她的身体向我挨紧了一些，胸前那两团暖暖的东西贴到我的身上。我顿时觉得那部分身体僵硬得发麻，好像挨了一枚炸弹，或者盘上了一条蛇。

02

刘小颖杳无音信，书店形同设虚，但我在办公室枯坐时，还是经常会拿起望远镜看看它。没办法，习惯了。这天午饭前，我又习惯性地拿起望远镜看，竟然发现书店门口的炉子又在老地方出现了，冒着熟悉的烟气。

我简直不敢相信！

我闭了眼，又睁开眼再看，不是幻觉！

要是沉稳一点儿，我应该吃完午饭去看他们，可我稳不住，太意外了！我当即出门，向书店直奔而去。刚走出大门，我看见书店里跑出来一个孩子，是刘小颖的儿子山山。以前山山一直在南京，他爸爸出事后才送回老家寄养，所以我们很熟的。他老远看见我，高兴地朝我跑过来喊：“金伯伯，金伯伯……”我朝他跑过去，抱起他，亲着他的小脸蛋，说：“山山回来了，山山什么时候回来的？”他说：“我们昨天晚上回来的。”我问：“老家好玩儿吗？”他说：“不好玩儿，村子里有好多日本鬼子，用皮鞭打人，好可怕。”我轻轻捂住他的小嘴，说：“不要乱说话，要叫皇军。”山山声音更大了：“皇军真的打人，把一个老人打死了。”我问：“皇军有没有打你？”山山说：“皇军不打小孩子。皇军给小孩子糖吃。”说着从身上摸出两颗糖，让我吃。我说：“山山留着自己吃。”山山说：“我还有好多，皇军给我发了好多。”我问：“你妈妈呢？”山山说：“妈妈在扫地。”话音未落，刘小颖出来了，发现我和山山在一起，张了张嘴，却没出声儿，迅速回了屋。

我对山山说：“走，我们去找你妈妈。”

山山说：“我妈妈现在经常哭，昨天晚上把我哭醒了。”

我说：“嗯，那山山更要听妈妈的话了，不能让妈妈生气。”

我们手牵手走进书店，刘小颖置若罔闻，就是不转过身来迎接。山山喊：“妈妈，金伯伯来了。”刘小颖这才转过身，冷冷地对我说：“我们昨天傍晚到的。”我走近她，说：“山山跟我说了，家里都好吧。”她答非所问：“以后你别管我们，我会照顾好山山的。”气嘟嘟的。我笑道：“你在说什么啊，我在问你家里好不好。”她说：“有什么好不好的，反正……就这样……”顿了顿，又说：“我会去跟鸡鸣寺说，是我自己闯回来的，跟你无关。”我说：“回来就好，我还准备去叫你回来呢。”她说：“我觉得这……不公平，让我就这么离开组织。”我说：“你是应该回来，我这边工作需要你。”她吞吞吐吐地说：“我……希望……我们只保持工作关系，反正我……不是为……那个……回来的，我可以照顾好山山的，一定，你放心好了。”我说：“先别想那些，回来就好。”

山山捧着好多纸包糖从里屋冲出来，向我夸耀：“金伯伯，你看，我有好多好多糖。”我说：“就是，这么多，都是日本鬼子给你的？”山山说：“是皇军，金伯伯，不能乱说的。”我笑笑，对刘小颖说：“是我刚才教他的，孩子就是学得快。”山山说：“你吃吧，金伯伯，你吃一颗，很甜的。”我说：“山山留着自己吃吧。”他说：“我屋里还有好多，真的有好多，给你，金伯伯。”我拿了一颗，说：“好，谢谢山山，这个糖呢，小孩子不能多吃的，一天只能吃两颗，吃多了牙齿上要长出这么大的虫。”山山吃了一颗，说：“我今天还没有吃过。”刘小颖不耐烦地推了一把山山：“进屋去，别在这儿闹。”

山山乖乖地进去了，我对刘小颖简单介绍了一下组织上安排陈姨到我家做阿姨的情况，对她说：“就让山山去我家吧，阿姨可以照顾他的。”她说：“像什么话。”我看着她，说：“你也去吧，达达也需要一个妈妈。你看，什么时候我们去……办个证。”她坚决地说：“不！不可能的。”我说：“为什么？”她说：“没有为什么。”我说：“可我要对陈耀负责。”她说：“你别管他，他死了，他就这么狠心抛下我们母子俩，我恨他！”营区里传出下班的号声，她听了像得救似的，说一句：“你走吧，开饭了。”转身去了里屋，当即关了门，把我晾在外面。

我怔怔地立了一会儿，默默地走了。

革老得知小颖回来后，把我叫去痛骂了一通。他以为是我把她叫回来的，我懒得解释，任他骂。他骂够了，问我：“难道你真的要跟她结婚？”我说：“是。”他更火了，一把揪住我的胸襟责问我：“那你告诉我静子那边怎么办！”

我说：“难道你要我跟静子结婚吗？”

他说：“你以为你娶了刘小颖她还会跟你好吗？”

我说："我可以不告诉她。"

他说："你放屁！你以为你带回家的是一只猫啊，可以藏起来的。"

我说："我们可以暂时不住在一起。"

他说："你敢！"

他威胁我，只要我娶刘小颖，他就上报重庆，开除我的党籍和军籍！我跟他大吵一场，要不是革灵突然闯进来，真不知怎么收场。革灵进来时，手上拎着一只药箱子，风尘仆仆的样子。革老急切问她："见到人了没有？"她说："见到了。"说着从药箱子取出一个封信，递给父亲。革老看看我，对我说："你先出去一下。"

我说："那我走了。"

他说："先别走，待会儿再说。"

我出来不一会儿，革灵也跟着我来到院子里。起风了，外面见寒了，秦淮河却赤着膊在站桩，任凭寒风肆虐，岿然不动，像一座石像。革灵带我去了另一间屋，病房，坐下，看我气得满脸通红，幽幽地问我："你们在吵什么？"我没说实话，只说："没什么。"她说："我刚去会见了王（天木）特使，又有任务了。"我问："他怎么在这儿？"她说："专程为这任务从上海来的。"我问："什么任务？"她说："静子那边的事。"我一个激灵，问她："那边有什么事？"她说："不是你说的吗，你要父亲问问重庆，天皇幼儿园是不是有什么情况，一问还真问出了情况。"

我问是什么情况，她说的情况和我听说的差不多。她不知道我是从林婴婴那儿听说的，以为是我从静子那儿探获的，跟我解释说："怪了，我听王特使说，这事共产党早已经插手了，他们几个月前就把情况通报给重庆，要求我们配合他们行动。"我说："那为什么我们这边一直没接到通知？"她说："重庆不相信有这事，直到我们去电询问，才关心起这事，然后临时又去找共产党了解情况，确认后，这才下达任务。"我说："以前肯定没有下达过任务吗？对任何人？"她说："肯定，王特使到现在都觉得这事听上去有点儿玄，让我们先以探明情况为重，不要贸然行动。"我说："那会不会是一号单独给某些人下达的秘密任务呢？"她说："怎么可能？一号在华东地区的事哪一件王特使会不知道？"

我想也是，作为一号的特使，像这种纯公务的事一号有什么可对他隐瞒的。再说了，如果要对他隐瞒不可能到现在又交给他来处理，而林婴婴口口声声说，这是一号给她下达的任务。这到底是怎么回事？我只有一个想法：

林婴婴或许是个共产党！

这个想法一落地就噌噌地长大了，活了，因为她留给我的诸多疑点和空隙，在这个想法面前都很容易地弥合了。这个晚上，我有一种坠入深渊的感觉。我是步行回家的，天气冷了，我心里更冷，走到最后我浑身哆嗦起来，回家后陈姨看见我这个样子，紧张地问我："出什么事了？"我说："没事。"同时我在心里说，事情出得太大了，我都快受不了了。

03

书店对面的裁缝店，是我睡梦中还在惦记的地方。不用说，如果林婴婴是共党，裁缝店一定是她的联络站，就像我的书店。第二天中午，吃了午饭，我把穿在身上的制服外套扯掉了两个扣子，专门去逛了裁缝店。我想看看他屋子有没有电话线，因为我觉得他既是个跛足，行动不便，靠什么跟外界联系？也许有电话。我察看一番，没发现有电话线。当然，也可能是电台。一个跛足者用电台是最合适的。以后，我一直怀疑这屋子里有部电台。

从裁缝店出来，我又去了书店。小颖见了我还是很冷淡，问我去干什么。我没看见山山，问："山山呢？"她说："在睡觉。"我问："怎么这时候睡觉，生病了？"她说："刚才我打了他一顿，哭累了，就睡着了。"我说："你打他干什么？"她一下红了眼睛，说："孩子真可怜，我心情不好就找他撒气……"我上去握住她的手，说："就让山山去我家，让陈姨先带着，我们……的事……"她立即抽出手，毅然说："没我们的事，你别老惦记着，忘了它。"我说："你怎么了？小颖，我觉得你……怎么变了？"她说："我从来就没想过要高攀你。"我说："你说的这是什么话，我们之间哪有什么高攀低就的，我们都是……"她抢断我的话："为了陈耀的一句话？没必要。"我说：

“也是为孩子嘛。”她说：“老金，你就别听死人的话了，听我活人的，以后你就别再想我们的事了，不可能的，陈耀也不会怪罪你的，他要有在天之灵，我想他也该领你的情了，是我不愿意，要怪也都该怪我。”我被她的坚决和毅然所震惊，一时不知所措。我心里乱得很，本来还想再同她说点儿林婴婴的事，看她如此决绝，只好黯然离开。

那几天，我跟丢了魂似的，经常心神不定，身边那么多人，一个个让我寒心：刘小颖不理我，林婴婴算计我，静子错爱我，革老对我恨之入骨……真有点儿四面楚歌的感觉。唯一让我安心的是陈姨，她确实是个很干练的人，里里外外都是一把好手，我儿子达达一下子喜欢上了她，很服她的管教。她有意给孩子在诊所附近选所学校，每天利用接送他上下学的时间顺便去诊所做卫生，上下各一个小时，给人感觉她有两份工作。这就是她的干练，巧妙地把两方串在一起，自然而然，方便宜行。她照顾我也是照顾得很好，每次我下班回去，她总会在第一时间给我泡上一杯茶，早上还给我煲营养汤、红枣汤、枸杞茶什么的。这天我下班回去，她照例给我端上茶，告诉我革老让我晚上过去一下。她还给我带来了好消息，今天达达他们班级第一次考试，他考了个全班第二。我说：“好啊，看来我们达达很适应上学嘛。”儿子冲上来对我嚷道：“都是陈姨教的。”我说：“那你要好好谢谢陈姨啊。”儿子懂事地对陈姨鞠了个躬。我想如果山山过来，她照样会带得很好的。所以，这天下午我突然萌发出一个新念头：实在不行，把山山一个人接过来也行，陈耀要我照料他们，说到底是为了孩子。从现在情况看，陈姨一定会把孩子带好的。这天下午，我的心情就这样好了许多。

但好景不长，等晚上我去了诊所后，我的心情又变坏了。

晚上，我去诊所，小院静静的，几间屋里都黑灯瞎火，只有一间屋露出灯光。我朝它走去，里面正好出来一个人，近了方知是革灵。革灵发现黑暗中的我，欣喜地问：“你来了，刚来吗？”我说：“嗯，刚来。老人家呢？”她说：“他们都出去了，就我一个人在家呢。”我问：“他不是有事要见我吗？”她说：“进屋说吧。”

革灵热情地给我泡茶，一边说：“他刚走，也不知是谁来的电话，挂了电话就跟秦淮河走了，最近大家忙得很。”我问：“忙什么呢？”我发现，今晚革灵无论是穿着还是人，都较以前要漂亮些，脸上似乎还施了粉。她给我端上茶，说："重庆现在对新四军很不放心，天天来电要求我们一定要把共党在这儿的地下组织摸清楚，就忙这事。"我没好气地说："完全是瞎忙。"她一愣，笑道："父亲说要把你这情绪调过来，看来还是没有嘛。"我说："所以，他也不给我分派这任务，怕我怠慢。"她说："那倒不是，父亲是了解信任你的，不给你这个任务是考虑到你的码头太重要，好钢要用在刀刃上，对共党这种小事情就让其他人去跑腿吧。"我说："那么关于幼儿园的任务，他是怎么安排的？"她说："你当然是急先锋，同时父亲准备让林婴婴做你的搭档。"我说："是她主动请缨的吧。"她说："是的。"果然不出我所料，我想这样她可以名正言顺了。革灵说："听说她现在跟静子的关系也不错。"我说："是的，甚至超过我。"她说："这就好了，你们可以好好合作。"

我心想，该叫好的是她——林婴婴，你们这些笨蛋，你们知道她是什么人吗？有一阵我真有种冲动，想把林婴婴的底子亮给她看，最后还是忍住了。我知道，我这是对组织不忠诚，但我不知道为什么就选择了不忠诚。

不知怎么的，革灵突然跟我说起刘小颖的事，告诉我说："她回来第二天，我父亲见过她，应该说是很严肃地批评了她，可听说你支持她是吧？"我说："是的，是我把她喊回来的。"其实不是。她说："你还想娶她是真的吗？"我说："这是陈耀的遗愿，你说我该怎么办，没办法！"她道："我爸跟我说了，他是坚决反对，你呢，好像有点儿固执己见。"说这话时，革灵的目光中泛起无比的温柔，脉脉地盯着我。我说："我没有退路啊。"我想抽烟，发现身上没带，革灵出去给我找来一包。我发现，今天革灵跟以往有所不同，走路的姿势挺拔了，扭腰的幅度大了，对我好像也亲近了些。她几乎把烟塞进我嘴里，一边说："你想听听我的意见吗？"

我说："想。"

她认真地想了想，对我沉吟道："我……个人认为，这事你要慎重，因为这不是小事。对你个人来说也是人生大事，对组织来说，静子这条线断了确实也是一大损失，尤其是现在有新的任务需要用到她。"我说："我跟静子的关系没有那么深。"她说："但你要娶了小颖她就没有期待了，也可以说你对她失去了吸引力。"我说："我不这么看，应该说静子对我是有好感，但她对我有没有期待，谈婚论嫁的期待，我看不见得，毕竟我们是门不当户不对，要谈婚论嫁，她面前也有重重阻力。静子总的来说是比较传统的人，何况还有野夫这道坎儿。”她问：“野夫知道你们在来往吗？”我点头说：“野夫已经警告静子不准她与我来往。”她说：“可她照样跟你来往？”我又点了个头。她说：“所以，我觉得静子是真的爱你。爱是自私的，一个女人真的喜欢你，她绝不希望你属于另一个女人。”我说：“不一定。这个事情我细想过，我们随便说，假设她真的喜欢我又没有婚嫁的想法，她可能就希望我有个女人、有个家庭，这样她知道我不会缠她，不会要求她嫁给我，她反而放心了，反而敢大胆跟我进一步来往，因为没有后顾之忧了嘛。”

其实我从来没这样想过，是临时编的。革灵听了，思量了一会儿问我：“你们现在……关系……”我说：“就一般的关系，吃吃饭，跳跳舞，散散步，没有像你们想得那么深。”她说：“所以，你还是决定……要娶玄武门？”我说：“我不能食言，更不能对死人食言。”她抬头认真地看我一眼，郑重地说：“你愿意娶她，还要她愿意嫁给你。据我所知，她不愿意嫁给你。”我说：“那还不是你父亲威胁的结果，她怕。”她说：“其实不然，要知道结婚是两个人的事，你现在一定觉得你娶她是恩赐她，可有人恰恰……不需要恩赐。你不理解女人，女人其实比男人更坚强，更要尊严，尤其是在婚姻的事上。我问你，你喜欢她吗？”我说：“喜欢怎么了，不喜欢又怎么了？”她说：“你要喜欢她就不会这么回答，这种回答我可以把它理解为你并不喜欢她。问题就在这里，你娶她不是因为喜欢，而是出于责任，甚至是同情。但责任和同情都不是爱情，而女人是为爱情而生的。男人和女人真的不一样，一个男人因为某种原因可以跟一个不喜欢的女人……发生关系，但女人不会，除非被迫。男人一旦喜欢某个女人，对女人喜不喜欢他是不大在乎的，总相信只要娶回家就成了，不喜欢也会变成喜欢的。女人刚好反过来，把男人的喜欢看得比自己喜欢还要重要。不是有种说法吗，追女人穷追不舍是法宝，女人就是这样，只要对方喜欢，咬定青山不放松，最后都会缴械投降。这就是女人，只要你喜欢她，她就会喜欢你，不喜欢也会被感动，也会变成喜欢。为什么男人总相信只要把女人娶回家就成了，就因为他知道女人是可以被改变的。反之，哪怕她喜欢你，可如果你不喜欢她，她会放弃自己的喜欢。我相信刘小颖是喜欢你的，但她不愿接受同情，也不会试图来取悦你、改变你，她宁愿放弃你。”

我从来没发现革灵有这么好的口才，我听得出神，她也说得出神。她不遗余力地想让我明白一个道理：小颖对我冷淡是因为我不喜欢她，作为女人她要的是爱情，而不仅仅是责任和同情。真的是这样吗？我开始认真端详面前的这个女人。每一个女人的内心都是一个幽深的湖。我盯着灯光下面色微红的革灵。

“我相信就是这样的，至少你不喜欢她，这一点我现在深信不疑。”革灵说。

“我没有想过这个问题，我觉得喜不喜欢都一样，也懒得去想了。”我说。

“你连想的热情都没有，更说明你不喜欢她。你不喜欢她，她也就不会喜欢你，即使原来喜欢也会变得不喜欢的，事情就是这么简单。”她说。

“我觉得这已经够复杂了。”我说。

“不知你肯不肯承认，你不喜欢刘小颖，是因为你心里喜欢另一个女人。”她说。

“谁？你是说静子吗，怎么可能？我这不是工作需要嘛。”我说。

“不是她。”她说。

“那是谁？”我问。

“林小姐。”她说，“林婴婴。”

“胡扯！”我说。

“明摆的。”她言之凿凿地说，“我早发现了，她现在对你和以前不一样，她已被你的喜欢改变了。也许以前她并不喜欢你，正是你对她的喜欢让她也开始喜欢上你了。这就是我刚才说的，女人会因为对方的喜欢而喜欢对方。”

“真是一派胡言！”我大声说，“你不了解她，她……”我差点儿说她是共党分子，话到嘴边才改口，“她就是那种人，大大咧咧，无拘无束的。”

“可能你就是喜欢这种女人，刘小颖太矜持了，所以只能博得你的同情。”革灵说。她说了很多很多，让我刮目相看。我和革灵单独在一起的时候很少，有如此深的交谈更是从未有过。我没想到这个在我印象中话不多的女人，今天晚上怎么会突然变成另外一个人：像个女性恋爱专家，像个话痨。

这真是一个奇怪的晚上，我被女人包围了，也困惑了。我不知道革灵为什么要跟我说这些，更不知道她背后还有一个大导演。此刻，导演就在隔壁房间，透过简易的木板把我们所说的每句话都一清二楚地输入了她的耳朵！

中途，革灵去了隔壁屋。我知道隔壁是她的房间（房间里有夹层，是用衣柜隔出来的一间小屋，是电报室），木板的缝隙虽然用报纸贴住了，但透过一些看不见的缝隙，我闻到一股特别而又熟悉的香味——除了林婴婴，没有第二个女人有这样的香味。顿时，我震惊万分。我一直以为，革灵说这些话是面对我一个人的，想不到……隔墙有耳！我的心情陡然变得烦躁起来。

镇静！

镇静！

我告诫自己，不要冲动。

不一会儿，革灵回来，把手上的一团纸丢在簸箕里，对我说："我在熬药。"我装糊涂，问："怎么，你病了？"她点头。我又问："老人家的针灸也不管用，必须吃药？"她竟然低头抽泣起来，说："身病好治心病难治，丈夫没了，孩子也没了，我太伤心了，呜呜呜……"哭得很伤心。我怔怔地望着她，不知该说什么。她还在抽泣，一边说："中华门肯定恨死我了……他是烈士，应该得到嘉奖，可是我却在惩罚他……要把他的孩子打掉……"我烦躁的感觉又慢慢消失了，取而代之的是一种悲伤。我点上一支烟，狠狠抽了两口。她刚才进来手上还拎一只小布袋，这会儿她从布袋里拿出一条烟，递给我："这烟好抽吗？我给你买了一条，你拿去抽吧。"我很不安，说："啊，你干吗破费给我买烟啊？"她依然在抽泣，只是声势弱了些："我也不知道为什么，那天上街……看到，就买了一条……"我看看四周，问："你爸怎么还没有回来？"她问我："你要走了吗？"我说："不早了，我该走了。老人家有没有给你留下口信？"她摇摇头。我说："估计不会有什么要紧事，有事我再来吧。"

我起身告辞，她一直送我到院门口。

04

这个夜晚，我的心里是五味杂陈，心情比夜色还要黑沉。林婴婴还会导演什么戏，我不知道。不过我知道，我敢肯定，一定是在她的鼓动下，革灵才会有今晚的异常表现。我可以想象，她一定在革灵面前说了些什么，她要把我“导演”给“灵灵姐”。同样可以想象，革灵出于感激，将视她为闺中密友，并将我们小组的情况对她和盘托出。这就是有着多重秘密身份的林婴婴演这出戏的独特匠心，她要博取革灵的欢心，套取我们小组的内情。我担心，我几乎相信，她一定进去过那个“夹层”，那些绝密电报，对她也许早已不是秘密。

当然，这是后来我才证实的。

我离开诊所，心烦意乱，不知想去哪里，漫无目的地乱走。最后，不知怎么的，我发现自己立在书店和裁缝店门口。两边的门都关着，也没有灯光射出。她睡了吗？已是深夜，我想她一定睡了，可我还是去敲了门——书店的。里边传出窸窣的声音，不一会儿刘小颖来到门边问：“谁啊？”我说：“是我。”刘小颖迟疑了一下，问：“你有事吗？我睡了。”我说：“我有事，你开一下门。”刘小颖犹豫着开了门，说：“这么晚了你有什么事？”我看她穿的衣服，应该是没睡，说：“你还没睡吧。”她说：“我正准备睡，可是山山已经睡了。”我走进屋去，说：“正好，我还担心他没睡，妨碍我们说事。”她关了门，问：“有什么事？”我一时不知说什么，在屋里踱了一圈步。刘小颖拉出一张凳子，我没有坐，又走了一圈，终于对她发问：“对门的那个裁缝，你跟他接触过吗？”

刘小颖想了想，说：“他来我这儿买过两次书，聊过。”我问：“你觉得他有什么不正常吗？”她说：“我感觉他好像在注意我，还有就是你们那个女秘书经常去那儿，三天两头都要去。”我沉默了一会儿，突然说：“她就是莫愁湖，我们的同志，叫林婴婴。”刘小颖一惊，问：“啊，是她，就是她。她知道我的身份吗？”我摇头说：“按规定你们不能‘通线’，所以我也一直没有告诉你。”她问：“那现在为什么告诉我？”我说：“我有疑惑，我需要同你交流，想听听你的意见。”她问：“你发现什么了？”我说：“她有鬼，我怀疑她不是我们的同志。”

她瞪圆眼："你……听谁说的？"

我告诉她："是我分析出来的。"

我把林婴婴给我的一些疑点从头说起，她听了满脸紧张，仿佛置身于敌人面前，不敢轻易发言。我继续说："我觉得这不外乎两种可能，第一种，她是日伪分子，是敌人安插到我们组织来的奸细，故意在幼儿园捏造出一个子虚乌有的大任务，而且故意说得遮遮掩掩，让我们信以为真，最后把我们都套进去。另一种可能是，幼儿园的任务是真的，但这任务不是重庆，而是延安交给她的，她需要我们的力量来帮助她完成。"她久久地看着我，说："你刚才不是说重庆已经证实幼儿园确实有问题了吗？"我说："严格地说，如果敌人要想套我们进去，他们也会找合适的人给重庆抖露这方面信息的。不过我分析这种可能性不大，因为我在跟静子打交道的过程中确实也觉得她们幼儿园很不正常，十有八九是有问题的。所以，我觉得后一种可能性很大。"她说："这样最好，如果是日伪分子我们麻烦就大了，共产党嘛，现在不是跟我们合作了嘛，即便不完全同心同德，至少不会害我们。"我苦笑，说："早不是这样了，最近重庆要求我们把共党在南京的地下组织摸清楚，现在我们的人都在忙这事。"她问："怎么回事？"我说："谁知道，只有天晓得。没有不透风的墙，如果我们假设林婴婴是共产党，她便早已知道重庆要我们摸清他们地下组织的情况。"她说："所以她要笼络革灵，进一步了解情况。"我说："对，她要从革灵那儿摸我们的情况，反侦察。"她说："这么说我也觉得她是共党的嫌疑很大，那么对门的裁缝可能就是她的联络员。"我说："你下一步可以有意接触他一下，摸摸他的情况。时间不早了，我该走了。"

我嘴上这么说，脚上却没有马上响应，我久久地看着刘小颖，看着她那双深陷在眼窝里的黑眼睛。这一段时间她明显瘦了。一股怜悯之情突然涌上心头，我猛然伸出手，有些冲动地握住她的手，说："小颖，你是不是觉得我……不喜欢你，其实……"她抽出手，打断我的话："别说这个，你走吧。"我说："你为什么要这样，你不喜欢我吗？"她反问："喜欢有什么用？"我再一次拉住她的手，说："喜欢，我们就一起生活，我需要你……"她又抽出手，说："你需要的是正视现实，不要胡思乱想。快，你走吧。"她毅然起身，打开门，低声说：“不早了，快走吧，别人看见不好。”

夜深人静，街上静谧诡异。

我埋着头，一语不发地走了，像一个偷欢的人。

第二天早上，我刚走进办公室，便接到卢胖子的电话，叫我上去一趟，然后砰一声扣了话机，显然是带着火气的。他在跟谁生气呢？我使劲儿晃晃脑袋，让自己保持清醒。昨天夜里我没睡好，我的心被几个女人纠结成一团乱麻，天微亮时才打了个盹儿。想到这里，我走到窗前，朝窗外瞥了一眼。院子里，有几棵叫不上名字的树，叶子已在一夜间掉光。南京在南方，气候却像北方，天说冷就冷。

“昨晚你去哪里了，我到处找你，知道吗？”我刚进外面林婴婴的办公室，胖子就从里面冲出来对我吼。我急忙说：“知道，阿姨跟我说了，可当时太迟了，我想你一定睡了，所以没敢给你回电话。”他不客气地问，一边往里走：“深更半夜还在外面，在干什么？”我跟他去了里屋，一边说：“山山病了。”他掉头瞪我一眼，问：“山山是什么人？”我说：“就是陈耀的儿子，昨晚病得很厉害，发高烧，我先去找郎中拿药，后来又一直守着他，直到烧退了才敢走，确实很迟了。”他一听陈耀更火，对我吼道：“陈耀！又是陈耀！我看你跟他是完不了了。”我说：“那怎么办啊，人家孤儿寡母的，我不管谁管。说实话，我现在也是孤儿寡男，怎么说呢，我都想……”他听明白了，嘲弄地问我：“你还想娶那个泼妇是不是？”我说：“人家不泼，就是生活太困难，你又老是不管人家，逼得她跟你急。”他说：“哼，这叫情人眼里出西施嘛，她什么都好，我看你是疯了！”

林婴婴给我端茶进来，朝我使眼色，我假装没看见，没理会。她没变，我变了。心变了，冷了。我觉得她身上好似有股无形的毒气，让我不敢挨近她。我对胖子说：“好了，这事先不说了吧，说你的事，这么急找我什么事？”他一副气急无语的样子，就地转了一圈，重重地坐在沙发上，才说：“什么事，妈的，我又被你那条四眼狗害了，老子真的要把他做了。”我说：“他又怎么了？别生气，跟他生什么气，我说了，他害你是正常的，不害你才不正常，你生什么气嘛。”他朝我喊：“说得好听，他朝你头上拉屎你能不气吗！”

对林婴婴手一挥："把东西拿来，给他看。"

林婴婴拿来的是一份材料，我当场看了，是秦时光以个人名义写给野夫的，说的是"保安局内鬼"的事。材料上说，自"凶犯神枪手"事发后，他一直遵照野夫机关长的批示在暗中调查"谁是内鬼"，李士武被射杀后，大家认为他就是内鬼。但他通过调查，收集各路信息，发现：李士武绝不可能是内鬼。他在材料中这样写道：

如果李是内鬼，白（大怡）专家不可能逃过"那一劫"。据我了解，那天夜里，重庆方面派出四员干将潜伏至熹园白专家之下榻处，企图暗杀白。最后正是凭靠李及时发现敌情，及时调兵遣将，一举粉碎敌人行动，四名匪贼当场被击毙，无一幸免。试想，假如李是内鬼，他完全可以知情不报，放任不管，或者明管暗放，任匪作歹，放虎还山。那么，那天丧命的人绝不会是四名匪徒，而是白专家……

既然李不是内鬼，内鬼应该至今还在我们身边，是谁？我看得毛骨悚然，真怕他掌握了更多材料，在后面说到我。即使他没有掌握什么材料，我想他出于对我的恨，也可能借机造谣中伤我。好在看下去，我发现他没有掌握我的什么情况，也没有造我的谣。也许是我的资格还不够吧，他把矛头直指胖子，是是非非地说了他一堆贪财敛物的事情（其中不乏真事）。从他言必有据的陈词中，我明显觉得有些材料肯定是小唐提供的，想必胖子也觉察到了，难怪他气急败坏。过去的亲信离他而去，反戈相击，长人志气，灭己威风。这且不说，关键是秦时光话锋一转，这样写道：

我虽然至今尚未掌握确切证据，证明他（指胖子）跟重庆"有一腿"，但从他极度贪财敛物的贪婪本性分析，这种可能性极大。中国有句老话，贪者必朽。如今，重庆方面削尖脑袋想在我们的高官中寻找突破口，他身居要职，飞扬跋扈，贪婪成性，极易被拉下水……

通篇看完，我心里暗想，秦时光确实是越来越张狂了，指名道姓，公然叫板。这对我不是坏事，他要像小唐一样，弃猴子投胖子，这对我才不利呢。所以，我有足够的心情说了一堆“真知灼见”的话来安慰胖子，把他的气恼消化掉。我把他气恼的对象巧妙地转移到小唐身上，说：“秦时光在单位本来口碑就不好，风流成性，二流子的形象，他的证词是不值钱的，你不必太在意。你能得到这份材料本身就说明，野夫对他的这番忠心没放在眼里，更没放进心上，把东西像垃圾一样丢给你，你该高兴才是。这时候你对他下手，反而容易让机关长小瞧你，你打击报复，是小人那一套。你要装出大人大量的样子，对小人不计较，对流言敢于嘲笑，这才是你该塑造的形象。我倒觉得，小唐的变节你要重视，她毕竟是你的前任秘书，她发出去的声音容易给人造成可信的假象。”

加上林婴婴在一边添油加醋，落井下石，把胖子的情绪一下点燃了，当即叫来军官处长商量对策。几天后，我看见小唐哭着鼻子来找我，说她被调到江阴支队去了，她不想去，恳求我去找局长替她说情，别让她离开南京。我说：“你是他的老秘书，贴心小棉袄啊，哪有我说情的份儿啊。”这冠冕堂皇的话我说得好开心。

从此以后，我再也没见过小唐，听说她没去江阴报到，脱队了，流入民间，失踪了。

05

我不知道林婴婴对我怎么想的，知不知道我在怀疑她。也许是有所觉察。从这天发生的事情来看，我估计自己没能骗过她的眼睛，是她的眼睛太毒，还是我的演技太差？总之，这一天，林婴婴对我采取了一个“大行动”，让我大开眼界，也叫我退路全断。

这天是周末，她大清早给我家打来电话，要我几时去哪里，她有事要同我讲。我不想去，但她已经挂了电话，好像知道我要拒绝，不给我拒绝的机会。本来，这天我要带儿子去紫金山上看冬泳。山上有一个湖，叫烟霞湖，每到入冬时节，经常有人在那儿搞冬泳活动，这是今年第一场冬泳，报纸上大说特说，好像这座城市的人生活都很有情调似的。我很少带儿子出去玩，这次又给了他一个空头许诺，儿子很不高兴，我出门时关着房门，陈姨怎么喊他都不肯出来与我道别。小家伙生气了。

我按时去了林婴婴约我的地方，发现已经有一辆黑色小车停在那儿，我刚走过去，车门自动弹开，林婴婴在车上对我说："上来吧。"这是我第二次单独坐她的车（跟静子一起倒有好几次），上次去了郊外，这次莫非又要带我远走？一上车我就问她："去哪里？"她故作神秘地说："去执行任务。"

我们去了天皇幼儿园。

车子绕着幼儿园几乎转了大半个圈，拐进与幼儿园只有一条马路之隔的居民区。这是一片环境脏乱差的贫民区，多半是简易搭建的平房，只有挨着马路一带有少量几栋楼房，挨近河岸一带的，清一色是临时棚户，寄宿的大多是战争难民。车子最后停在一家很简陋的私人客店前。下了车，林婴婴带我进了屋，上了楼。客店真的很简陋，是民居的样式，两层高，没有门厅，招牌只是一块洋铁皮，歪歪扭扭地挂在门楣上，上面的字粗俗不堪。室内除了石灰粉墙外，几乎什么装饰都没有，连服务台和服务员都没有。林婴婴带我进了一个房间，里面也是乱糟糟的，床上的褥子、床单、被子又旧又脏。但是很奇怪，房间里居然有一台很高级的、配备耳机的收音机，后来我才知道，壳子是收音机，壳子里其实是窃听器。

我们进房间后，林婴婴第一件事就是打开"收音机"，但没有广播声音，扬声器只传出哧哧啦啦的噪声，偶尔有像是门的开关声、脚步声、咳嗽声……我好奇问她："这里面是什么声音？"她笑道："地狱的声音。"说着从被窝里掏出一架望远镜："来吧，先来看看地狱的样子吧。"她推我到窗前，拉开窗帘，递给我望远镜，用手指着远处一栋青灰色的老楼说："你看吧，朝那四扇窗户看，那儿不是有七扇窗户吗，你看左边四扇窗户，如果运气好，你也许可以看见一个美女在伏案写作。"

我没有急着去接手她的望远镜，因为我惊愕地发现，她指的那栋青灰色的老楼，正是天皇幼儿园的北楼，即我们常说的医院。这家客店的位置没有紧临马路，虽然它的位置与幼儿园处在一条直线上，但由于它没有紧挨马路，前面隔着几栋房子，拉开窗帘前我根本没有想到，站在窗前可以一览无余地看见它。其实，前面至少有一栋楼比我们的楼高，还有树，还有电线杆，还有平房屋顶上的晾衣架，它们都可能挡住我们的视线，但恰恰都没有挡住。我的视线像经过计算似的，左冲右突，跌跌撞撞，最后与幼儿园北楼狭路相逢。从望远镜里看，可以清晰地看见墙体的每一块大砖头、窗玻璃的反光和窗帘的花色。只有一个窗户没有拉上窗帘，但窗户里没有出现林婴婴说的美女埋头写东西的身影，也许美女坐在床上绣花吧，我想。

在我举目观察之际，林婴婴已经把一张幼儿园的平面图铺在床上，不等我看完她便叫我过去，指着图对我介绍说："你来看，这是我画的幼儿园平面图，现在你可以一目了然，整个幼儿园的南面、北面、西面都没有出口，出口只有一个，在东面，就是我们上次进去的那个大门。"我说："北面其实也有一道门，是小门，在这儿。"她说："我已经同你说过，这门从来不开，封得死死的。所以，出口其实只有一个，就是东大门，你如果想了解里面的人员情况，就到东大门对面去找个房子守它几天，就全清楚了。不瞒你说，我已经派人在东大门前连守五天，发现进出的人员非常少，包括静子在内只看到五个人进出，都是女的，看样子就是静子说的那五位老师。"

这时，"收音机"里嚓嚓地"走出来"一个渐行渐近的脚步声，林婴婴辨听一下，很老到地说："这人是腾村的二号助手，叫百惠。"不一会儿，脚步声没了，随之而起的是一系列叮叮当当、窸窸窣窣的声音，林婴婴听了又说："她在泡茶，听上去好像摆了两副茶具，看来腾村来客人了。"我不禁好奇而发问："你怎么听出来的？"她说："听多了总结出来的。"我说："这些声音来自哪里？"她说："腾村的办公室。你刚才看到的那些窗户都是腾村助手的宿舍，他有四个女助手，两个男助手，都住在这边，北边。腾村的宿舍和办公室都在南边，这儿看不到的。"我问："你在他办公室装了窃听器？"她说："是的。"我说："你进去过？"她笑道："不止一次，但不是我。"我问："怎么进去的？"她又笑说："《水浒》里有时迁，我身边不但有神枪手，也有时迁的传人。"我盯着林婴婴，冷不丁地问她一句："你手上到底有多少人？"她笑了笑，正想说什么，忽听"收音机"里又"走出来"一个脚步声，事后我知道，这是野夫。野夫进来后不久，又进来一个声音，不是脚步声，我都听不出是什么声音。但林婴婴听了，依然很老练地告诉我说："他来了，这是轮椅的声音，腾村是个瘫子。"

随后，除了一些无关紧要的口水话外，林婴婴把他们的对话都用中文记录下来，如下：

腾村：生命无处不在，空气中的尘埃、飞鸟，地底下的宝物、死尸，都各自在演绎着生命的逻辑。生与死，存与亡，凝聚与消散，升华与腐烂，像它们（事后判断是指花瓶），能够这样永久旷世地保留下来，是对生命逻辑的开创，或者造反。我迷恋它们，这些老物，正是欣赏它们这一点，无视生命原来的逻辑。

野夫：我听说教授对人体生命颇有研究，大有建树。

腾村：不要奉承我，你不懂我的事业，想奉承也不知如何奉承。

野夫：是是是，在下才疏学浅，不敢高攀。

腾村：才不疏，学是浅了，要说的话常常词不达意。

野夫：是是是……

腾村：别装得这样谦卑，你本性不是谦卑之辈，你心里的欲望和愤怒，如油似蜡，一点就着。这是你生命的黑洞、陷阱，你生命的双足如履薄冰，身体笨重僵硬，你惧怕死，但是不珍惜生。要想出人头地，世间最大的敌人是自己，要想长命百岁，世间最好的医生是自己。你放松些吧，来，倒茶。

喝茶。

腾村：我在这儿其实很孤独，因为两条废腿，出不去；因为承担着天皇秘密的使命，我的行踪是保密的，少有人知道我在这儿；因为天皇的关系，嘿，那些知道的人也没胆量上门来看我。我每天就在这一层楼里像只困兽一样，从这个房间转到那个房间，如果不是胸怀大志，心存为大和民族永久兴盛的宏大理想，我想没有一个人能够受这种煎熬，早就破窗跳楼殉天了。

野夫无语。

腾村：你，因为静子园长的关系，有幸知道我在这儿，因为升迁的盼望，多次刻意前来拜访我。你或许还收买了我身边的某个人，知道我好什么，我就好这个青花瓶啊，所以你也找到了我们沟通的渠道，让我有热情再三接见你。这一切，我把它们看做是我们的缘分。所以，刚才我对你的生命提出了忠告，希望对你有用。

野夫 ：谢谢，谢谢，在下已经铭记在心，至死不忘。

腾村 ：我看到的还是一具贪生怕死的生命，谢谢你来看我，给我带来了聊以打发虚空的玩物，送客……

他们说的是日语，我几乎没听懂意思，但林婴婴走笔如蛇，日语进耳，中文出手，不假思索，不见停滞，让我大开眼界，暗生佩服。但我也强烈感到了被严重欺骗的滋味，摆在我眼前的一系列事情，显然不是一两个人一两天做的，它是一个故事，是一场战斗……她一直在利用我，背着我做了这么多事，而我居然浑然不晓。我感到羞愧、气愤。我心里有点儿冲动，想骂她。为了控制自己的情绪，我背过身去，掏出烟想抽，却摸遍口袋也不见火柴。林婴婴如同在家似的，打开抽屉拿出一盒火柴递给我。我接过火柴，忍不住讥笑她："看来这儿也是你的家。"

她一把夺走我的烟，掐了："你想说什么，别阴阳怪气！"自己满脸屎不说，还说人家屁眼里有屎，荒唐！我不忍了，直言道："我就是装了个阴阳怪气，可你装了什么？告诉你，别装了！要想人不知，除非己莫为。"她怒目圆睁，盯着我，厉声喝道："你吃多了，你知道什么！"我说："我知道很多。"她说："多个屁，你是屁话多！我希望你懂得尊重我。"我说："那要看你是什么人，我不可能去尊重一个刀架在我脖子上的人。"她说："哼，我的刀子只杀鬼子，不像你们手上的刀，还要对兄弟下手。"我问："谁是我们的兄弟，是共党吗？我知道你同情共党，可这是为什么，请问。"她说："因为我就是共党——我知道，你就想这么说。"我冷笑道："还要隐藏吗？你的尾巴早露出来了，只不过我不想揪你而已。"

林婴婴怒视我一会儿，突然抓起烟缸朝我砸过来，并喊："我让你揪！"幸亏躲得快，否则我的脑袋准要开花。脑袋幸免一击，人却四仰八叉摔在地板上。我爬起来，不客气地说："你非要我撕破脸皮，那好，你听着，你口口声声说，天皇幼儿园的那些情报是绝密的，是一号专门交给你的，暂时不能公开。哼，说的比唱的好听，告诉你我也是从一号身边出来的，据我从一号现在身边的人了解，根本没有这回事……”其实我是诈她的，想看她的反应。

不料，她竟然作出此等反应——她冷静地拔出枪，递给我，说：“现在我明确告诉你，金深水，你说的没错，我是共产党，而且还肩负着把你发展为同志的光荣任务。原来我想等把这幼儿园的任务完成了，让我在你心目中有一个为我们中华民族干了一件大事的形象后再来发展你，现在提前了，我把枪交给你，接着。”我拔出自己的枪，说：“谁要你的枪，我自己有。”她却把枪里的子弹和弹夹都退了，放在一边，对我说：“好，你用自己枪也行，反正只要你手里有枪就行。我不要枪，我要刀。”说着从抽屉里抽出一把尖刀拿着。我迅速推上子弹，退开一步，拉开架势，说：“你别乱来。”她笑道：“该说这话的人是我，你以为我拿刀是要跟你战斗？我才没那么傻，用冷兵器跟枪斗。现在我让你选择，二选一。一、不愿意做我同志，开枪把我毙了，我身上有我们组织的联络图，你可以拿它去邀功领赏，重庆不是要求你们摸清我们在南京地下组织的情况嘛，就在我身上，胸罩的夹层里。二、愿意做我的同志就挨我一刀，我们都各挨一刀，你喝我的血，我喝你的，这叫歃血为盟，是父亲教我的。”

我举枪对着她：“别逼我！”

她坦然相告：“那你就开枪吧，我马上数数，数到五你不开枪我就动刀了，先割我自己。一——，二——，三——……”

我放下枪，拔腿而去，丢下一句话：“疯子！你这个疯子！！”

算她聪明，没有追出来。

第九章

01

我一个人，步伐凶狠地走在路上，周围人纷纷从我身边闪开，有的人还站在远处呆呆地盯着我。我心里包着一团火，我觉得，如果我慢下来就会被这团火焚烧掉。就这样不知走了多远，我猛然发现手里还提着枪。我连忙把枪藏起来，尽快找了个胡同钻进去。胡同里十分安静，前后无人，我就近找了堵墙，狠狠地对着墙拳打脚踢。

我心里窝着一团怒气啊！

突然出来一彪形大汉，对我喝道："你不想活了，妈的，擂我们家的墙干什么！"我连忙道歉，对方却得理不饶人："谁要你对不起，对不起管屁用，你看，我家的墙给你擂成什么样了。"我看墙其实也没有怎么样，只是掉了一些石灰，倒是我的手已经鲜血直流。我人在气头上也懒得讨好人家，便说："我看也没怎么样嘛，它又不是豆腐做的，哪儿会经不起我拳头打两下。"他说着要上来揍我："嘿，还敢说横话，真是欠揍！"我也火了，拉开架势，拔出手枪对着他喝道："老子今天心情不好，你别惹我。"吓得他连忙逃开，讨好我，连喊："哥，大哥，对不起了，您请走，这没事，墙没事，你走，好走。"

我不吭一声走了。

我只是一味在走，漫无目的。是呀，尽管事先有怀疑，但是当她亲口对我这么证实时我心中的愤怒还是大大超出我的想象。这个下午我周身的血液一直在沸腾，情绪很激动，然而身体是冷的，我在发烧，又发冷，双脚像踩在了云端上，好几次我都差点儿扑倒在大街上。

啊，林婴婴，你这个魔鬼！魔鬼！！

回到家，我和衣躺在床上，有一种被击垮的感觉。这一天让我变成了一个废物！突然，我从床上跳起来，翻箱倒柜找出一顶国民党军帽，像模像样地摆放在眼前，久久看着，直到陈姨喊我吃饭才罢。我来到饭厅，没看见达达，问陈姨："达达呢？"她说："达达在楼下玩儿，我已经喊过了，马上回来。"我问："他作业做完了？"她说："早做完了，上午就做完了。"我这才想起，今天是星期天。陈姨说："你今天去哪儿了？我看你脸色很不好。"我说："今天我见鬼了。"要不是这时达达回来，陈姨再追问我一句，我也许会把林婴婴的事跟她说，那鬼知道会是什么下场。好在儿子及时回来，打断了我们。

"爸爸，你回来了！"儿子见了我大声喊，高兴写在脸上，不知有什么好事。我说："对不起，爸爸今天有事，又没有陪你去玩儿。"他亮出一把玻璃球，说："我在楼下玩儿呢，这都是我赢的。"难怪他这么开心。我说："快去洗手吃饭。"他老练地接过我话，学着我的腔调说："因为晚上我还有事，吃完饭又要走。"我说："你都成了爸爸肚皮里的蛔虫了，什么都知道。"他说："蛔虫才不知道呢，蛔虫是一种低等动物，没有思考能力。"我被他这种装大人的样子逗笑了。他突然看见我手背上有血迹，问我："爸爸，你怎么流血了？"陈姨也喊："哎哟！就是，你这手怎么了？"达达说："是跟人打架了吗？"我说："你快吃饭，什么打架，爸爸从来不打架。"他说："老师说现在的大人最喜欢打架，全世界的大人都在打架。"陈姨说："是打仗，什么打架。不知家里有没有红药水，我去看看。"我说："不用找，我找过了，没有，吃完饭我就去医务室看看。"

吃完饭，我回到书房，达达在客厅里玩弹子。陈姨一边抹桌子，一边跟他说这样一些话："达达，你又在玩儿弹子了，这个东西有什么好玩儿的……""别把小嘴嘟着，难看死了……""达达，我觉得你爸爸今天心里好像有事……""达达，我觉得你爸爸今天可能真的跟人打架了……"他们的对话让我心里更烦，于是，我开门出去了。

我不想待在家里，是估计林婴婴今天晚上可能会来家里找我。我不想看见她，因为我不知怎么面对她。我也不知怎么来处理这事，如实向组织报告也许是最简单的，但可能会引发更多的悲剧和是非。隐情不报，我又怎么面对党国的利益和纪律？我心里有两个“我”在厮打、搏斗。茫然中，我跟着路走，漫无目的，最后居然走到了火车站。

我仿佛要去接什么人，随人流一直走进月台。进了月台，又离开人流，独自沿着铁轨走。走出百十米远，我看到一伙流浪儿，正聚在一个角落里，吃着也许是刚刚讨来的东西。其中有两个孩子我认识，上次我回家给妻子祭坟，进月台时前面走着一个鬼子，他们抢走了鬼子手上一袋东西，给我留下很深的印象。后来回来时我又见到他们，在车站里乞讨，我给了他们一张五元的中储券。

我走过去。孩子们看见我，看样子也察觉到了我目光里的同情，并受到了鼓励，一拥而上。其中一个少年，我印象较深的那个，显然是孩子王，他用力喝一声：“都散开！”孩子们都听话地散开了。“叔叔，你好！我认识你，上次你给过我钱，是不是？”孩子王问我。我点头，给他一张十元的中储券，说：“去门口买十个包子，我请客。”孩子们顿时欢呼起来，孩子王指派一个手下去买。“叔叔，你在火车站工作吗？”孩子王问我。我摇头：“这儿工作的人你该都认识吧？”孩子王说：“就是，你肯定不在这儿工作。你是干什么的？”我笑道：“我是打狗的。”孩子王说：“我上次打死一条狗你看见了？那是王麻子家的狗，早该吃了它。”我问：“王麻子是谁？”很多孩子抢着说：“是车站警备队队长。”孩子们纷纷模仿起王麻子，口口声声喊着“太君”、“皇军”，对鬼子点头哈腰，学得很像回事，令我捧腹大笑。那个去买包子的少年拎着包子回来，见此情景把包子递给孩子王，也学着说：“太君，我的王麻子把包子买回来了。”孩子王说：“把剩下的钱还给叔叔。”我说：“留着明天再买吧。”

就在这时，对面突然枪声大作，一个戴毡帽的中年人手上挂了彩，鲜血直滴，从一列货车底下钻出来往这边跑过来，后面明显有人在追。孩子王一看样子，立刻喊：“是我们的人，快！我们帮他逃走。”孩子们迅速行动起来，以最快的速度，引导那人往一个通道逃走，同时几个孩子又马上制造了一个假象，纷纷往另一个通道看热闹，感觉人是从那儿逃走了。两个追杀的人紧接着从货车底下追过来，其中之一竟是秦淮河！我以最快的速度闪躲到一边，以免他发现我。在孩子们的错误引导下，秦淮河和同伙往另一通道追去。完了，孩子们议论纷纷——

“妈的，是自己人杀自己人，没劲。”

“就是，早知道这样管它干什么。”

“不，可能后面的人是黄皮狗扮的，他们经常穿便衣的。”

“不，我觉得他们都是黑社会的……”

我可以肯定，秦淮河追杀的人一定是共产党。我怕他们来征求我的意见，悄悄离开了他们。我继续漫无目的地走，像一条丧家之犬，像一个可怜的幽灵，无家可归。不知怎么回事，后来，我竟然鬼使神差地去了诊所。孩子们的笑声犹在耳畔，我突然发现自己已立在诊所门前，那位卖煎饼的老头还在忙碌，我和他只是对视一下，并没有说话。

大门少见地反闩着。我只好敲门，传来革灵的声音：“谁？”我说：“是我，来看老毛病来了。”革灵开门，手上竟然有枪，说：“哎哟，你怎么来了，谁通知你来的？”我说：“没人通知，我自己来的。没什么事，就想过来看看。”我看出，革灵听了有些高兴，说：“来，进屋去。”进了屋，她给我泡茶又递烟。她发现我抽的烟正是她送的，问我：“这烟好抽吗？”我说：“很好的。”她说：“那以后我再给你买。”我说：“让你给我买烟，怎么好意思。”她唠叨说：“有什么不好意思的，中华门走了，我现在是无牵无挂，挣的钱都不知怎么花，以前要给他买烟买酒，还要买布做衣服。”我说：“刚才你怎么拿枪来开门？”她说：“他们都出去行动了，我得警惕一下。”我想起车站看到的情景，问她：“是什么行动？”她说：“在火车站，要除一个人。”我问：“是什么人？”她说：“共党分子，他太危险了。”我问：“怎么回事？”她说：“他知道我们上海站的地址，上礼拜居然以此要挟我们要给他们组织一批药品，太可恶了……”我脑海里突然反复响起刚才那个孩子说过的话：

妈的，是自己人杀自己人，真没劲……

妈的，是自己人杀自己人，真没劲，没劲……

林婴婴和我也许都应该感谢这孩子，我几次冲动想向组织报告林婴婴的案情，最后正是这句话、这些孩子的形象冥冥之中阻止了我，也安慰了我。直到这时，我才有所觉悟，今晚我为什么会鬼使神差地来到这里，也许我是想来报林婴婴的案情的，但又被鬼使神差地阻挠了。

这是天意，也是我的命！

02

我回家已经很晚了，一进家门，果然，陈姨告诉我："晚上有一位姓林的小姐来找过你，给孩子带了好多东西，还给你送了一条烟。"我忙问："她进我书房了吗？"她说："怎么会呢，你交代过我，我记着的，不会让外人进你书房的。"我问："她跟你说什么了？"她说："跟我没说什么，跟达达问了些学校里的事就走了。"

我的预感是准确的，烟盒里有纸条：

我愿以生命担保，我从来没有用延安的身份做过一件对不起重庆的事，我多一个身份仅仅是这个破碎的国家的需要，它能让我多做一份抗日救亡的工作。外辱当前，岂容自相残杀！请别背叛我，帮助我，让我们一起来拯救那些在大屠杀中幸存的孤儿，他们需要我们，需要每一个人齐心协力去帮助他们摆脱敌人的魔掌！！！

接下来的几天我都在尽量躲避她，我心中没有决定，没有方向，我不知道该怎么面对她。但到这天晚上，我再也无法回避了。我回家，一进屋，看见林婴婴正趴在餐桌上，竟然睡着了。陈姨一脸无奈地解释道："没办法，我已经劝她好多次让她走，她就是不走。"林婴婴醒来，说："是的，金处长，你别怪阿姨，是我赖着不走的，因为单位出了事，局长要我一定要找你了解情况。"单位什么事？鬼话！我想，可嘴上只有这样问："什么事？"她指指书房："进去说吧。"我说："就在这儿说。"她说："这怎么行，绝密的。"说着擅自要进书房，推门，发现门锁着——我想一定是陈姨见她赖着不走悄悄锁的。林婴婴竟然拿出自己身上的钥匙捣鼓着，一边说："金处长知道，这难不倒我的。"陈姨急了，上前阻止她："哎，你这姑娘怎么这样没礼貌，这又不是你家！"我劝住她，亲自去开了门。林婴婴对陈姨扬了扬钥匙说："阿姨，你别在意，我跟金处长很熟的，这是我家的钥匙，我逗他玩儿的。"

我们一进书房，她立刻回身关上门，压低声音，来了一个恶人先告状："这都是你逼的，别怪我，时间在一天天流逝，事态在一天天严重，我们却按兵不动，麻木不仁，任凭可怜的孩子们在魔窟中受摧残，敌人现在正在老鼠身上做实验，下一步就要轮到孩子了……"我气极而骂："你闭嘴！"她说："我偏要说，那是我们的孩子，中国的孩子！你之前不是也在协助我吗，至少你还是党国的人，现在重庆也要求你进去探明情况，你难道……"我又叫她住嘴："难道重庆知道你是这种货色？你不要说，听我说，我长话短说，今天我给你个态度，看在你曾经多次帮过我的分儿上，我不去告发你，我给你个机会，你去自首，其他事一概不谈，现在你走吧。陈姨，送客。"我毅然打开门，林婴婴还想说，我断然走开，去了厕所，把她丢给陈姨。我在厕所里大声喊道："陈姨，今后别为她开门，我不想再在家里见到她。"陈姨说："好，好，你走吧，姑娘。"林婴婴对我喊："金处长，那么你还得在门上装个猫眼儿哦，否则陈姨怎么知道是我呢？"陈姨说："我知道，我知道的，我会问的。"林婴婴放低声音说："陈姨，对不起了，我跟金处长闹了点儿小矛盾，没事的，会过去的。"陈姨说："好，好，姑娘，你走吧，别为难我了。"

我根本没上厕所，听到林婴婴走了就出来。陈姨很想了解事情原委，我没心思同她说，以"时间不早"为由，答应改天同她说。可后来发生的事情，决定我再也没机会同她说了。老天在帮林婴婴，我的意志起不了作用，只好一步步退回到她身边。

第三天下午，警政系统召开处级以上干部大会，地点在熹园招待所。会上，警政部部长周佛海——这个要被中国人的唾沫淹死的大汉奸，言之凿凿地通报了最近新四军南下的动向和共产党在南京大批扩建地下组织的情况，其言其意，和革老讲的如出一辙。

开完会，我们又在对门吃了饭。吃过饭，我就回了家，我的心情被蓦然撞见的一幕搞得很不安。是这样的，我从饭店出来准备回家时，刚好看见秦时光和招待所的那个领班背对着我走进招待所大门，他们勾肩搭背的样子好像很熟悉。那个领班，我想他应该记得我，我曾经用静子的证件找他开过房间。他们在嘀咕什么？太远，我听不见。可想起秦时光前段时间的所作所为（为李士武翻了案，把卢胖子钉上了“内鬼”的黑名单），心里不免有些不安。不过冷静下来我寻思一番，觉得领班不可能知道我那天住在招待所的，心里又释然许多。

但是我错了！

次日晚上，吃罢晚饭没多久，我正在看儿子画画，电话铃声突响。我听是林婴婴打来的，口气立即变得冷淡，想挂掉电话。她训我：“不要挂电话，你有麻烦了，我正跟四眼狗在外面喝酒，他说他已经抓到了你的把柄……”秦时光？我的心悬起来，欲挂的电话又扣在耳边。“他说有人看见在熹园暗杀白大怡的那天晚上你在现场，凌晨才走，是不是？”我马上想到那个领班，难道我走的时候被他看见了？“他已经向野夫报告，估计野夫明天一定会问询你，你怎么办？”怎么办？我脑袋一片空白，愣愣地傻站着。她又说：“你必须要在野夫问询你之前想好应对他的方案，必须要把这个事圆过去，否则你完蛋了。”

估计她打电话的条件不是很好，身边很吵，她不便多说，等我稍稍缓过神来，想跟她交流一下，她已经挂掉电话。

事后我知道，今天一天秦时光都在忙碌收集我的证据，那个领班确实看到我凌晨才离开招待所。他跟秦时光很熟悉，昨天我们在那儿开会，他认出了我，便和秦时光顺便聊起那次我带静子来开房间的事，是当男女绯闻来说的，秦时光却如获至宝，当天晚上便向俞猴子汇报。因为事情牵涉到静子，猴子倒是谨慎，怕捅马蜂窝，没有马上决定捅上去，而是要求秦时光去找静子证实一下情况。他认为，如果静子那天晚上和我一起在那儿过夜，这不过是一个偷情故事，没什么价值，一个鳏夫带一个寡妇去开个房间睡觉，没什么值得大惊小怪的。所以，第二天秦时光便把静子约出来求证。静子不知道秦时光手里握着刀子，她以为他是对男女情事的好奇，为了表明清白，她把我那天开房间的真实情况如实相告，而我却浑然不知。

这四眼狗！

下午，秦时光征得俞猴子的同意，写成诉状，上报给野夫。野夫看了，给予高度的口头表扬，他仿佛看见我跌入深渊，乐死了。晚上，他约林婴婴出来喝酒，酒过三巡，他管不住舌头了。以下是林婴婴后来向我转述的——

秦时光说："不瞒你说，我们保安局要闹地震了。"

林婴婴说："大震还是小震？"

秦时光说："绝对的大地震，震中就在咱身边。"

林婴婴听出弦外音，有意套他话："如果我没猜错的话，你的金头出事了？"

秦时光说："你真聪明，一言中的。"

林婴婴问："他出什么事了？"

秦时光说："你猜呢？"

林婴婴说："一个光棍汉能出什么事，肯定是男女作风呗。说实话，他没少来骚扰我。"

秦时光说："操！他胃口大嘛，都什么年纪了，还想吃嫩草。"

林婴婴有意激将他："问题不仅仅在此，他可能也发现我们接触比较多，所以……"

秦时光说："经常在你面前说我的坏话？"

林婴婴说："反正没说好话。"

秦时光说："哼，说吧，就让他说吧，我看他以后去哪里说，有本事找野夫机关长去说。"

林婴婴敏感地问："怎么，你在机关长面前奏了他一本？"

秦时光说："不是我奏他，而是他做了见不得人的事。"

林婴婴说："到底什么事嘛。"

秦时光说："说来话长……"

秦时光把这两天的所见所闻对林婴婴添油加醋地说了一番，林婴婴听得心惊肉跳。借上厕所之际，林婴婴给我打来电话报警。电话挂了，可我脑海里却一直盘旋着她最后说的那句话：这事要圆不过去就完蛋了！我算了一下时间，野夫可能明天一早就会叫我过去问话，我只有一个晚上的时间来查漏补缺……

03

果不其然，第二天刚上班，野夫就打来电话，要我“马上过去一趟”。

野夫办公桌上放了一枚金黄的子弹，我走进办公室时，他正在擦拭铿亮的军刀，低着头擦了好久，方才开口问我：“金处长，知道我为什么喊你来吗？”我说：“不知道。机关长有什么指示，请尽管吩咐，我一定努力效劳。”野夫说：“没有指示，只有几个问题。不是小问题，是大问题，大是大非的问题，你如果回答得不能让我满意，可能今后再也没有机会听我吩咐了。”我沉着应对，道：“我争取让机关长满意。”感谢林婴婴，给了我一夜准备时间，否则这场对话可能就会成为我的断头台。

“第一个问题，你是不是经常在熹园招待所开房间过夜？”

“不是。”

“有过吗？”

“有过。”

“什么时候？”

“嗯，应该是今年8月……24日。”

“今天是12月7日，都过去这么久了，你怎么记得这么清楚？”

“因为那是个特殊的日子。”

“怎么特殊？”

“就在那天晚上，一伙重庆叛贼企图暗杀机关长的客人白先生。”

“嗯，这确实是个特殊的日子。第二个问题，那天晚上你和谁在那儿过夜的？”

"只有我一个人。"

"这就有点儿说不过去了，你家在咫尺之外，为什么非要去熹园过夜？而且恰恰是那天夜里，熹园发生了这么大的事。"

"这……"我的迟疑是故意的。

"这你要说清楚，否则——我可以明确告诉你，有人已经来告你的状，说你是重庆的奸贼，参与了那天夜里的谋杀活动。"

"这……简直……机关长，这是诬蔑，我对皇军忠心耿耿。"

"除非你能对自己的行为解释清楚，否则我也怀疑你，因为太离奇了，你从来不去那儿过夜，恰恰在那天你去了，怎么解释？"

"这是巧合。"

"当然有这种可能，可我不是要你解释，我是要你回答问题，你去那儿干什么，是好玩吗？"

"没有……机关长，那天晚上，我本来……"我心须支支吾吾，因为马上要说到静子了。

"说，不要吞吞吐吐的，吞吞吐吐我会怀疑是在现编瞎话。"

"机关长，那我说实话，请你理解我，我……妻子已经走了一年多了……前不久，我交了一个女……朋友，那天晚上我想约她去那儿……过夜的，可最后她不同意……我们一块儿在对门餐厅里吃了饭后，她不愿跟我上楼……就走了。我因此心情很不好，又想反正房间开了，就在那睡了一夜，没想到正好碰上叛贼作乱，太倒霉了。"

"可我听说事实并非如此。"

"就是这样的，不信机关长可以派人去问。"

"问谁？"

"我女朋友，她……就是……机关长……您的……"

"我知道她是谁，可她并不是你的女朋友。"

"谁说的？"

"这你别管。"

"她就是我的女朋友。"

"好，就算是你的女朋友吧，可据我所知你那天根本不是要带她去过夜，你的女友亲口告诉我们，你带她去熹园不过是为了借她证件订房用，享受优惠。”

“这……我怎么好意思直接对她说……就……编了个说法。机关长，说实在的，当时只是我的一厢情愿，我不可能……直接说什么的，包括对招待所里人说的，我也是瞎编的。”

“你对招待所的人是怎么说的？”

“我说……是她……要会男朋友……”

“嘿，你确实很会编，可能你对我说的这些都是编的吧？”

“没有，没有，这是事实，这种事……怎么说呢，机关长，我……还是第一次，我怕有人传到保安局去，总想……掩盖……”

“是吗？”

“是的，那时我们关系还没有像现在这样……好……后来，吃了饭，我……请她去房间，她有点儿看出我的用意，就没去。”

“现在很好吗？”

“还好。”

“好到什么程度？”

“不瞒您说，机关长，昨天晚上……我们……就在一起……”

“干吗？过夜吗？”

“嗯。”

“在哪里？”

“在莫愁客栈。”

野夫久久盯了我一会儿，叫随从进来，让他马上打电话给莫愁客栈，了解昨天晚上是否有一对男女在那儿登记过房间。我在窃喜——昨天晚上，我接到林婴婴的电话后，知道野夫一定会追查这事，所以不管三七二十一，连夜把静子约了出来，去……没多久，随从回来汇报：“莫愁客栈查了登记册，没错，昨晚十点多的确有一对男女登记住宿，男的叫金深水，女的叫……”野夫挥手不让他说，他从随从的目光里已经读到这个名字：远山静子。其实我身上有假名证件，静子也可以用假名登记，可昨天晚上我偏偏要用真姓大名。

随从走后，野夫对我拍了桌子骂："你胆子真不小，连我身边的人也敢……碰！"我说："机关长，我们是真诚相爱的。"他冲到我面前，刮了我一个耳光，声嘶力竭地训斥我："你配对她说'爱'这个字吗？她是皇军的巾帼英雄，你不过是……"他显然是想说"一条狗"，可他忍住没这么说。他气得团团转，我把早准备好的话一股脑儿端出来，侃侃而道："请机关长允许我冒昧地说两句，爱这个字也许不属于每一个人，但我作为皇军的忠实信徒，我想我应该是有权爱皇军的每一个人的，包括机关长，我也深深地爱着您。正因为有这份爱，我们才甘愿为皇军出生入死，以生命作证。"野夫转过身来，意味不明地看着我。我继续说："有人怀疑我对皇军的爱，正如机关长怀疑我对静子的爱一样。机关长怀疑我是因为不了解我，有人怀疑我，指责我为蒋匪，企图置我于死地，其险恶用心不言而喻。据卢局长说，就在不久前有人也曾向机关长指控他是蒋贼，今天又说我是。到底是谁？机关长多次强调，我们保安局内部有异党分子，我认为想把我置于死地的人就有异党分子的嫌疑。机关长也许会怀疑我对静子的爱，但总不会怀疑我对皇军的爱吧。"

我清清嗓子还想说，被他一声断喝封住喉咙。他叫我闭嘴，叫我滚，正中我下怀。我标准地敬礼，恭敬地告辞，都是事先设想好的。出了楼，被风一吹，一股冷气直逼我胸膛，我这才发现，浑身上下已被汗水浸透。

回保安局路上，我正好遇见卢胖子坐车出去，所以回到楼里我便直接上楼去找林婴婴。她看到我，笑嘻嘻地关了门，一边说："终于把你请上来了，金处长，难啊。"我说："谢谢你。"她问："看来你已经过关了。"我又说："谢谢你。"她明知故问："野夫召见你了吧？"我说："幸亏你给的消息及时，否则……我会措手不及的，谢谢你。"她说："哟，你说了几个'谢谢'了，跟我这么客气干什么，把你的客气留给另一个女人吧。"我问："谁？"她说："还能有谁，当然是静子小姐喽，如果我没猜错的话，昨天晚上你把她约出来了。"

我盯着林婴婴看，心里在想：这个妖精，什么东西都瞒骗不了她。"这叫逢场作戏，没有别的办法，这个时候，我能理解。"林婴婴笑着说，像是在安慰我。我无语。她又笑着说："你就把自己想成秦时光吧，革命需要你有时扮演一下秦时光。"我面露苦恼，语气诚恳："静子小姐……并不像你们想的那样……她是个……好人……"她又笑了，说："你不会真爱上她了吧？

爱情会降低人的智商，你可不能动真格的，那你就真变成秦时光了，嘴就管不住啦。”我说：“不会的。哎，秦时光怎么知道我那天晚上在熹园过夜的事？”她说：“是招待所的那个领班跟他说的。”果然如此！我说：“看来我得给他一点儿颜色看看。”她问：“谁？”

我说：“秦时光。”

她说：“对，你必须掐死他对你的怀疑。”

我说：“我得找一个借口对他发一次难。”

她问：“野夫没有同你说是他告的状？”

我说：“嗯。”

她说：“那确实得找个借口，否则他会怀疑是我出卖了他。”

这天下午下班时，林婴婴给我打电话说，她已帮我想好借口：我在勾引她，今天晚上她会跟秦时光这么说，让我等他来找我发难，然后我再反击。我又说谢谢她，她说：“你以为我为你做的这一切能用一个谢谢了掉吗？我不要你谢，你该知道我要什么。”我当然知道她要什么，我安慰她说：“你放心，我不会告发你的。”她居然哈哈大笑一阵，说：“这不是我要的，这你早就给我了。”我说：“那你要什么？”她说：“做我的同志。”我说：“你在做梦。”挂了电话。其实，我还想对她说：你是个得寸进尺的家伙，太放肆了，我不喜欢你。

04

灵得很，似乎一切均在林婴婴的把控中。

第二天上班，秦时光少见地准时来上班，先在自己办公室磨蹭一阵，大概是在为了讨伐我在磨牙吧。十分钟后，他鬼鬼祟祟地来到我办公室，阴阳怪气喊我一声，说：“老金，看不出来啊，你藏得很深啊。”我抬头看他一眼，“什么事，我藏什么了？”他说：“以前，人人都夸你洁身自好，不近女色，现在怎么想通了，连窝边的草都想吃了？”我说：“有正经事就说，没事走人，没看见我有事忙着呢吗。”他不走，反而坐下了，说：“当然有事。林秘书让我转告你，以后少去找她。”我淡淡地问：“为什么？”他说：“为什么？老金，你也知道，我喜欢她，我追她已经不是一天两天了，你已经有了静子园长就别再来我们中间插一杠了，你这样说不定还会把你扯进班房里去的。”

我不屑地哼一声，说：“班房是你开的？”他说：“我哪有这么大本事，但我相信静子园长有这本事，她要知道你背后在勾引其他女人，一定饶不了你。据我所知，你们的关系已经很不寻常。”我问：“怎么个不寻常？”他说：“你自己知道。”我说：“我不知道，说来听听。”他说：“嘿，听说你们都在外面开房同床了，还寻常吗？”我故作一惊，问：“你怎么知道的？是谁跟你说的？”他说：“要想人不知，除非己莫为。”我说：“不，一定是野夫机关长告诉你的，这事只有他一个人知道。”

他嬉笑着说：“现在还有我知道。”

我故意停下来想一想，然后像恍然大悟似的，猛拍一记桌子，骂他：“妈的，秦时光，原来是你！”他吓了一跳，问：“什么是我？”我说：“在野夫机关长那儿告我恶状的人是你！他妈的我一直在想到底是哪个王八蛋这么缺德，到野夫机关长那儿砸我黑砖，说我是军统的特工，原来是你！”他说：“老金，你胡说什么，我从来没……”我冲到他跟前，厉声喝道：“别敢作不敢当！除了你不可能有第二个人！”他说：“你凭什么这么乱指责我，老金，明人不做暗事，我们相处这么久，你还不了解我……”我说：“是，我以前一直以为了解你，可你做的事让我无法理解！”他说:“我什么事也没做，老金，你别冤枉我……”我勃然大怒，上去揪住他前领：“走！跟我走，我们去找机关长，到底是我冤枉了你还是你诬告了我。走啊，怕什么，走啊！”

我拖着他走，来到走廊上，故意把动作、声响弄得很大，让大家出来看热闹。我一般不对人发火，是为了有良好的人缘便于开展工作，但这一次我要让大家都看清楚我是怎么发火的。果然，小青、李秘书等一些人都相继出来，有的围看，有的来劝我。我则变得更加来劲儿，出口大骂：“妈的，你不就是想当处长吗，我挡了你的路是不是？你就这么不择手段要把我往死里整，你还是人吗！你是畜生！良心是黑的，我们一个锅里吃了这么久的饭，你整天上班吊儿郎当的，我去哪里说过你一个‘不’字？可是你，睁眼说瞎话，说我是蒋匪，把我往死里整！”

楼上的人也下楼来观战，走廊上到处都是人，交头接耳，唧唧喳喳，跟菜市场似的。今天胖子不在家，我等着俞猴子下来。果然，他下来了，看我俩这架势，差不多都要打起来了，他紧急地一声断喝：“都给我闭嘴！像什么话，上班时间大吵大闹。秦时光，回你的办公室去！金处长，到底怎么回事！”我正欲说什么，他说：“跟我走，去办公室说。像什么话，当着这么多人大吵大闹，还要不要脸面了？”

我跟着他上楼，一进他办公室，我就来了个先声夺人：“俞局长，我没法干了，局长没在家，我先跟你说，我不干了！我要回家！”他给我拉了张凳子：“坐吧，有话好好说，什么事？”我说：“秦时光到野夫那儿告我的恶状，说我是重庆的内贼，荒唐！想当处长也不能这么黑心啊，他这不是要当处长，是要我的命！”他说：“有这回事？”我说：“你去问他吧，我反正不干了，没法干了！我这就回家，等你们把事情搞清楚了再说！”说罢，我真的掉头走了，摆出一副去意已决的架势。

我正在办公室收拾东西，继续表演着愤怒和决绝。不出所料，俞猴子带着秦时光进来了：“金处长，你这是干吗呢？”俞猴子问。“我要走，我要给自己留条命。”我头也不抬，一边收拾东西一边说：“我走，再待下去要丢命的！”我抬头特意看了秦时光一眼，对他说：“我不干了，把处长让出来给你行了吧？”秦时光脸一红，说：“老金你误会了，我绝对不会做对不起你的事。”我大声说：“你把我往火坑里推当然不叫对不起，叫什么？叫伤天害理！”秦时光说：“老金，我没有……”讪讪的样子。我说：“有没有你自己知道。”他说：“没有，真的没有。”俞猴子过来劝我别收拾东西：“金处长，听我说，他有没有做什么我们接下来会进行调查的，现在你听我一句劝，别走，就算他诬告你，人家现在专门上门来对你道歉了，你也应该给人家一个改正错误的机会。天不打赔礼人，你是一处之长，要大度一点儿，你们以前合作得很好嘛，不要因为一点儿小事把好好的过去一笔勾销了。人嘛，总是会有矛盾的，有矛盾不可怕，可怕的是把矛盾激化了。”转头给秦时光一个眼色，秦时光立即给我递上一根烟，说：“老金，来，抽根烟，消消气。我啊，你知道的，有时说话不太注意，容易被人利用。我可以对天发誓，你是我心中的大哥，我一向敬重你，我有什么不对你要原谅我。你是处长大人，大人不记小人过。我是个粗人，你跟我生气犯不着。”云云。这就是秦时光，该软的时候能软，当孙子也不在话下。俞猴子看我又要对秦说什么，用眼神制止我，掉头训斥仍然有话要说的秦时光：“行了，别说那么多，你爱说我还不爱听呢。嘴上说的都没有用，我警告你，以前你做过什么可以原谅，关键是以后，不要再有下一次了，否则走的不是金处长，而是你！”

这一仗以我大获全胜告终。

就这样，在我最危急的关头，林婴婴及时拯救了我，同时我们濒临破裂的关系也得到了挽救。很难想象，如果没有这件事，我们的关系会怎么发展，现在则很容易想象了：我在林婴婴面前无险可守，似乎也只有任她“摆布”了。

这天下班，我和小李、小青等人一同走出保安局大门，看见林婴婴在街对面的小车上，摇下车窗，探头对我招手，让我过去。我过去，问她什么事。她说：“你是回家吧，我送你一程。”我说：“不必了，我今天不回家。”她说：“别骗我，上车吧。”我说：“真的，晚上我要请人吃饭。”“请谁？按说你该请我吃饭才是。”说着她像想起什么似的，“噢，我知道了，你一定是请静子小姐吃饭，对对对，你今天应该请她吃饭，就像我，应该去安慰安慰四眼狗一样。不过晚上我也想见你，我们都快一点儿结束吧，八点钟，我在你儿子的学校门口等你。”她的态度里多了一种不容商量的味道。我心里有些不甘，问：“什么事？”她答：“大事。”未等我表示可否，便叫车开走了。

八点整，我准时赶到儿子学校门口，不一会林婴婴的小车停在我身边。我上了车，她象征性地冲我嗅了嗅，不正经地说：“嗯，一身酒气，看来静子是准备把你灌醉再同你欢度良宵吧，对不起，我坏了你们的好事。”我说：“你胡扯什么，我根本就没跟静子在一起。”她问：“你不是晚上请人家吃饭吗？”我说：“请人吃饭是没错，但不是静子。”

我请的是刘小颖母子俩。很奇怪，自从和静子有了肌肤之亲后，我心里一直觉得对不起一个人——刘小颖。我不知道这和“爱”有多大关系，我只知道我很愧疚，我想用这种方式来表达我的愧疚，让我心里稍感安慰。可是，效果并不好，山山高兴得上蹿下跳，小嘴巴说个不停，刘小颖则沉默不语，老是低着头吃东西。东西也吃得不多，没吃一会儿就放下筷子，我让她多吃些，她一味地摇头。我想谈点儿温暖的话题，可她一点儿也提不起兴趣，像受罪似的。我只好逗山山玩，一边喝了几口闷酒。最后，我吃惊地发现，刘小颖的两腮上，一边挂着一颗饱满的泪珠。

“你请的到底是谁？”林婴婴问我。我说：“你问得太多了，难道我必须告诉你吗？”她跺跺脚说：“你可以不告诉我，可是你今天必须要见静子，要请她吃饭，你刚才是不是真的没有跟她在一起？”我说：“是的。”她一听急了，朝司机喊：“掉头。”司机问：“去哪里？”她说：“幼儿园。”我有些恼火，我不想受她支配，让司机别掉头。她对我解释道：“今天最大的事也没有去见静子重要，你不是口口声声说静子是个好女人吗？她不是夫子庙里的野鸡，天亮就分手，分了手就没个念想的。我敢说，她今天一天都在等你的消息，等你去约她出来，可你却居然在请另一个女人吃饭，不可思议！这不是明摆着要让人家怀疑你别有用心吗！”我懒懒地说：“你说的道理我都知道，我也想过，可是……”她说：“没有可是，你今天必须要去见她，不是为我，是为你自己，为你自己圆昨天晚上的场。”说着从皮夹里摸出一对儿耳饰递给我：“这个送给她，它可以为你的谎言增加可信度，你就说儿子生病了，去了趟医院，耽误了。”我拿在手上，无语。她让司机快点儿开，好像去迟了，我又有什么危险的把柄要被人揪住似的。这还不够，她还要叮嘱我：“到时候你见到她应该显得很急切的样子，拥抱她、亲吻她，这比说什么都好，说什么都容易露出破绽。”我心想，你到底是什么人，一个大姑娘说这些不难为情吗？同时我又不得不承认，她说的这些都没有错。

05

不过，有一点她错了。

林婴婴一定以为那天晚上我和静子那个……上床了，其实没有。其实是应该那个的，一个光棍，一个寡妇，一个夜晚，一间房间，不干那个干吗？

不神经病嘛。我不是神经病，我约她出来也是作好了这个准备的。所以，我们一进房间，我即主动将静子揽在怀里。因为太突然，她不乏紧张但更不乏欢喜地钻进我的怀里，任凭我抱着，抱紧，抱紧……后来，我们也接吻了，接吻时她哭了，像个小姑娘一样的哭，好像吓坏了。但我们始终没有那个……不是我不明事，而是我不行。或者说，我不是神经病，而是我身体出问题了。好像是，我一年多没有做爱，已经丢了这功夫，怎么都那个……不了。最后，我们只是相拥而寝到天亮，各奔东西。

虽然没有那个，但毕竟亲了，吻了，抱了，相拥而寝了，捅破了以前一直暧昧的关系。所以，林婴婴说的也没错，今天我不来见她是没道理的，见了热烈相吻也在情理之中。让我没想到的是，这次见面静子完全像变了一个人，断手佬刚把大门关上，静子一把将我拉到一边，就在门口，疯了似的亲我，一口气足足亲了几分钟，好像她要用我的呼吸来救自己的命似的，亲得我喘不过气！亲吻的时候，她还用手大胆地摸我的下面，当发现我那玩意儿一反昨天的熊样，坚实地挺了起来，她竟然直截了当地说："走，我们去开房间。"

就去开了房间。

进了房间，她更加放肆地亲我，亲我，亲我……从头到脚，把我每一寸皮肉，连脚趾头都亲了。我一度想用意志、可怕的想象、陈耀的鬼魂等不祥恶煞来帮助我回到昨晚的状态：无状态。可她变了，她变成了凶神恶煞。她温暖、潮湿的舌头像蛇一样在我身上游走，我完全控制不住自己的身体……更令我难堪的是，我的身体由于内心的苦楚迟迟不能进入高潮，我像吃了春药似的骁勇善战，为她至少赢得了两到三次癫狂。她每一次癫狂，我都恨不得抽自己的耳光。这也许是世上男人最痛苦的一次做爱！好在林婴婴事先给我编织的谎言（儿子病了），给了我逃走的理由。

我们分手后，我没有回家，而是只身来到玄武湖边。夜黑沉沉，可是我眼前全是两个女人的头像：静子和小颖——静子在笑，小颖在哭，哭声和笑声都一样折磨着我。我有一种强烈的冲动，想跳进湖里，一死方休。

后来，我真的跳下去了，只是，我没有死，我的水性很好，我在深深的水底被冰冷的水赶上了岸。我趴在岸边，想站起来，可四肢冷得发抖，站不起来，只能跪着，对着星空，久久跪着，似乎要寻求天神的宽恕。也就是在这一瞬间，我发现我是那么想、那么需要得到刘小颖的爱，就像出卖灵魂的人需要救赎一样，我需要用刘小颖的爱来救赎我，洗涤我……这个念头给了我力量。我一路狂奔，来到书店。刘小颖开门，看到满身是水的我，焦急地问："怎么了，出什么事了？"我进门后二话不说，疯狂地抱住刘小颖，强行找到她的嘴唇，吻起来："小颖，我需要你，我爱你……"小颖措手不及，被我这么吻了一阵后，突然奋力推开我，说："金深水，你干什么！你疯了！"我说："我没有疯，我现在比任何时候都清醒。小颖，我要你，我要娶你！娶你！请你嫁给我吧，我求你了。"我重新想去抱刘小颖，她坚决不从："你别过来，你……走开，走开……老金，你干什么，你到底怎么了……"说着哭了起来。看她哭了，我也冷静下来，抱着头蹲在地上，瑟瑟发抖。

刘小颖怕我冻出毛病，没让我在她那儿多待一会儿，她帮我叫来一辆人力车，把我赶走。回到家，睡到后半夜，我发觉浑身不舒服，意识越来越模糊。等第二天早上陈姨发现我在发烧时，其实我已经完全糊涂了，要是再不送我去医院，生命也许就要离开我了。这样死去，我不后悔。死，是结束，是解脱。我在医院醒过来时，反倒有深深的悔恨。

我的病给林婴婴赢得了与静子单独接触的机会，她去幼儿园把静子接到医院。陈姨见了林婴婴，仍有点儿胆怯，说："是你……"林婴婴笑道："阿姨，我应该是第一个来看望金处长的吧，所以我说我们是好朋友嘛。你看，我还给金处长带来了他另一个好朋友。"静子看我病成这个样子，急得语无伦次："啊，深水君，你……怎么……出什么事了？"我说："没什么事，就是发烧，可能受凉了。"医生已经给我打了针，输了液，我已经脱离危险。静子问："现在还在烧吗？"我说："好多了。"陈姨说："来的时候有42摄氏度，刚才医生又来量了一下，说还有40摄氏度。"发这么高的烧，要死人的！静子吓坏了，竟用日语叽咕了一句。林婴婴自然听懂了她说了句什么，安慰她："静子姐姐，你别担心，该担心的都过去了，剩下的就需要靠你的安慰来治疗了。静子姐姐，我敢说，金处长这次的病一定是为你而生的，你快好好安慰安慰他吧。"林婴婴把陈姨喊走了。

作为一个地下工作者，林婴婴的优秀就在于她能捕捉任何机会，任何缝隙都将成为她猎取情报的旁门左道。她并没有离开医院，过了一个小时，重新来到病房。她进来看我气色有好转，就说："看来静子姐姐就是一服良药啊，我出去才这么一会儿，金处长的气色已经明显好转。金处长，好多了吧？"我问："你听谁说我病了？"她说："你的冤家秦时光。我想，他一定不希望你这么快好转，可事实是不以他的意志为转移的，事实是以静子姐姐和我的意志为转移的。静子姐姐，现在你该放心了吧。"静子有些羞涩，讷讷难言。林婴婴接着说："不过静子姐姐，你那个门卫真讨厌，今天又不让我的车进去，否则我们至少可以提前五分钟到医院。你说，有这必要吗？一个幼儿园，又不是什么军事重地，搞得这么门禁森严干什么，你说是不是？姐姐。"静子幽幽地说："这是规定。"林婴婴说："是啊，我纳闷的就是这个，姐姐，一个幼儿园何必制定这种规定，好像里面藏了什么见不得人的事儿。金处长，你说有必要吗？"我说："如果真是个幼儿园那是没必要的，现在这样子就说明……"林婴婴说："说明什么，幼儿园是假的？静子姐姐，难道你还有什么秘密身份？"静子说："没有，我们就是个幼儿园。"林婴婴笑了："是一个神秘莫测的幼儿园。"静子老实地说："其实……这样子……我也不喜欢。"林婴婴说："你不是园长嘛，你可以改一改规定啊。"静子说："这规定谁都改不了，我舅舅也不行。"林婴婴绝不会放过挖掘的机会，她说："那我知道了，我以前就听说那里面住着个大人物，他是做什么的？"静子上当了，说："我也不知道，他整天待在医院的楼上不下楼的。"林婴婴问："他在楼上干什么呢？"静子说："我不知道，真的，我还从来没有见过他呢。"林婴婴说："怎么可能？除非他是个幽灵。"静子莞尔一笑："幽灵？他是个……残疾人，腿坏了。"我一听，怦然心动，这说明以前林婴婴跟我说的那些全是真的。

林婴婴还不满足，还在追问："哎哟，静子姐姐，你可把我的好奇心挑逗起来了，这到底是什么样的人物，这么了得，腿都不会走路，你们却什么都要听他的。"静子看看我，对林婴婴说："好了，林小姐，你不要问了，我已经说了很多不该说的。"看到静子为难的样子，我连忙插话打圆场："就是，林秘书，你可别让我们静子园长犯错误了，有些好奇心你永远不可能满足的，静子也不一定都知道。”静子眉目间露出几许忧伤来，说：“真的，很多东西我不知道，知道了也不能说。”林婴婴笑着说：“尤其是关于这个大人物的事情？”静子安静地点了头。林婴婴说：“姐姐，那我就不多嘴了。”

后来，静子出去上洗手间，林婴婴趁机悄声对我说：“现在你该相信我说的了吧，静子说的那个大人物就是我说的那个家伙，腾村，想‘温柔’地灭杀我们中国人的那个魔鬼。”我说：“但你也该听出来，静子其实并不知情。”她说：“这也不一定，我们不能完全听她说的。”我说：“我感觉她说的是真话。”她说：“光感觉不行，一定要确实无疑，这也是你下一步应该尽快了解的。”我有些冷淡，“还是你亲自去了解吧，现在是两边都要求你去了解。”她说：“你还不跟我一样，我的同志！”我说：“谁是你的同志？”她说：“你就是我的同志，我心里早已经把你发展了。”我说：“你做梦，我不姓‘共’。”她说：“但我们都姓‘中国’。”我说：“这话你敢对革老去说吗？我希望你主动去说。”她说：“我干吗要跟他去说，我不信任他，我信任的是你。”我说：“是因为我没有揭发你吗？等着吧，我会的。”她说：“不，你不会，因为我们是同志，志向共同，信念共同。”我说：“你信仰的是共产主义，我信仰的是三民主义。”她说:“三民主义也包括共产主义。”我说:“行了，我不跟你扯这些，我要休息了，你走吧。”她笑道：“等静子回来再赶我走吧。”我不理她，闭了双眼。

第二天，我转回家休息，林婴婴又来看我，走的时候从随身的拎包里摸出一盒巧克力一样的东西，犹豫了一会儿，突然把它塞入我的被窝，在我耳边说：“好吧，你好好休息吧，我走了。这东西是我的上级让我转交给你的，我们都希望你能喜欢它，让它照亮你的人生。”我欲拿出来看，一边问：“是什么？”她连忙把它按住，不让我拿出被窝，说：“等我走了再看，保管好它，别让人看见。”我已经有所预感这是什么。林婴婴走后陈姨来看我，我悄悄将它往被窝深处挪了挪，让它紧贴我的肚皮。不一会儿，冰凉的它和我的身体有一样的温度了。

陈姨走之后，我才把它从被窝里拿出来。这是一只很精致的方形铁盒，打开来看，里面表面上的确是一盒巧克力，但巧克力的塑料托子下却是一本《共产主义宣言》。初见此书，我神经质地吓了一跳，下意识地连忙关上盒子，将它重新塞进被窝里。过了一会儿，我又忍不住打开，却不是为了看书，而是寻找可能有的纸条。果然，书中夹有一张纸条。我把纸条捏在手心里，迟疑很久才展开来看：

这是一本阳光普照的书，每一个字都是一盏灯，一个小小太阳。我就是读了这本书后才明白了生命的意义，有了终生的信仰。我和我的组织衷心希望你喜爱这本书，早日加入我们的组织，你的生命将因此变得更加光辉、灿烂。

我看完，照例将它点燃，丢在烟缸里。很快，纸条化为灰烬，我的心也仿佛成了死灰。捧着书，一种盲目的不真实感包围着我，加入军统快十年了，我一直把此书视为毒药、死敌。现在，这本书居然就在我的身边，还想钻到我心里去。我忍不住想打开来读一读，却又莫名地怕着什么，某个瞬间我甚至想点火把它烧掉。

不过，最终我还是把它收拾好，藏了起来。

第十章

01

一天上午，陈姨送达达去上学了，我还没起床，听到有人敲门。这么早，才七点多，是谁？我以为又是林婴婴，开门看，却是革灵，精心打扮过的样子，漂漂亮亮的。“怎么是你？”我很意外。革灵笑着进来，问：“你以为是谁？”我说：“我以为是陈姨回来了。”她说：“陈姨怎么可能这么早回来。”确实，这会儿她学校都还没到呢，去了学校她还要去诊所搞卫生，不到十点钟回不来的。我问：“有什么事吗？”我想她这么早特地来一定有什么急事。革灵显出轻松的样子，说：“别神经过敏，没什么事，我是听说你生病了，来看看你。”我放下心，又生出问题：干吗来这么早，分明是想避开陈姨，跟我单独见面。看来，林婴婴还在给她灌毒。这么想着，我的心情陡然烦起来。我这次病完全是为两个女人闹的，她还来插一脚，分明是乱中添乱嘛，你们到底还要不要我活了？想起来，这确实是我峥嵘岁月的一段荒唐经历，三个女人围着我转，加上一个古灵精怪的狐狸精（林婴婴），四个女人像四柱石墩子，给我架起一个火炉子，烧烤我，焖煮我。

我以为是陈姨告诉革灵我的病情的，结果她说是林婴婴。我问：“她去找你了？”革灵点头，说：“她也生病了。”我问怎么回事，原来昨天晚上林婴婴去诊所找她聊天（不是开会），临时上吐下泻，革老给她扎针，竟把她扎昏了过去。革灵说：“昨天晚上她睡在我那儿了，现在都还在睡着呢。”我心里一笑，心想，她这会儿根本不可能在休息。最近，重庆对新四军在江南大肆扩展军力和地盘的事十分头痛，已经明确下令要出手阻止，要清除。林婴婴拿我当诱饵，骗取了革灵的信任，现在又用苦肉计把自己滞留在革灵房间里，这会儿她一定是在电报间里偷看秘密电文呢。

当时我真有种冲动，如果革灵敏感一点儿，及时挠挠我的痒痒，我也许就会把林婴婴的秘密身份大白于她。那样，我的历史就该重写了。我说："革灵，我看你们现在打得火热啊。"她说："谁，你说我跟谁打得火热？"我说："林婴婴。"她说："是，我跟她挺投缘的。"我问："你觉得这正常吗？"她反问："有什么不正常？"我说："我也……说不上，我只是觉得……她对你好像有点儿好得过分。"她说："也没有好到哪里去，就是人投缘，多说几句私房话而已。"我干笑道："说的不仅仅是私事吧。"她说："那还能说什么，我们聊天的机会也不多。要说好，我看她对你真是挺好的，一直在我父亲面前说你的好话。"我说："她更在你面前说我的好话，说得天花乱坠的。"她说："说你好还不行吗？"我说："问题是我没那么好，甚至我现在成了你父亲的头痛病。我知道，最近我有几件事让你父亲，也许还包括你不高兴。"她问："什么事？"我说："比如说我同小颖的事，你父亲强烈反对，可是我……一意孤行，要娶她。"她问："你真的要娶她？"我说："我没有不娶她的理由，那是陈耀的临终嘱托。"她思量了一会儿，平静但有力地说："陈耀重要还是党国的利益重要？你娶了她就无法更好地为党国工作，这是明摆的。"我问："你们是不是找小颖谈过话？"

革灵坦然承认："是，我和父亲都找她谈过话，并且出过文，组织上的态度很明确，不同意你们俩结婚。"我说："难怪。"她说："难怪什么？刘小颖不愿意跟你结婚？这就对了嘛，她都有这个觉悟，难道你没有？"我说："难道组织非要把我和一个日本女人，一个刽子手的前妻绑在一起，让我落下千古骂名？"她说："谁骂你？这是工作，将来组织上还要给你邀功领赏呢。当然，组织上也不要求你必须跟静子结婚，保持关系就可以了。"我有意气她："保持什么关系？恋爱关系，还是肉体关系？"革灵备感意外，问我："肉体关系？不至于吧，你们关系有那么深了？"我说："行了，我累了，你走吧。"革灵关切地过来扶住我，说："没事吧，我看你脸色确实很不好。"我故意挣脱了，说："我犯的全是心病，四周的人没一个真正可以信任的。请转告你父亲，对共党下手不要太狠了，吓吓他们就行了，否则……搬石头要砸自己的脚。”

革灵惊愕，想反问，但我不给她机会，起身去开门，送客。

革灵怅然离去。

中午前，陈姨回来，我让她去把刘小颖叫来，为了想单独跟刘小颖说事，我交代她留在店里，管好山山。我有意把门虚掩着，上了床，再说跟革灵聊了一阵，也累了，想歇一会儿。没多久，刘小颖像个受了委屈的人一样，幽幽地进来，远远地站在我床前，问：“你怎么了？”我看她可怜兮兮的样子，心里不禁一阵抽搐，说：“你来，过来坐吧。”她向前挪了两步，依然远远地站着，像是怕我似的，又怯怯地问：“你怎么了？”我说：“还不是那天晚上，冻着了。”她问：“那天你怎么了？怎么……”我说：“过来坐嘛，叫你来就是要跟你说事，站那么远干吗？那天晚上……的事……原谅我……我……冲动了……”她说：“别说了，除了工作，我们没什么好说的，都过去了。”我说：“问题是我们的事一直就没说，今天我必须要跟你好好说一说。”她说：“你下命令让我来就为了说这事？我不想听，这事情早过去了，不可能的，我也不需要。”我一下子提高了声音：“可我需要！你过来坐下，听我说。”她依然站着不动，我说：“还要我下命令吗？那我命令你过来坐下，你站在那儿像什么话。”

刘小颖这才过来坐下，说：“我觉得……你让我感到陌生……”我说：“别说你，我自己都觉得不认识自己了。小颖，我知道你为什么不想说这事，是因为诊所的人找你谈过话，给了你压力，是不是？那么我问你，难道陈耀的遗嘱对你就没有压力吗？”她露出坚定的目光，说：“你误入歧途了，老金，这件事……于情于理，于公于私，都迈不过去的，你怎么还放不下？难道你就那么认死理儿？陈耀的死，和死前说的话，都是疯狂的行为，你没必要跟他一块儿疯。”我沉静下来，说：“我没疯，我恰恰是太清醒了。我已经证实，我的搭档是延安的人。”她谨慎地问：“谁证实的？”我说：“她自己，她亲口对我说的。”她说：“她怎么会自己跟你说？”我说：“因为她想发展我。”她说：“哼，那她就不怕你告发她！”我说：“我欠着她，我在工作中出了差错，身份差点儿暴露，是她及时相助才转危为安。”

她的对立情绪明显有所缓解，开始用心听我说了。我继续说：“现在军统已经明确下达指示，要求我们近期把工作重心转移到破坏共党在南京的地下组织上，林婴婴一定肩负了反侦察的重任。所以，她一心想巴结革灵，争取她的好感和信任，以获取我们的情报。”她问：“你上次不是说……她都已经进了我们的电台室了？”我说：“是，所以你可以想现在革灵对她有多么好，可她凭什么博得革灵的信任？凭我！”她问:“你？凭你什么？”我说:“革灵最近突然跟我接触很多，我感觉得出来，她很孤独，她……一定是受了林的影响，以为我对她有意思。”她说：“她也死了丈夫，又没有拖累，我觉得你们倒是很好的一对。”我大了声：“你到现在还不明白我的意思！”她还是冷冷的，问：“你什么意思？”我说：“我们结婚，这样就掐断了革灵的想法，林也不可能再借此去笼络她了。她为了讨好革灵，把我当敲门砖，我可以想象她在革灵面前说了什么话？”

“说了什么？”她问我。

“肯定是说我喜欢她呗。”

“能够把她说动心，说明革灵也喜欢你。”

我说：“以前她绝对没这么想过，但经林反复游说，我感觉她现在确实对我……不一样。”

她说：“喜欢上你了，这样好啊，反正我们是不可能的，你就同她好吧。”我沉了脸，道：“你怎么就听不明白呢，我怎么能跟她好？这是林婴婴给我设的套子，我能去钻吗？我钻了她不是阴谋得逞了？她利用我拉拢革灵，让革灵来拆散我们，而最终的目的你知道是什么吗？”她问：“什么？”我说：“让我为她干活儿，去幼儿园替她执行任务。所以，她是比谁都反对我娶你的，比革老都还要反对。告诉你，现在最需要我跟静子保持关系的不是革老，而是她！”她说：“这女人真歹毒。”我说：“所以，我们结婚吧。”她冷笑说：“让我做你的挡箭牌？”

我说不出话来。我想，是的，这是个陷阱，令我窒息，我要不顾一切地逃跑，哪怕接受组织处分。我知道自己更需要逃跑，至于逃到哪儿，并不比逃跑重要。刘小颖低头不语，我以为她正在掂量我的话。我把头扭向窗外，看到有两片枯黄的香樟树叶正悠悠地飘过窗口。我嗅到了一股严冬的气息。

刘小颖慢慢从身上掏出一张纸条，递给我说："你看吧，这是革老亲笔写的，我回老家前就给我了，塞在我门缝里的。"

你和雨花台重任在肩，万不可照陈耀遗嘱行事。现转达一号指示，电文如下：陈之亲属当组织照顾，切忌感情用事，否则将以变节处之。鸡鸣寺。

看罢纸条，我勃然生怒，拍着床板骂："放屁！我敢说他根本就没有跟重庆汇报过这件事，他这是在吓唬你。"刘小颖迟疑地说："可是他……也代表一级组织啊。所以，我劝你别管我们，别跟他作对了。"我仍然生气，问她："那我怎么办？你让我整天吊在一个鬼子女人的脖子上，暗地里又跟一个莫名其妙的女人偷情，然后到夜里就做噩梦，接受良心的谴责？我已经把情况都跟你说明了，现在我要你跟我结婚不仅仅是为了陈耀，也是——甚至主要是为了我，把我从水深火热中救出来。"她说："可是……这不可能的，鸡鸣寺不同意，我们将被以变节处之，说不定就被暗杀了。"我说："这你放心，我会去说服他的。"她问："鸡鸣寺？"我说："对，我已经想好怎么去说服他了。"

她显然不信，我确实说的也是大话。

02

刘小颖走后，我觉得好累，不一会儿就睡着了。

吃了午饭，我还是觉得累，想再休息一会儿。刚上床，却听到又有人敲门。陈姨把林婴婴放进来，带她去了书房。我穿好衣服去书房，林婴婴对我四处嗅嗅，笑吟吟地说："嗯，我闻到一股女人的气息，莫非是革灵刚走？"我气不打一处来，不客气地顶她一句："你别革灵革灵的，这出戏结束了，你别再演了。"她问："我演戏？我演什么戏了？人家喜欢你，追你，跟我有什么关系？"我说："别装了，我都知道，革灵怎么会喜欢我，还不都是你在煽风点火。你把她弄得晕头转向，好让你牵着她鼻子走。好了，够了，该结束了。”

她显出高高在上的样子，说：“听着，你别冲动，我不知道你的情绪从哪儿来的。”我说：“就从你身上来的。”她问：“我怎么了？请问。”我说：“你就仗着帮过我，我不会告发你，胆大妄为，如果我没猜错，今天早上你一定大有收获吧。”她打断我：“我们的关系难道仅仅是我帮过你？不不，请记住，我们是同志，同看一本书，同一个信仰，同一个目的。如果我没猜错，你昨晚一定看了我给你的书，并且我相信你一定大有收获。”我哼一声：“对不起，我一个字都没看，撕了，又烧了。”她说：“这不是你，也不是我的眼力。跟你说，口说无凭，在我没有对你充分的信任和把握前，我是不会把那本书给你的，那不是给你把柄嘛，你要拿它去告发我，我百口难辩啊。我敢给你是因为我相信，我深信，你在心灵上已经是我的同志，只不过没履行手续，给你书就是履行手续之一。”我大声说：“别扯了！我不姓革，会任你摆布。告诉你，我已经下决心要跟刘小颖结婚，静子那边你也别指望了。”我估计她一定早从革灵那儿了解到我和小颖的事。果然，她听我说起刘小颖的名字一点儿不惊讶，径直对我说：“你别冲动。”我说：“我冷静得很。”

她说：“那我告诉你，这是一条不归路，你不但伤害了我，也伤害了诊所的人，你会无路可走的。”绵里藏针。如今，她自信的口气就像如来佛的手掌。我真的想大发脾气，破口大骂，只是环境受限，只能咬牙切齿。我说：“我已经无路可走，我生不如死，你知道吗！你知道我为什么病吗，我大冬天跳进冰冷的湖里，我想自杀！只是想到孩子，没娘的孩子，我才……”林婴婴上来扶我，我打掉她的手，继续发作：“你知道我为什么要自杀吗？我受不了，受不了她！我一挨着她浑身就起鸡皮疙瘩，你知道吗？！”她变得幽幽地说：“你不是说静子人很好的嘛。”我说：“可她不仅仅是她！她是一个鬼子的前妻，这个鬼子曾经在这片土地上杀过无数像我妻子和孩子那样的中国人！现在你让我去跟这么个女人睡觉，怎么受得了，我抱着她就看见一个刽子手也抱着她，看见我的妻子和孩子抱着我，对我哭，对我喊，你受得了吗！我的天哪，这哪是人过的日子，所以我恳求你，看在我们曾经合作过的份儿上，我请你就别再折磨我了，我决心已下，哪怕这是一条死路，我认了！”

她毅然上前扶住我的肩膀，说："我理解你的心情，非常理解，真的……我可以想象你有多么难受。现在我可以明确告诉你，我同意你的决定，只怕革老……他是个冷血动物，要改变他太难了。"我轻轻拿掉她的手，说："我已经有办法去说服他。"她问："什么理由？"我说："这你别管了，我自有主意，只要你保证刚才说的是真话，不要给他出馊主意就行了。"她说："我保证，我绝对是真心的，甚至我还可以帮你想办法从静子身边脱身出来。"我感兴趣地问："有什么办法？"她说："这不难的，有很多种办法，最简单的就是让你当个陈世美，让刘小颖当个泼妇，上街逮住你们骂，敢去幼儿园骂，去鬼子司令部骂，骂得你们俩脸没地方搁。"我一听就明白，点点头，问："那静子那边的任务怎么办？"她爽快地说："放心，我们可以另外想办法。等你成了他人的丈夫，我就成了静子唯一的好朋友了，我的机会也许会更多。"我深深舒一口气，伸出手，和林婴婴握手，说："我会协助你的。"她趁机深情地说："做我的同志吧，你的生命会更灿烂的。"

我抽出手，说："对不起，我不能答应你。"

她笑了笑，说："只是暂时的。"

临走前，她给我奉献了一个说服革老同意我跟小颖的计谋，应该说，绝对是好家伙，能使的。我真佩服这个女人，这么自信，这么敏锐，这么胸有成竹。她能准确抓住别人的弱点，为了达到目的，她不会放过哪怕一丝一缕的机会，为了赢得主动，她能想出各种各样的点子。

第二天，我来到诊所，请革老扎针。这次感冒发烧后，我的身体一直没有完全恢复，烧是退了，但浑身乏力，也没胃口。革老很开心，对我笑道："给你扎了那么多次针，以前唱的都是空城计，今天看样子要动真格的了。"我说："主要是没胃口，浑身乏力。"他说："我刚才看你的舌苔就知道了，没事，今天一轮针扎下去，晚上就见胃口。胃口长，力气也就长了。"我问："革灵呢，出去了？"他朝一旁努努嘴说："在家。"

我侧耳听，隐约听见电波声。看来，革老这边近来是够忙的。趁着扎针的闲工夫，我想和革老谈谈我和刘小颖的事情，可是我一出口，革老就不耐烦："你又来了，又是刘小颖！我说深水啊，你怎么跟个小孩子似的，一个话要说几遍啊，我的态度很明确——不行！理由很简单，静子这条线我们不能失去。"革老的态度我早有思想准备，我说："革老你听我说，不是我不懂事，有些事根本不像你我想的一样，静子其实希望我早点儿跟人结婚。"他说："鬼话，骗鬼去，我已经七老八十了，鬼话骗不了我。"我说："真的，革老，我不骗你，你以为人家真的爱我，还不就是想玩儿玩儿我。"革老盯着我看，却不语。我说："其实道理很简单，我没有婚姻，人家反而有压力，怕我缠着她跟我结婚。可她能跟我结婚吗？就算她想，野夫也不会同意的。鬼子说到底是鬼子，静子表面上看温文尔雅的，骨子里跟别的鬼子没两样，好色，贪婪。我是看透她了，见面就想上床，下了床就想走人。"

革老有些惊讶，盯着我看了好一会儿，问："你们关系有这么深了？"我说："从来就这么深，也可以说这么浅。不瞒你说，革老，我们第一次见面就在外面开房间了，否则你不想想，凭什么我们的关系能快速发展并维持至今，还不是一个'欲'字，一个'色'字。老人家，我今天跟你倒个苦水，我不容易啊，我在饰演什么角色，你知道！"他真切地叹口气，说："我还真没想到你……有人说我们是吃软饭的，在花园里抗敌，吃香喝辣，屁话！牺牲是多种多样的，雨花台同志，你作出的牺牲党国都会记住。"我也装出动情的样子，说："我今天跟你说这些也不是邀功领赏，我也觉得丢人，一直羞于跟你说。可是……你如果想让我在静子身边留的时间久一些，让我们这种关系能够维持下去，我看……必须要了断掉她的后顾之忧。说了你都不信，近来她常常在我面前夸林婴婴怎么怎么好，言外之音是什么意思，我听得出来。你说，我能跟她发展关系吗？"他说："当然不行。"我说："她也看不上我。"他说："这不是她看不看得上的问题，这是纪律，你们两个人怎么能绑在一起？"我说："我想来想去还是刘小颖最合适，一来也了却陈耀的一个遗愿；二来，我们的关系是明的，保安局上下都知道我们两家是老交情，今天重新组合可能在人们的意料之外，但也在情理之中，可以理解的。"他问："你们有感情基础吗？"我说："感情嘛，是可以培养的，现在当然没有。"

革老认真地看着我，没有说话，态度和眼神却有前所未有的温存和慈悲。

革老开始取针，神色沉重，半显犹豫地说："你说的这个情况是个新情况，容我想想再说。”我说：“革老，今天我把该说的和不该说的都说了，树要皮，人要脸，有些话就到此为止，别跟人说了。”他说：“知道，我把它带到棺材里去。”我起身穿衣，说：“唉，人在病榻上，一听棺材二字心里都发虚啊。”他说：“这叫什么病，不找医生过几天也会好的，要有时间，明天再来扎一次，什么事都没了。怎么样，现在人是不是要轻松一点儿？”我试着眨眨眼睛，说：“嗯，眼睛都觉得亮了一些。”他说：“你走吧，明天没事再来吧，你现在生病单位都知道，往这儿跑勤一点儿也没事。”我看看自己，说：“我这个样子还真像个病人。”他说：“你本来就在生病，回去看看你的舌苔，跟青苔一样，又黑又厚。”我笑了，说：“你这个神针扎了，说不定我没到家青苔就没了。”

有人说，这世上一半的事由谎言促成，这天我对革老撒了一个弥天大谎。谎言像阳光一样驱散了层层雾霭，让我看到了希望的曙光。我收拾好东西，与革老告辞。不知道是革老的针真的管用，还是我心情的变化，走在路上，周围的树木、街道、房屋，果真变得亮堂许多，我的身体也变得轻快起来。

只是，很遗憾，这点子是林婴婴奉送的。

不过，更遗憾的是，第二天下午革老让陈姨给我捎回来一张纸条，上面写着一句话：再次请示重庆，依然不同意你与小颖的事，请谅。我看完，对着纸条吐了一口痰。

03

吐了一口痰，其实会淤积出更多的痰。

革老的回音让我气得肺都痛！我本已见好的病情又卷土重来。这次生病，我在家足足休息了一个礼拜，也让我有空儿整理了一下心绪。说实在的，我有些累。很累。心累。革老、重庆、延安、林婴婴、刘小颖、革灵、静子，还有已经在这世上消失了的太太……他们不时在我眼前晃动，千头万绪。

矛和盾，纠和结，痛和苦，消耗着我的心力和精力。像我们这种人，在刀尖上行走的人，是不能疲惫的，一疲惫就分心，一分心就出事。这些我都明白，可我就是累，不想出门，想到外面的世界，心里就会感到莫名的惆怅、烦躁、苦恼。我想要一种生活，带着刘小颖和两个孩子从这座城市消失。去哪里？我不知道。似乎很想念陈耀，想去跟他会合。

那可不是阳世，是阴间。

我为自己的颓废感到害怕。所以，当陈姨这天傍晚回来，说今晚革老要召集大家开会，问我能不能参加时，我没有因病推脱。我想去看看同志们，听听消息，受些鼓舞，把精神焐热。

可结果好像是更冷了。

这个会上，革老通知我和林婴婴：暂停调查天皇幼儿园。“为什么？”林婴婴看了我一眼问道。革老不慌不忙地解释：“想要查清楚幼儿园里的秘密是一场持久战，现在事情多，先放一放为好，否则会耗费你们太多的时间和精力，你们俩是我们的宝刀啊，暂时还是先用在能立竿见影的事情上吧。”我可以想见此刻林婴婴心里有多焦急，但她隐藏得很好，面不改色，徐徐而道：“幼儿园里的秘密是党国的大患，早一天查清楚就能早一天免除后患，我看还是不停为好。”革老说：“虽说现在我们组人不少，但由于近日共党的地下组织在南京活动频繁，我这边有点儿吃紧，所以不得不把二位调过来。”我一听，瞥了林婴婴一眼，说：“就是说，让我们把幼儿园的事先放下，去对付共党？这是一号的命令吗？”革老答：“差不多吧。”我说：“一号要是知道幼儿园里的情况，绝不会这么说。我不同意。”我想我这么说林婴婴一定很高兴，我也算是在帮她吧。

革老很不高兴，提高嗓门对我说：“你是在怀疑我擅自作决定？即使是又怎么了？我是组长，你必须听我的！”林婴婴出来替我打圆场：“老金不是这个意思，他这个人死板，做什么事都是有始有终，他只是不希望刚接受的一个任务还没有完成就停止。再说了，就算停止调查，老金也不可能不跟静子接触啊，既然要接触就可以同时进行嘛，只要不把重心放在那上面就行了，你说是不是？”革老对林婴婴点点头，再看着我，一本正经地对我说：“雨花台同志，我对你最近的表现很有意见，老是跟我作对，你翅膀硬了，还是心变了，还是怎么了？嗯，告诉你，重庆刚刚给我颁发了奖章，一号对我的工作是满意的，你跟我作对是没好处的。下面我来布置下一步任务……”

革老后面的话我一句也没听进去，我对他剿共的反感是内心一直存在的一种情绪，尤其是最近在刘小颖的事情上他拙劣的表现，让我的情绪越发大了，时常控制不住自己，流露出对他的不满。而他现在对林婴婴倒是推崇有加，这也是我小瞧他的原因。我不知道，有一天他发现林婴婴的秘密后会怎么样，但我知道，这个秘密我是不想告诉他了。我本来是有点儿想告诉他的，或者说是在想与不想之间摇摆，现在不摆了，就是不想告诉他，让他见鬼去吧。

其实，他已经见鬼了。

这不，散会后我去了趟厕所回来，正好听到他们在说这些“鬼事”。我没听见他们前面在说什么，想必是又一次行动失利了，在分析原因。林婴婴指指外面说：“他知道吗？”从后面的对话听，应该是指秦淮河。革老说：“他没问题的，他跟你一样，是一号特使王木天带来的人。”林婴婴说：“这不是理由，别说一号特使，就是一号身边的人，你比如说陈录（前军统上海站站长），一号多信任他，后来还不是变节了。”我心想，你本人不也是最好的例子嘛。“当然。”林婴婴解释道，“我不了解他，但我们也不能凭他的出身去认定他，是一号的人就一定可靠了，不一定的。一个人可不可靠，还是要通过一件件具体的事情去认识他，你比如这件事，他知不知情，不知道另当别论，但如果知道就要引起注意。”

革灵说：“他应该不知道吧。”

革老说：“反正我是肯定没同他说过。”

革灵说：“我应该也没说过。”

革老问：“应该？应该是什么意思！”

革灵想了想，说：“我想不起来了。”

革老瞪一眼，说：“我就不知道你整天在想些什么。”

林婴婴说：“好了，你们别争，革灵姐最好想一想，有没有同他说过。”革灵说：“反正我没印象。”林婴婴说：“就是说，你要说也是在无意中说的？”见革灵点点头，林婴婴摇摇头说：“就怕这种情况，说者无意，听者有心，你不晓得他已经知道了，他传出去也没有压力。我跟他接触不多，对他不了解，但他是我们核心中人，最好别出差错。”革老冷不丁说：“这小子最近我喊他去做的几件事都没成！”林婴婴问：“什么事？”革老和革灵互相看看，在犹豫要不要告诉她。林婴婴又问：“昨天下午去夫子庙香春馆抓共党的人是不是他？”革老问：“你怎么知道这事？”林婴婴说：“我能不知道吗，他带人冒充我们保安局的人去抓人，事情马上就报上来了，听说最后被人识破，轰走了，是不是？”革老对着窗外看一眼，骂道：“成事不足，败事有余！”掉头对革灵说：“上次火车站的事他也没办成，这小子！说起来功夫贼好，几次行动都没得手。”

我真想对他发笑，怎么可能得手呢，看看你们身边是个什么人吧。

该怀疑的人不怀疑，结果肯定要冤枉好人。我对秦淮河的处境深感不妙，却没有想到刘小颖将因此卷入生死之中。

没几天后的一个晚上，我从外面办事回来，很迟了，路过书店，看到书店和裁缝店都关了门，熄了灯。正当我走过书店门前时，书店的门缝里突然透出灯光。我以为小颖从里面看见了我，要找我，便凑到门前，透过门缝朝里面看。没看见什么，只听见有些动静，很诡异，便敲了门。刘小颖的声音传出来：“是谁？”听说是我，她开了门。刘小颖的样子让我大吃一惊，她打扮得花里胡哨，几乎像个妓女。“我……我没走错门吧。”我半开玩笑地说。刘小颖一笑，再看看自己的怪异打扮，说：“我要去执行一个任务。”我问什么任务，她从身上摸出一把手枪，说：“杀一个汉奸。”我问：“莫名其妙，叫你去锄奸，谁安排的？”刘小颖说：“革老。”

让刘小颖去杀一个汉奸？这是不是革老的阴谋？我的大脑“刷”地一下闪过一道白光，随即，又如同惊雷般炸响。我晕了一下，大脑出现了片刻空白。

我有种不祥的预感。我点着一支烟，点烟的手有些轻微的抖动。我坐下来，狠狠地抽着烟，越想越觉得事情有些蹊跷，叫小颖别去。她问我为什么，我具体也说不出个所以然，只是说：“我现在不信任革老，他这人没怜悯心。”我说我要去找他。她说：“这个行动是绝密的，你去找他不就把我卖了？”我说：“说不定他就想害你，什么人不能去非要安排你去，你打过几次枪啊，你能杀谁啊。”她说：“你不要乱想，不是安排我一个人去，秦淮河，还有革老，都要去。”

“他们也要去？”

“对。”

“还有谁去？”

“就我们仨，杀一个人，去三个人也够了。”

“问题是——我总觉得让你去是很荒唐的，又不是没有其他人了。”

“可必须去一个女的，革灵要守电台去不了，只有我了。”

“你们晚上开过会了？”

“嗯，我刚回来不久。”

“你把开会情况跟我说说。”

“你不能去找革老理论，他再三交代过，这行动很秘密的，不能多让一个人知道。”

“你说吧，这么大的事我要给你把把关。”

开始刘小颖坚决不肯说，后来经我再三劝说，她犹豫再三，最后还是开口说了。这是我根据她说的想象的一幕——

革老把秦淮河和刘小颖叫到他房间里开会，布置锄奸任务。

革老把一张照片往桌上一扔，说：“好好看看，要杀的人就是他。”秦淮河和刘小颖传看照片，革老一边介绍说：“这人曾是拉贝身边的人，大汉奸，就是他，向鬼子通风报信，把鬼子带进了难民安全区，把藏匿在安全区的几百位国军伤兵都杀了，后来还把安全区的教会女学生卖给鬼子做慰安女。”

秦淮河问：“这么个大汉奸怎么到今天还没除掉？”

革老说：“他后来出国躲了，前不久才回来。”

秦淮河问：“回了南京？”

革老说：“对，今天就在南京。”

秦淮河说：“把这任务交给我吧。”

革老说：“你一个人完不成，他很狡猾的，而且我们现在还不知他具体躲的地方。”

刘小颖插嘴："不知道地方怎么杀？"

革老说："可他要经常去一个地方，我们知道。"

秦淮河问："哪里？"

革老对秦淮河说："你去过的地方，香春馆，上次你失手了，这次绝对不能失手，所以我和小颖都陪你去。"

秦淮河说："没必要。上次还不是你专门交代不能开火，才搞得那么难堪，要我说一枪把那个鸟女人干了，拿了东西就走人。"

革老说："你懂什么，上次的任务是要捣毁他们窝点，动不动就杀人干什么。对共党分子还是要手下留情，知道不，跟日伪分子是不一样的。"

刘小颖说："就是。"

秦淮河说："可你前天还说，要对他们开杀戒了。"

革老说："现在是现在，情况又变化了。"

刘小颖说："别说这些了，还是说说怎么杀他吧，我孩子一个人在家，不能待久的。"

革老拿起照片，先对刘小颖说："这家伙是个色鬼，经常去香春馆嫖妓。我已经在香春馆安了内线，包了一个房间，是给你的。喏，衣服也给你准备了，到时你就假装那种人吧。"完了又对秦淮河说："你就是去找她的嫖客，你们俩就在房间里守着，等他来。"

秦淮河问："今晚一定会去？"

革老说："一定。"

刘小颖问："是哪儿来的消息，确凿吗？"

革老点头说："我在里面安插了内线，会及时告诉我消息的。到时我们一块儿去，有些事情我们可以到了那儿再商量。"

刘小颖这么说后，我原有的顾虑不大有了。我原来的顾虑主要是担心，怀疑革老有意给刘小颖安排了一次艰巨的任务，让她去冒生死之险。她有幸完成任务则罢，不幸送命也罢，反正是惩罚她，给她苦头吃。可现在革老要亲自去，秦淮河又将一直在她身边——革老对秦淮河也许有所猜忌，但我想不至于要对他下毒手。而且，从这次任务的完成方式看，确实也需要一个女性，加上我对秦淮河的了解和信任，我打消了顾虑，没有阻止刘小颖出发。我只是带走了山山，送她上了人力车，看她在夜色中消失，没想到这竟是永别。

04

消息是林婴婴传过来的，当时我正睡得迷迷糊糊，床头的电话响起来，里面传来林婴婴的声音，她告诉我香春馆发生枪击案，有人死了，有人受了伤。我一时没回过神来，挂了电话才想到刘小颖。我一下子从床上蹦起来，穿上衣服跑出门。

我先赶到书店，发现门锁着，说明刘小颖还没有回来。我又赶到香春馆，看到现场非常混乱，聚着很多人，妓女、嫖客、看客，三五成群，唧唧喳喳，乱七八糟的。有几个警察正在处理现场，地上躺着一具尸体，我发现是秦淮河。我马上想到林婴婴的话:有人死了，有人受了伤。难道是刘小颖受伤了?正当我想找人探听情况时，看见反特刑侦处的马处长从楼里出来，我想躲开他，不料，他已经看见我。他见了我一点儿也不奇怪我为什么会在这里，竟然对我说："她在楼上呢，中了两枪，估计活不成了，你快去看看她吧。"

他说的是刘小颖!

我冲到楼上，看到两个医生正在一间房间里抢救刘小颖。我问医生情况怎么样，医生得知我是她的朋友后，告诉我她已经死了，随即丢下我要走。我不准他们走，要他们送她去医院，他们让我看看她，意思是断气了。我上前看，地上全是血，小颖躺在血泊中纹丝不动。我抱住她，又摇又喊:"小颖!小颖！刘小颖！你醒醒啊，我是金深水。刘小颖，你快醒醒啊！你怎么能走啊，你还有山山，你不能走啊！小颖！小颖……"意外的是，刘小颖睁开了眼。我欣喜万分，喊医生："你们看，她还活着！还活着！"我大声叫担架，要送她去医院。其中一个医生对我说："别折腾了，她有话要说，快听吧。"我急了，冲他们发火："你们先赶紧抢救她啊！"那个医生说："她就等着见你一面，坚持不了多久的。”我回头捧住刘小颖的头喊：“小颖，小颖，你挺住，没事的，医生会救你的。”她摇摇头，对我动了动嘴唇。医生对我说：“快把耳朵凑上去，她有话要说。”我低下头，把耳朵凑上去，喊：“小颖，你想对我说什么，你说吧，小颖，我听着。”小颖的声音很微弱，但很清晰，仿佛来自天外：“我要走了，山山交给你了。”我大声喊：“你不会有事的，小颖，山山还等着你回家呢。”她摇摇头，闭了眼。我又喊：“小颖！小颖！你醒醒！你快醒醒！”她又睁开眼，嚅动着嘴。医生说：“快听，她快坚持不住了。”我又凑上耳朵，大声喊：“小颖，你说吧，我听着。”我听到她又说了一句——

山山交给你了。

然后，我看到她的眼睛倏地亮了一下，然后彻底熄灭了。

有些爱，只有伤心；有些爱，只有痛苦；有些爱，没有开始就结束了。我知道刘小颖是爱我的，她只是不敢爱。刘小颖，她把生命的最后一丝热气给了我，我能给她什么呢？但愿，我的吻，能够告诉她我的爱；但愿，我的吻，能够陪她去天堂。

我真的吻了她！

尽管悲痛难当，但我没有乱掉方寸，我要尽快了解刘小颖是怎么死的，也想知道革老的情况。这会儿马处长正在楼下了解案情，我应该去到他身边，顺便探听情况。于是，刘小颖的死成了我去找马处长的理由。于是，我顾不得悲痛，丢下刘小颖，去楼下找到马处长，正好撞上辖地警长在同马队长交涉。警长要叫人弄走秦淮河的尸体，马处长不同意，阻止他说：“先别急，搞清楚情况再说。”警长说：“搞清楚了，马处长，是黑吃黑，没你的事。”马处长朝他丢个冷眼，吩咐他：“把老板娘喊来，我要问她话。”警长说：“马处长怎么还有这个闲工夫。”马处长说：“我闲什么闲，最近重庆和延安帮正掐架呢，万一是他们两家黑吃黑呢，我就可以顺藤摸瓜了。”警长说：“这倒也是。”便朝人堆里大声喊老板娘。马处长看到我，朝我走过来，问我：“怎么样？”我并不掩饰痛苦，说：“走了。”为了让他明白我为什么这么痛苦，我又说：“这下我可完了，还要替陈耀养儿子呢。”马处长自然知道我跟陈耀的关系，没有多问，只是问我：“她儿子多大了？”我说：“五岁。”马处长宽慰我说：“别难过，捡了个儿子，你该高兴才是。”

警长带着胖胖的老板娘过来，我们的谈话便不了了之。马处长要了解情况，老板娘便带他和警长一行人上了楼，看了枪战现场，我也一直跟在后面，看着，听着。老板娘解释说："事情发生在昨天晚上十二点钟，我这里刚来了一个女的，长得也不是天仙样，年龄也不小了，三十的人了，可硬是有人提着命为她争风吃醋。喏，她就是在这房间里接的客，突然有人闯进来，开枪把嫖客打死了，就是楼下的那个死鬼。"马处长问："那女的是怎么回事？"老板娘说："你听我说完嘛，那个开枪的杀手是她的相好，他把嫖客打死后就噼里啪啦地毒打他的女人，女的就跑，冲进对门房间，要跳窗逃跑，她男人完全疯狂了，就站在这儿，朝他女人连开两枪，然后就从这个房间跳窗跑了。"马处长问："你知道那女的是谁吗？"老板娘撇撇嘴说："她才来，我还不认识呢。"马处长说："可我认识她。"警长和老板娘都很惊奇，老板娘问："你怎么认识她？她是什么人？"马处长说："她丈夫原来和我一个单位的，先是病了，瘫痪在床上半年多，后来自杀了，还有个孩子，才五岁。"老板娘说："哎哟，这女人真可怜。"马处长说："是可怜，可我还真没想到她穷得要到这儿来挣钱。"老板娘说："你以为，到这儿来挣钱的都可怜……"

这么一路听下来，我有个初步判断，觉得这个老板娘可能就是革老说的那个内线，因为她极力想把这件事说成民间故事，为女人玩命，黑吃黑，跟延安和重庆绝无关系。正是靠她的胡编乱造，连哄带骗，马处长作出了看似有根有据的分析，这件事情就这么不了了之，没给我和我们的组织留下后遗症。唯一让我感到疑惑的是，在她的讲述中，包括其他当事者的流言中，始终没有革老和那个大汉奸的角色，好像晚上他们根本没有出场。

这不禁使我疑虑重重。

当天晚上，我去诊所找革老，却只见到革灵。革灵说他父亲出去避风头了，在她的讲述中，革老不但出现在"战枪中"，而且受了伤，差点儿被"共匪干掉"。共产党？革灵其实是说漏了嘴。我说："不是去杀一个汉奸吗，跟共产党有什么关系？"革灵意识到说漏了嘴，解释道："这家伙也投靠了共产党。"尽管革灵后来极尽所能，想把话编圆过去，但谎言终归是谎言，她可以巧舌如簧，说得严丝密缝，一时把我弄迷糊了，也不过一时而已。

到了第二天，有人把她的谎言击得粉碎，这人就是林婴婴。

05

林婴婴又对我做了一件疯狂的事情。这天下午，我为刘小颖丧葬的事去找卢胖子，离开时林婴婴递给我一片纸条，是这样写的：

晚上九点半，在你儿子学校的后门口等我，一定要来，有十万火急的事。到时会有一辆救护车来接你。务必准时！

我不知道她葫芦里卖的什么药，但我还是去了，想看看到底是什么“十万火急的事”。九点半，我准时出现在学校后门口，不一会儿，一辆救护车向我驶来，我有意往外走出几步，迎了上去。车子停下，后门被打开，有人喊我上车。我看见车上有不少人，都不认识，站在车下疑惑地问：“你们是什么人？”躺在担架上的那个人坐起身，把嘴上的纱布扯下一点，喊：“老金，是我，快上车吧。”声音确实是林婴婴的，我这才上了车。

我一上车，车子就开动了，林婴婴伸出手与我握手：“没想到吧，我成了个大病号了，哈哈。”我看看身边的人，愈加疑惑，真的没有一个认识的，而且他们都戴着口罩，即使认识在那种光线下也认不出来。林婴婴朝那些人看看，对我笑道：“别担心，他们都是你的同志，来，现在我给大家介绍一下，这是我新发展的同志，很优秀的，至于其他的嘛大家也知道规矩，我就不介绍了。”这些人的长相和气质都是我所陌生的，但凭直觉我知道，他们都是共产党。这也是我平生第一次参加共产党的活动，可我当时根本还不是她的同志，我觉得她太疯狂了！

我已经上车，想下车，没门，只好跟这些人一一握手，但双方都并不多言，更不作自我介绍。我算了一下，连同司机，车上有六个人，除了林婴婴，另有一个女的，看上去胖胖的。车子驶出胡同时，林婴婴想把下巴上的绷带扯下来，有人却说：“别扯！留着它有用。”此人就是今晚会议的主持人，是一位中年人，说话有点儿北方口音，后来我知道，他是老D，是他们这儿的三号人物。老D清了清嗓子，看看大家说："我们开会吧，今天老A有事，来不了，我代表老A主持会议……"我知道，老A就是当时共产党在南京地下组织的头脑，是一名中央委员。听说此人是演员出身，擅长化妆术，神出鬼没，少有人知道其真面目。像这种"代老A"，我想在南京也许有两三个，甚至更多。

会上，代老A——老D首先明确，红楼小组从此成立，今后将不定期聚会。然后他分析了国内形势，指出国民党已再度挑起内战，"战争的风雨一时也许停不了"，要大家作好长期埋伏的准备，"打持久战"。在布置任务时，他说以后工作重心要转入收集军事情报和在工人中组织武装队伍这两方面。

我左边突然有人插嘴说："那以后学生运动是不是不搞了？"

我不记得代老A当时是怎么回答的，也许没有回答。提这个问题的是个青年，书生模样，但性子似乎有点儿急，提问的方式也不机智，几乎马上让我猜到是个学生。他的眉角有一块猪肝色的红记，这对他做地下工作似乎不大有利。后来，年底的会上我就没见过他，听说是被捕了，不久我又听到他被杀的消息。他是这个小组最年轻的同志，却是最早遇难的。

一个暗号叫"红胡子"的山东人是我们几人间年纪最大的，也许有五十多岁，额梢上有一撮下垂的白发，暗示出他古怪的性格。那天会上林婴婴和他闹了点儿不愉快，但起因记不清了，好像是在天皇幼儿园的事情上有点儿分歧。他后来很快离开了我们，据说是去了上海，也可能是无锡。坦率地说，我不大喜欢这个人，我觉得他身上有种莫名其妙的傲慢和怨气。还有一位同志当时坐在我右侧，是个魁伟的人，二十五六岁，长着一头神秘的红头发，也许是染的，我不清楚。他乔装成车上的医务人员，穿着白大褂，并且有一个医生的暗号，叫"一把刀"。他在那天会上几乎没说一句话，因沉默而被我关注。很不幸，他几乎就在南京解放的前几天暴露了身份，在拒捕中被乱枪打死。

林婴婴一直坐在担架上，在我们中央，穿一身坚硬的黑色衣服，使她显得凶冷、离群，而头上的绷带使她显得圣洁，所以总观起来，她那天身上有一种圣洁的冷漠和敌意。她一直缄默不语，我以为她今天不打算发言了，但车子从郊外回来的路上，也就是会议的最后十几分钟里，她突然说："我挨到最后讲，是想多讲几句。"

她说："刚才代老A说了，今天会议的主题是，粉碎重庆的分裂活动。我们得到可靠消息，蒋介石对我新四军的迅速发展壮大非常不满，把新四军说成是'养虎为患'，他已经下令停止对新四军的供给，并且要求新四军撤离江南。戴笠一向是蒋介石的黑手，忠实的走狗，南京又是军统的老地盘，以前我们和南京的军统组织时有合作，这是抗日的需要。但如今时局已变，谨慎起见，老A要求我们从今天起断绝和军统的所有合作和联系。害人之心不可有，防人之心不可无，军统已经对我们下手，下一步也许还会加大力度，我们一定要慎之又慎，对我们的安全高度负责。我昨天见过老A，他专门强调，要我转告大家，回去你们要召集各自小组开个会，如果有军统认识的同志，该躲的要躲，重要的同志也可以暂时离开南京。如果有军统知情的联络点，该撤的撤，该换地方的换地方……"

就这样，她一口气说了不少，语调、言辞、神情很是坚定、激烈，热气腾腾，具有演讲家的气派。她说完后，另一个女的，我后来知道她叫老P，问她："我在香春馆，敌人知道吗？"我听着觉得她的声音有点儿熟悉，仔细一想，好像就是香春馆的那个老板娘，我感到震惊！

老P接着说："以前敌人知道老J在那儿，还有人去骚扰过。"

老D说："敌人知道的是老J，不知道你。"

老P问："老J什么时候能回来？"

老D说："已回了，他在张罗幽幽山庄开业的事，管不了你那边了。"

车子开到鼓楼街附近后，老D宣布散会，然后他们几个人像约好似的，为自己炽热的信念所驱使，围成一圈，伸出双手，虔诚地叠在一起，齐声高喊："中华民族万岁！共产党万岁！"我的手虽然也被林婴婴强行拉过去，但口号我当然没有喊。

胆大妄为啊，竟然敢把一个军统特务公然叫来参加共产党的地下会议，而且会议的主题还是"反军统破坏"！她真的不怕我出卖她吗？我当时并没有被她发展过去啊！开会的人，都是他们各小组的领导，她这不是在拿整个组织的安危作赌博吗？我觉得这实在有点儿不可思议。

然而，这就是林婴婴，冒险是她的作风！

不，敢冒险只不过是她的一半，她的冒险不是鲁莽，冒险的背后是她非凡的胆识。从当时情况看，她有足够的证据相信，我绝对不会出卖他们。从逻辑上说，我要出卖早该出卖了。此外，这天晚上林婴婴手头还捏着一张底牌，足以保证她“胜券在握”。老 D 宣布散会后，人都陆续下车，最后车上除了司机，只剩下我和林婴婴，还有老 P。我们最后都在香春馆下了车，下车前老 P 摘了口罩，我认出她就是香春馆的老板娘！

夜已经很深，街上人车稀少，黑咕隆咚，但香春馆照旧闪耀着艳俗的霓虹灯光。车子从香春馆后面开进去后即熄灭车灯，顿时我们四周漆黑一团。这里连一盏照明灯都没有，只有靠前方屋顶灯箱招牌散发过来的余光，依稀照见院内情形。这儿有个小院子，一排平房兼为围墙。我们下了车，老 P 带我和林婴婴进了其中一间屋，司机则去了另一间。直到这时，我从司机的背影和走路姿势中，发现他好像就是林婴婴的那个司机——如果确实是的话，他一定专门乔装过，眼镜、发型、胡子、穿着，都和我以前见过的样子截然不同。我觉得这个夜晚对我过于奇特了，奇特得完全出乎我的想象，因而不免让我有些心虚，好像随时要踩到陷阱似的。

进了屋，老 P 对我一五一十讲了发生在前天晚上那场枪击案的始末。不论是形体，还是长相，还是说话的声音、腔调、手势，老 P 都十足像一个我们观念印象中的老鸨，她首先坚决否认了革老在这里“有内线”的说法：“做梦，他！你知道这是什么地方，怎么可能有他的腿子？如果他有狗养在这儿，我的命早不在地上了，而在地下了。”不用说，这里是共产党的秘密据点。老 P 对林婴婴说：“因为他在这里碰到过老 J，所以他怀疑这里是我们的地盘，所以才几次三番派人来滋事。我认为到现在为止他还没有掌握什么有用的情况，连我的身份都不知道，否则他早对我下手了。来滋事既是为了探听虚实，也是想通过滋事促使当局来封掉这里。封掉了，不管是不是我们的地盘，对他总是有利无害的。”

林婴婴说：“这儿已成了是非之地，你作好走的准备。”

老 P 问：“我去哪里？”

林婴婴说：“幽幽山庄。”

在老P的讲述中，前天晚上这里根本没有来什么大汉奸，来的是一个持双枪的杀手，五十来岁，罗圈腿，三角眼，下巴上有一条血红的刀疤。他第一次来是十点多钟，在前台付了一笔钱，要了一个房间，带走了钥匙。一个小时后，一个女的（应该是刘小颖）来了，上楼直接去了房间，然后一个男的来了，也是直接去了房间。过了不多久，刀疤佬又出现了，他直接去了那房间，进门就开枪打死了那男的（秦淮河），女的还击一枪，趁机逃出房间，冲到对门的房间，想跳楼逃跑，却没有逃成。就在她跳窗之际，被追上去的刀疤佬击中一枪，撂倒在楼板上。刀疤佬上去又对她补一枪，然后跳窗逃了。

照这么说，这是一次谋杀，刀疤佬是革老派去要他们两人命的屠夫。

这是真的吗？我心如刀绞，既矛盾，又乱成一团。说实话，我也在怀疑这件事，从一开始我就担心这是一场阴谋，但我还是不相信。我思忖，虽然革老对秦淮河有所误解（确实是误解，纯粹是林婴婴从中捣鬼的后果），对刘小颖私自回城心怀恨意和惧怕（怕我一意孤行娶她为妻），但总不至于会下如此毒手。虎毒不食子，刘小颖和秦淮河毕竟是跟了他这么长时间的手足。甚至，我想到，即使他心存杀念，以我对革老的了解和时局的判断，他会找到更高明的杀法，就是：派他们去执行一项必死无疑的任务，正如我开始担心的一样。

眼下，剿共行动已经拉开大幕，革老会这么蠢吗？我对老P的说法半信半疑。况且，老P这么说也有离间我的嫌疑，让我彻底反戈，尽快加入他们的组织。这么想着，我尽量让自己保持心静，对林婴婴和老P表现了应有的老练和持重，我对她们说：“如果你们能让我找到那个刀疤佬就好了。”林婴婴没想到我会这么冥顽，大声呵斥我：“你什么意思！还不相信？”我说：“口说无凭，我更相信你们说的这些是别有用心的。”林婴婴久久地瞪着我，最后憋出一句：“好，你等着吧，我会给你这一天的，让你信！那时候你别气得吐血！”

尽管这样（我半信半疑），这天晚上，革老在我心里可怕的形象还是大过了林婴婴。这是我第一次有这种感觉。以前，我对革老只是有些反感，以后，这种感觉将被日益放大、加深。至此，我和革老的路几乎已经走到了尽头，一种崭新的生活正在前面不远处等着我。

第十一章

01

刘小颖和秦淮河是新历旧年的最后一天走的，即1940年12月31日。第三天，我把刘小颖安葬在紫金山东麓向阳的山坡上，与陈耀的坟并肩。相隔才一个多月，又是冬天，陈耀的坟上一片青叶子都没有，像座新坟。我觉得陈耀是个幸福的人，有那么爱他的妻子，愿意为他受苦、守寡，死了也没有让他孤单太久。可以想象，来年春天，两座坟上将冒出一样的新绿，更像是同一天安葬的。立在坟墓前，我有一个强烈的念头：他们清静了，安息了，可我还得像他们活着时一样吃苦、受难。

山山实际上是小颖死前就被我接到家中的，从那以后他一直是我的儿子。安葬了小颖后的那天晚上，我让山山改叫我“爸爸”。他才五岁，加上我们本来就有很深的感情，他高高兴兴答应了我，爸爸，爸爸，喊了我一个晚上，喊到睡着为止，在梦中还在喊，喊得我流了一夜泪，怎么也睡不着。一件件让人苦恼的事接二连三朝我扑来，折磨得我精神很是萎靡，有事不想做，有话不想说。清理书店本来是早该做的事，可我一直拖着，直到好多日后，1941年1月8日，我才去清理。为什么我对这日子记得这么清楚，是因为这一天很特殊。

这一天上午，我叫上小李、小青，还有陈姨，用了半天时间，把书店里的书和少有的家具如数搬回了家。这是陈耀和刘小颖留给山山的遗产，我要给他保管好，等他长大了交给他。书店搬空了，也就关门了，但愿这关门能给我带来吉利——关门大吉！

其实，这是个耻辱而大悲的日子，不过也可以说是“大吉”，看怎么说，就我个人前程而言，这不失为一个喜庆之日。我是最后一个离开书店的，离开时专门看了一下对门的裁缝店，孙师傅也在看我。四目相对时，他朝我挥了挥手，我也给予回应。他的身份已经不言自明，以前我对他总有些敌意，这一次我隐隐感到一丝亲切。我想走过去跟他道个别，却被一个飞奔而来的报童的叫卖声打断了。

“号外！晚报号外！特大新闻！皖南内战，千古奇案！”

每天都有报童沿街吆喝，可这个吆喝显得特别刺耳。我叫住他，买了一份，没有马上看，因为手上抱着一捆书，没法看。到了家，吃午饭时，我才开始看。打开一看，惊了一下，扑入眼帘的是一个通栏大黑标题：千古奇冤，江南一叶，同室操戈，相煎何急！我当即详看内文，方知出了惊天大案：就在二十几个小时前（7日清晨），国民党第三十二集团军七个师八万余人，在泾县茂林以东山区对新四军实行“包饺子”袭击，新四军被迫奋起自卫，浴血苦战八个昼夜，终因寡不敌众，九千余人只有一千多人成功突围，大部分将士壮烈牺牲，或被俘虏，或被打散。军长叶挺被押，副军长项英、参谋长周子昆下落不明，其余新四军领导多数牺牲。事变发生后，蒋介石公然诬陷新四军为叛军，宣布撤销其番号。这一事变，意味着国民党近半年来掀起的第二次反共高潮达到了顶点。

我狠狠地撕了报纸，心里很明白，我撕毁的是自己的过去。可以说，这个消息让我对自己的信仰失望透了，正是从这一刻起，我决定要做林婴婴的同志。我主动给林婴婴打去电话，要见她。她问我：“你看报了没有？”我说：“看了，我刚把它撕了。”她说：“撕了有什么用，愤怒不是这么表达的。”我说：“你说该怎么表达，我听你的。”她知道我说的是什么，立刻兴奋起来：“好的，我会约你的。”

我以为她当天晚上就会见我，结果到第三天晚上我们才见上面。想想也是，出了这么大的事，这些天他们一定很忙的。这天晚上八点半，林婴婴来车把我从约定地点接走，车子往紫金山方向开去，不久已颠簸在陡峭的山路上。严冬来临，山上奇冷，天一黑，不少路段结着冰，车子不敢全速行驶。

好在要去的地方不远，穿过一个小山谷，越过一大片树林，车子便开进一个高档会所的小院，停在一幢漂亮的大别墅前。即使在黑夜中，别墅鲜红的颜色还是给我留下了强烈的印象。

林婴婴的司机熟门熟路，引领我们穿过宽敞、华丽的厅堂，拐入一条走廊，又转入另一条走廊。走廊上四处挂着装裱考究的书法和绘画作品，有一幅画画的居然是一位裸体的西洋大奶子妇女，那对奶子饱满得要炸开来，我只瞥了半眼，便红了半张脸，记了半辈子。别墅真是大啊，廊道一条连一条，曲里拐弯，有点像迷宫。最后我们还沿级而下，来到地下。地下也是蛮大的，约摸走了二十米远，才走入一间屋子。

屋子很简陋，只有一张桌子和几条长凳子，墙上却有一只粉红的壁炉，怪怪的，像茅草屋上挂了只绣球。有三个人正围着火炉在暖手，看样子也是刚来。我们进去，他们都迎上来跟我们一一握手、问好。三个人其实我都见过，只是老D，上次戴着口罩，我没认出来；还有一个是老P，认识的；另有一个人，也是认识的，但我做梦也想不到，竟是他！

“欢迎，欢迎，请进，请进。”是大老板杨丰懋！他很热情地拉住我的手，一脸笑容，根本没有我上次见过的那种大老板派头。“认识我吧？”他笑着问我，“我可认识你，金处长。”

我说：“我也认识你，中华海洋商会的杨老板嘛。”

他爽朗地笑道：“好眼力，舞会上的光线那么昏暗。”

我说：“没想到杨老板也是中共的人，你们的场子好深哦。”

林婴婴说：“杨先生是我们组织的领导，代号老A，我们都是他部下。”

杨丰懋说：“我希望您也成为我的部下，金先生。”

林婴婴对他说：“喊他同志吧。”

他不知道我今天来已经决定做他们的同志，一本正经地给我做工作说：“金深水同志，你要做一个识时务者的俊杰啊。同室操戈，相煎何急？皖南事变不是天降大祸，而是人造灾难哪。这个人是谁？正是蒋介石和以他为代表的国民党顽固派！他们敢冒天下之大不韪，精心策划并犯下了这起反动透顶的罪行，充分暴露了他们无心抗日、热衷内战的险恶用心。这是一个黑暗的政府、黑暗的政党，为所有追求光明、坚决抗战的志士仁人所唾弃。

我们虽然初次见面，但我了解你、理解你，你刻骨的恨，你铭心的爱，你的志向，你的前途。我深信，为一个黑暗的政党献身不是你的志向，那样你的前途也是黑暗的。你光明的前途在哪里？就在这里，我们热切期盼你加入到我们的怀抱里来，与我们并肩战斗，与伟大的中国一起向前走，向前走。”

我说：“请问首长，我什么时候能加入中国共产党？”

杨丰懋看看我，又看看林婴婴。林婴婴对他开心地笑道：“人家来之前早已经决定做我们同志了，你还说这么多。”

接下来，我当场填写了志愿加入中国共产党的申请书。我的字，曾传递过不少重要的情报，营救过同胞，杀戮过敌人，但我此刻写下的字才是最神圣的。此刻，我的字传递的是我至死不渝的信念，永恒的誓言。从这一天起，我的生命翻开崭新的一页，我有了新的组织、新的明天。

宣誓完毕，在场的每一个人都和我热烈拥抱，祝贺我。林婴婴和我拥抱时激动地哭了，“这一天我等了好久啊老金，”她说，“我太幸福了。”我也含着泪说：“谢谢你，林婴婴，是你给我的生命注入了光明。”杨丰懋接过我的话说：“从今天起，你应该喊她老 K。”他显然很了解我，当即给我下达三条指示：第一，今后我的组织代号叫老 U，平时只接受老 K 的单线指挥和联络，其他同志无权给我传令。第二，我必须平息情绪，要把刘小颖的生死放下，绝不能因此去找革老理论，更不能搞打击报复。第三，我要继续保留现有的身份，一方面监视汪伪，同时监视重庆。最后，他对大家说：

“据我判断，下一步军统对我们的破坏活动应该会有所减弱，因为现在国内外舆论都在谴责国民党一手制造分裂，制造千古奇案，给蒋介石造成很大压力。”

“刚才老 G 拦截到一份电报。”林婴婴的司机突然插话说，“戴笠已经下令暂时停止反共活动。我想停止是不会的，但可能会收敛一下。”他刚才一直在充当服务员，在炉子上给大家烧水泡茶。但我总觉得大家对他很客气，包括林婴婴每次接受他添水都会用目光致谢。我和他虽然见过多次面，但这么近距离、正面接触还是第一次。他还是留着大胡子，穿得周正，沉默寡言，不拘言笑。所以，他突然插话让我感到有些意外。我不知道老 G 是谁，但从他的话中我分析，他可能是老 G 的搭档，他们在负责电台的工作。这么说，他还是个重要角色。

想想看也是，今天晚上的会议明显比上次红楼会议要高级，他能参加这会说明他不是普通一员。以前我以为他很年轻，但今天晚上我发觉他年龄比我可能小不了多少，鱼尾纹、指头纹都有了，甚至还有些谢顶。灯光下，我发现他天庭特别饱满，目光明亮又锐利，很有些知识分子的感觉。当然，我也知道，人不可貌相，海水不可斗量。自始至终，没有人告诉我他的代号，我心里把他设为老X。

杨丰懋对老X点点头，对我和林婴婴说："嗯，所以下一步我们要转移工作重心，当务之急是要突破天皇幼儿园进不去的瓶颈问题。人不能正常地进去，一切都无从谈起。这个任务，主要还是靠你们两位来完成。"他问我："静子的关系还是正常的吧？"

我说："基本正常。"

他说："基本正常？难道还有什么小问题吗？"

我说："问题主要是我，我……跟她在一起有压力，所以……有点儿回避她。"

他说："这不行，这是我们唯一的突破口，你不能退缩。"

林婴婴看一眼我，笑道："现在该不会退了吧，以前你是对我有看法。"杨丰懋看我沉思着，说："现在这是你的头等大事哦。"接着林婴婴对我说："据我们了解的情况，前两天幼儿园死了一个孩子，你听静子说起过吗？"我说没有，同时我马上想起，今天下午静子给我办公室打过电话，说想见我，听口气和声音好像情绪很不好，可我由于要参加这个活动，婉言推辞了。林婴婴看看手表，对我说："今天太迟了，明天你约见她一下，问问情况。"我问她："你们是怎么了解到这个情况的？"她说："这你还用问吗？你又不是没见过我们的'顺风耳'。"

我知道她说的是指窃听，我说："能不能给我看一下最近的窃听记录？"

林婴婴从司机手里接过一只档案袋，递给我，说："都在这儿，你回去看吧。"

02

回到家，我立即看林婴婴给我的窃听记录，内容没有想象的那么多，只有十来页纸，记录的主要是最近几天的事。事后我才知道，前段时间刮了场大风，把窃听器的听筒方向吹偏了，当时那个会飞檐走壁的“梁上君子”受伤了，无法去调整，所以一段时间窃听不到东西。好在现在他已经伤愈，去作了调整，又可以窃听了。

从已有的记录看，大部分内容是腾村与几个女助手之间的调情、问寒问暖的口水话，只有如下几段记录，让人想象他们在做一些什么事——

1941年1月5日，上午十点。有五个人先后来到腾村办公室，好像在开会。其中有个男的，以前没有出现过，腾村叫他为“院长”，应该是指医院院长。会议一开始，腾村让百惠向大家宣读实验结果。

百惠宣读：我们根据三种动物的体重比例，注射了相等剂量的“密药黑号”药水，每隔一小时定时观察。我们发现，第一天三种动物体温和食量均无异常。第二天，白鼠在第32个小时出现拉稀和呕吐现象，并且一发不止，滴食不进，至第51个小时衰竭而死，死亡时体重减少到只有原来的一半。狗是第47个小时出现拉稀和呕吐现象，同样是一发不止，滴食不进，至第75个小时衰竭而死，体重减少5.5公斤，它原来体重为16公斤。兔子最幸运，虽然在第42小时出现拉稀现象，却没有呕吐，也没有停止进食，到现在依然有食欲，没有死亡迹象。我的报告完毕。

腾村拍掌：很好，我很满意。

五个人跟着拍掌。

腾村：我要说，这个报告完全体现了我的愿望和猜测，下一步我们将进行人体实验，如果不出意外，我想这个不幸的人应该和白鼠同命，也就是在30到40个小时之间出现拉稀和呕吐现象，并且，用百惠小姐的话说——一发不止，直到毙命，死亡时间应该在48到60个小时之间。小惠，你能告诉我，为什么我会有这种猜想——对人体？

小惠：教授，这个问题很简单，因为人体细胞的结构与这三种动物相比，和白鼠最为接近。我记得您曾经说过，白鼠将是下下个世纪的“人类”，它……

腾村打断她：好，够了，很好。十惠，你记得我曾经说过这种话吗？

十惠：我没有印象，但我觉得这话像教授说的。

千惠笑道：我想那一定是教授在私底下与小惠说的。

笑声。

※※※※※※

1941年1月6日，下午两点。有呼噜声，腾村好像在沙发上睡觉。突然传出千惠开怀大笑的声音，笑声放浪、淫秽。

腾村：你笑什么！

千惠：快看看，这是你吗？哈哈，笑死人了，你怎么睡了一觉就变成一个妖怪了，哈哈。

腾村可能是刚醒来，他长长地伸了一个懒腰，叹道：自古英豪难过美人关，我腾村在全世界人面前都是铁骨铮铮、说一不二的英雄豪杰，但在你们几个小妖精面前却成了小丑，我是太宠你们了。

千惠：放心，你再丑我们都舍不得离开你。

腾村：没办法，是人总有软肋，我这辈子最后肯定要毁在你们身上。

千惠打他嘴：乌鸦嘴！刚醒来，别乱说话。

腾村：扶我起来。

千惠：对不起，请自己起来。

千惠喊：百惠，把轮椅推过来。

百惠推轮椅过来的声音。

百惠：教授，醒了？

腾村坐起身：几点了？

百惠：两点（下午）。

腾村：孩子们该出来了。

千惠：是的，我刚看见他们在操场上。

百惠：来吧，起来吧，我推你去窗前看看，你去定一个人。

千惠：是啊，让我看看到底是谁要倒霉了。

腾村：行了，我不管，你们去定好了。

百惠：男孩儿还是女孩儿好呢？

腾村：这有什么区别，随便。

千惠：那我肯定要一个女孩儿。

腾村：同性相斥，很正常。如果让你物色一个人去谒见天皇，你一定会挑男孩儿的。

百惠：您的意思是希望我们挑个男孩儿？

腾村：挑谁都一样，过两天就变成垃圾倒掉了，不讲究。

十分钟后。

百惠：挑好了。

千惠：我们挑了一个长得特别像支那人的小美女。

腾村：嗯，这个讲究我喜欢。通知静子，三点钟，给孩子们打预防针。

百惠：说预防什么好呢？

腾村：废话！你是我的助手，研究生命医学的研究生，不是仅仅来陪我睡觉的。百惠似乎轻轻摸了他脸一下：好了，别生气，我知道了。

※※※※※※

1941年1月9日，下午三点。腾村气喘吁吁的声音，很累的感觉，好像在贴着墙壁做倒立。二十分钟后结束，千惠过来给他擦汗，完了扶他上轮椅，递上杯子，请他喝水。连喝了两杯水。千惠：教授，我在想您是不是应该张罗一个派对庆祝一下。腾村：庆祝什么？千惠：庆祝您的“密药黑号”实验成功啊。

腾村：区区小事，何足挂齿。

千惠：这是您热爱的事业，怎么能说是小事？

腾村：这药能做什么用？充其量是给野夫、小野这号人杀人扯个幌子，瞒天过海，暗渡陈仓而已，怎么可能是我们万里迢迢来到中国要干的事业？我们的事业就这么小吗？你小看你自己了，更是小看了我。

千惠：我觉得这事也不简单啊，毒性几十个小时后才能反应出来，这样杀人真是神不知鬼不觉的。

腾村：我的任务不是杀人，那是希特勒的手法，太笨拙了。关键是这样你能杀多少？当初松井石根在这里杀了几十万人，国际舆论大得盖过天，极大损害了我们大日本帝国在国际上的声誉。我早说过，不战而屈人之兵，不费枪弹地夺人之国，才是上策之上，上上策。

千惠：莫非教授还有更宏伟的计划？

腾村：不言而喻。

千惠：能让我先听为快吗？

腾村：计划其实早已开始，下一步该由你们来实施。你去找一份文件，让大家看一下，如果我没记错的话，应该是前年12月份，由兴亚院发给派遣军中国总司令部的五号文件。正是这东西给了我来中国的灵感。

千惠：哪里去找呢？

腾村：找小野要就是。

千惠：明白。

※※※※※※

1941年1月10日，晚上九点。有人在泡茶的声音，后来发现泡茶者不是百惠，而是千惠。腾村好像在看书，时而会与千惠交流一两句，问她最近看了什么书，并建议她看看“这本书”什么的。千惠泡好了茶，给腾村端过去。

腾村：你的茶艺实在不能与百惠相比。

千惠：教授，你还没喝呢，怎么就知道我的就不如她，喝了再说吧。

腾村：要喝了才能评头论足，就不是我了。

千惠：莫非你能闻出来？

腾村：当然。再说你这端茶的步子仪态也只能算业余水准。

千惠：喝吧，喝了说不行我还服气一些。

腾村：喝了我就不说了，我要说就在喝之前。听着，你这茶首先茶叶就拿错了，晚上要喝台地茶。台地茶性温、味平，但香气奇异，因为台地茶不在高寒的山巅，四周花草丛生，茶叶是个最会呼吸的植物，日夜与花草同生长，自然吸纳了花草的奇香异味，所以香浓味异。为什么性温？因为台地茶一般种植在丘陵地带，坡缓地阔，种植量大，加上采摘及时，致使茶之精气不足，所以性温、味平。

千惠：这茶在第几个罐子？

腾村：左边数，第三个锡罐。

千惠：啊，我泡的真不是那罐茶。

腾村：你泡的应该是第一罐的。

千惠：是是是，你都闻出来了。

腾村：这是谷地茶，谷地茶一般种植在山谷洼地，周边水草丰沛，地湿成泥，故不免有丝青草和泥土味。我早晨喜欢喝这个茶。

千惠：啊，教授，你真是个神仙，无所不知。

腾村：百惠的茶艺倒可以说是出神入化。

千惠：啊，幸亏教授赏人不是以茶论道，否则我就不可能得到教授的垂青了。来吧，今天晚上就破例喝喝带点儿泥土和青草味的谷地茶吧。

腾村：倒了吧，我晚上其实是不喝茶的。

千惠：那你刚才为什么不说，我都泡得好辛苦哦。

腾村：世上所有的天才都爱捉弄人，所谓言不必行，行不必果，天马行空，我行我素，乃天之骄子矣。千惠：那么请问天之骄子，今天晚上要我陪吗？腾村：不用，今天晚上它（应该指书）陪我。千惠：是它陪你我没意见。腾村：如果是百惠你就有意见了？千惠：教授，我怎么敢对您有意见嘛。腾村：不敢和没有是两回事，不敢只说明你是明智的，明智只是一种一般人都有的人生技巧，不是一种大彻大悟，还不能出神入化。

千惠：世间没有几个人能像您一样大彻大悟、出神入化的。

腾村：当然，你还有乖巧的一面。女人乖巧，就像男人勇猛，是最容易得到异性钟情的。

千惠：您说我们四个人中谁最乖巧？

腾村：这个问题就问得很不乖巧了。行了，你走吧。

千惠：我已经找小野看了兴亚院前年下发的五号文件，我很奇怪，那文件居然要求帝国军人每到一地，要给当地中国的小孩儿分发糖果。

腾村：很荒唐是不？

千惠：嗯。

腾村：那就请你多给我一些看书的时间吧，我要在书本里寻找答案。

千惠：好的，但愿它（应该是指书）今晚能给您带来灵感，就像我的身体能给您带来欢乐一样。

很多事我们是后来才弄清楚的，腾村从三年前便躲在冲绳岛着手从患有霍乱的老鼠粪便中提取一种生物病毒，试图研制一种毒药：密药。来中国之前，该毒药已经研制成功。这是一种剧毒，没有异味，甚至略含香气，一千个人吃的稀饭里只要注入半个拇指大的一小瓶药水，稀饭会更可口，但食者在半小时内将必死无疑。他不满足于此，用他自己的话说：这是一种见血的杀人方法，愚蠢至极。到中国后，他用密药在白鼠身上做实验，开始研制一种新的生物病毒毒药：密药黑号。这种毒药的病毒只要进入人体就会迅速繁殖，致人于死地，但要到36小时后才会表现出来，症状是上吐下泻，无药可止，这样杀人能做到神不知鬼不觉。从窃听记录看，就在几天前，这种毒药已经研制成功，并在一个孩子身上得到验证。1943年9月，鬼子正是用这种病毒，谋杀了他们的已经不大听话的走狗、大汉奸李士群。

窃听记录虽然不全面，但有一点儿昭然若揭，就是：腾村的研究没有结束，他在继续研制一种隐蔽性更好、杀伤力更大的毒药。这也是他来中国的真正目的，他要用剩下的四十九个孩子做实验品，研制一种让中国人“生不如死”的毒药，即密药黄号。从后来我们了解的情况看，这种药将以糖果、糕点、奶制品等孩子爱吃的食品样式面世，孩子在成长过程免不了要吃的，爱吃的，而吃了就会上瘾，吃多了就会智力下降、精神麻木。

正如林婴婴说的，腾村不是想做屠杀中国人的刽子手，他要把每一个中国人都变成一头猪！蠢猪！

03

第二天中午，我请静子出来到一家日本料理店吃午饭。这也是我第一次以地下共产党员的身份约见静子，这身份注定我会一反以往的消极态度，变得“积极主动”地打探幼儿园里的秘密。从静子反映的情况看，我更加肯定她是“局外人”，对腾村正在干的见不得人的勾当并不知情，对我别有用心的探询也没有过多的防备心理。她几乎是“自动”告诉我：园里有个女孩儿得病死了，让她很伤心。我问她孩子得的是什么病，她说：“好像是霍乱。”

我说：“你里面不是有医院吗？医生怎么说的？”

她说：“他们就说是霍乱。”

接下来，她第一次明确告诉我，医院里有什么人：有四个女护士，一个男院长。我问：“院长就是你上次说的那个行动不便的残疾人吗？”她说不是的。那么会不会是我前次远远见过的那个偷窥我们的年轻小伙子呢？我这么想着，并巧妙地发问，她又说“不是的”。她告诉我，院长叫解之三郎，我上次见过的那个人叫小野，是腾村的警卫，等等。

正是从这次谈话中，我彻底弄清楚对面楼里有几个人，他们的名字、职业、关系。交谈中，我突发灵感，问她：“你想不想讨好一下你的上司？”她说：“我的上司？谁？”我说：“你刚才说的腾村先生啊，我想他一定是你的上级。”她默认了，问我：“你打算让我怎么讨好他？”我说：“我认识一个郎中，是专门治各种疑难杂症的，他曾让好几个瘫痪在床的人都站了起来。”“真的？”她很惊喜。我想，有门了，她一定会努力促成这件事。果然，她答应我回去问问他，明天给我答复。

林婴婴听说这事后，也觉得我想了个好办法，有可能让我们破掉“铁桶阵”，入虎穴去瞧瞧。我们甚至找到了一个老郎中，让老X（林婴婴司机）去向他现学了两招，准备让他到时扮成郎中进去与腾村进行“历史性会面”。但是，第二天静子通知我，腾村不领情，让我别张罗此事。她是打电话告诉我的，当时没有多说。事后我才知道，为此静子第一次去对面楼上拜见了腾村，腾村给她留下了很不好的印象，当着我的面骂他道：“什么大教授，我看是个老流氓。”

话里有话！

在我追问下，静子才羞涩地告诉我，腾村对她“动手动脚”的。我嘲笑道：“看来他需要的是女人，而不是医生。”静子不语，我又说：“换句话说，他是想让人陪他上床，而不是让人帮他从床上站起来。”我有意这么逗她开心，希望她给我多提供一些他们见面的细节。断断续续的，静子大致把他们见面的情况都跟我说了，其中有一点让我很意外，就是：腾村的脚既非天生残疾，也不是后来得了什么病，或出了什么事故，而是他自己一手弄断的。

原来，他年轻时是个采花高手，那时候日本刚流行跳交谊舞，他从十五岁起便经常出入各种交际舞会，他舞跳得很好，加上出身名门旺族，姑娘们都迷他，每次舞会结束总有姑娘跟他走。静子说："也不知他是吹牛还是真的，反正他说他在二十三岁之前，已经跟上百个女人缠绵过。有一天他恨透了自己，再也不想过这种声色犬马的生活，他立志要做学问，要当一个研究生命科学的大科学家，便自己动手，用平时修剪胡须的剪刀剪断了自己的脚筋，强行把自己关在家里，足不出门。"

我说："好一个悬梁刺股的有志青年！"

说真的，当时我并不信，静子也不信，但后来种种事实证明，这是真的。他真是个疯子！也许天才和疯子本来就是一种人，他就是这样一种人：游走在天才和疯子之间，一面是天使，一面是魔鬼，就看你是站在哪一面，怎么看他的。

这天是星期天，我和静子吃完饭后，照例去找了家客栈开了房间……从那一回开始，我们总是这样度过这一天：从饭店开始，到客栈结束。这是我生命中最不堪回首的日子，但有什么办法？自从被林婴婴"发展"后，破掉幼儿园"铁桶阵"成了我的使命，我必须把静子哄好、养到家。我把肉体交给了撒旦，为的是殉道、就义，往小的说，是为了让那些孩子（还有四十九个）的生命得到拯救，往大的说是为了拯救我们中华民族。腾村这个疯子，像另一个疯子——希特勒——想把犹太人灭掉一样，想让我们中华民族子孙永世做他们的走狗，为了粉碎他的痴心妄想，我愿意，我们都愿意，让我们的肉体去做包括死在内的任何事。

这一天，我离开静子后心里有种从未有过的踏实感，如果说之前我对完成我的使命毫无信心的话，那么之后我是有了一些信心的，因为我发觉静子对腾村不怀好感。这一点对我很重要，至少在心理上，我在静子面前不再像以前那么畏首畏尾，不敢过于深入地探问情况。我也许是个过分谨慎的人，工作经常因为谨慎陷入僵局，这天分手前，我大胆又隐蔽地迈出了一大步，以“据说”的方式向静子表示：她手下的孩子不是日本人，而是中国人。静子断然不信——不信才好，如果她知道这情况，就说明她是同谋，以前我们对她的判断是错的。让我更称心的是，她没有追问我这是从哪儿来的消息，而是拿出种种证据否认我，说服我。显然，她没有怀疑我。那么我想，既然这只是“是非”之争，下一步我的任务就是去收集一些说服她的证据。有一点是很明确的，之前我已同林婴婴达成共识，就是：让静子确信那些孩子的身份真相。这是第一步，必须的，只有在此基础上我们才有可能向她揭发腾村在搞的阴谋诡计——这应该是第二步，第三步当然是得到她的帮助。

但是随后发生的一系列事情，使我的工作计划被迫停下来。首先，我们接连遇到了几件麻烦事，第一件事就发生在这个星期天，我和静子分手后，在回家的路上，看见满大街张贴着捉拿老A的通缉令：

高宽，原名张卫国，1907年出生，浙江江山人。身高五尺七，体形偏瘦。当过演员，曾主演过《四万万》《白蛇传》等多部电影和话剧。1933年加入共匪，长期在华东从事地下叛乱工作。1938年到重庆，在周恩来身边工作。1939年被派回上海，出任共匪上海市委组织部长。1940年6月调任中共南京地下反动组织前委书记，人称老A。

通缉令上有三张图片，两张是过去电影海报上复拍下来的五寸照片，年轻、英俊，一定能唤醒很多人的记忆，因为那曾是两部红极一时的电影。但海报上的样子毕竟是“明星照”，化妆味很浓，和本人平常的相貌也许并不相称。所以，最大的一张图片是画师画的，为的是要反映出老A舞台下的相貌。这张图片很大，有一尺见方。在像上，老A戴一副肉色深度近视镜，天庭饱满，大包头，中分，脸型上方下圆，腮肉丰满，鼻子向前凸出，两侧有个明显的肉八字。总的来说，也许是由于回忆者或者作画者的感情用事，把老A视为“狗特务”，过分地强调了头发的长又乱和腮帮上的两道横肉，因而显得有点儿怪模怪样：既有一个秘密组织头目的毒辣、刚毅的气质，又有山里土匪的那种野蛮劲儿。我记得，王木天特使第二次到南京时曾向我们说起过老A这个人，说他因为当过演员，擅长装扮，经常改变相貌。这无疑也给回忆者和画师增加了难度。但不管怎样，杨丰懋和画像上的人绝不可能是同一个人，最差劲的画匠和最高明的化装术都不可能将同一人演绎成如此两人。这头像对我的意义就是这样，它让我明白了杨丰懋和老A不是同一人。

通缉令的出现，使我不敢直接回家，怕出事了。我紧急约见林婴婴。我们去了单位，是在她办公室里见的面，她承认，杨丰懋确实不是真正的老A，但我们组织内部只有少数几个人知道这个情况。那么敌人怎么会知道呢？后来我们才明白，是王木天干的好事！他最近一直在南京，并且和周佛海勾搭上了。由于皖南事变在国内外造成极大舆论，给重庆政府极大压力，蒋介石一时不便再出手打击共产党。可“心腹大患”不除又不甘，重庆便很不要脸地玩了一招“借刀杀人”，暗中勾结汪伪政府，把他们掌握的有关共产党在华东各地的资料拱手送给了汪伪政府，让伪政府出面打击。这不失为一个高招，我们组织的安全面临着严峻考验。

我们保安局直接介入到通缉老A及其随从的“反特行动”中，老A的通缉令，经过反特处马处长的手被无限复制，四处传播，到处张贴。不过我认为它在巡捕过程中并不能发挥什么作用，因为——照王木天的话说，老A擅长乔装，那么他一定将因此把自己化装得更不像画像上的人。我以为，那头像除了眼镜和额头外，其他都有些夹生，那一定是回忆者回忆不确切或者画师表达不到家造成的。既然这样，我想只要把眼镜摘了或者换了（这样会改变额头模样）就行了，而这是很容易做到的。

对此，林婴婴不像我这么乐观，她指出，虽然眼镜确实可以改换，额头也可以通过眼镜和发型的变化而得到一定改观，“但鼻子两侧的‘肉八字’是不易改变的。”她这么说，使我以为她一定见过老A。但她又否认了，说只是见过他的照片。

我问：“照片和那头像像吗？”

她说：“蛮像的。”

可能确实相像，要不组织上不会作出让老A暂时离开南京的决定。作出决定是一回事，怎么离开又是一回事，因为当时的情况很糟，老A的头像铺天盖地，大街上随便捡起一张废纸都可能是老A的头像。再说南京这个城市是个古城，四周城墙环绕，城门就是出口，将城门把守起来，你只有变成一只鸟飞出去。为了让老A离开南京，我们专门开过一次会，做过很多努力，但依然找不到一个绝对保险之计。最后想来想去，还是利用杨丰懋的地位和关系，花钱买通了把守光华门的一个小头目，将老A装在一只木箱里，陪他出国去了。

这是十多天后的事，老A总算躲过了劫难。

不料，我们悬起的心刚轻松下来，林婴婴又出事了。

04

那天是星期天，我记得很清楚，上午我在家阅读了几张解放区的报纸和一本小开本的油印刊物（都是林婴婴给我的），使我深受鼓舞。中午时候，天气很好，陈姨建议我带达达和山山去小红山公园看马戏团的演出，我以有事搪塞推辞了。其实我没事，我只是想清静，想一个人待在家里，让宝贵的孤独包围我，让那些平时沉睡的东西苏醒过来。干我们这行静心敛气是最重要的，最近事多，我心里经常乱乱的。也许是我多疑，我觉得革老最近对我爱理不理的，包括革灵，对我也不像以前那么热情了，我真担心他们对我和林婴婴的身份已经有所觉察。

后来，我坐在阳台上，目送陈姨带着两个孩子远去，腊月的阳光温暖又快活地在孩子身上跳跃着，陈姨一只手牵着达达，一只手牵着山山，很抒情的背影，很像一个幸福的家庭。这时我突然想，这场战争到底什么时候才能结束？我在莫名其妙的不安中默默地回到房间，荒唐地翻出了刚才已经看过的几张解放区报纸，重新又看了起来，仿佛这种阅读能够给我勇气，使我安宁。而事实也确实如此，因为几张报纸都亲切地告诉我：美国已经对日宣战，我们已经赢得了一个最有战斗力的帮手！我一边接受着熟悉的鼓舞（已是第二次），一边以一个幸福的人的眼睛预视着未来。

大约是一点钟，林婴婴突然出现在我面前。以前她来总是坐车的，汽车的引擎声会提前通报我她的到来，这一次一点儿汽车声音都没有，她像幽灵一样的到来，说明一定有什么紧急事要告诉我。我去窗前朝外面张望一番，看见一辆人力车正好在弄堂里往外骑去。我问她："你坐人力车来的？"她说："我司机回乡下去了。"说着倒在沙发上，微睁着眼，满脸疲惫，像一个病人。我想会不会是有什么坏事把她吓成这样的，所以心里更加焦急，问她出了什么事。她不置可否地摇摇头，很心乱的样子。我又问："你脸色不好，很苍白，是不是身体不舒服？"她这才抬起头，看了我一会儿，突然告诉我——很坚决地：

"我怀孕了。"

"怀孕？"我像是被什么烫着似的，慌乱地说，"怎么可能？"我想说，你还没结婚呢。她告诉我，她已经结婚，丈夫是我们的同志，因为工作需要才没有公开。隐瞒婚姻对我们搞地下工作的人来说是很正常的，革灵不就是这样的嘛。

我问她："他知道吗？"我是说她爱人。

她摇头，并且告诫我："你别问我他是谁，我无法告诉你的。"这我也理解，也许此人就在我身边。

我又问她："你能确定吗？"

她说："我上午去医院检查了，没错的，已经两个多月了。"

我知道这不是个正常的喜讯，林婴婴找我也并不是来报喜的。从某种意义上说，这是一道费解的难题，要考验我们的理性和感情，个人和组织，忠和孝。我不需要夸张就可以这么说：这个生命伸出的一只手握住了我们的良心，另一只手却抓住了我们作为战士的信念，它把两件我们最珍视的东西放在一起，同时又无情地要让我们作出"舍一取一"的选择。这种选择无疑是我们最最害怕的——比死亡还害怕！死亡对我们来说并不是可怕的事，因为我们无视死亡，因为我们早已把生死置之度外——人们经常这样说，我们确实也是这么做的。

"他知道吗？"我问。

"谁？"

"老A。"

"不知道。"

"大海呢？"大海是杨丰懋的代号。

“他们不是都出去了吗，”她说，“现在可能在缅甸。”

“什么时候能回来？”我想这事只有他们两人才能作决定。她说：“不知道，也无法同他们联系。”我又问：“那现在这里谁在负责？”她说：“老D。”我说：“他打算怎么办？”她说：“我还没告诉他。”我说：“这个问题只有组织才有权回答。”我还想说，包括你爱人，我想也是无权下决定的。确实，大敌当前，生儿育女是忙中添乱啊，按理是不许的。

以后几天我一直在等她回音，我希望马上召开一次红楼会议。但我和林婴婴都无权召开红楼会议，只有老A或者代老A（大海）才有权召开。我从来没有想过要当老A，只有在那几天里，我忽然希望自己就是老A，有权召开红楼会议。

大约是第五天，在保安局例行的舞会上，林婴婴告诉我她已决定不要孩子，最近就会找机会去处理掉。是谁让她作出这决定的？孩子父亲知道吗？难道非这样不可？说真的，当时我确实为她想得很多，甚至每当想到她已决定不要孩子，我想劝她生下来的愿望就更加强烈了。也许，如果她要作出相反的决定，我可能又会有相反的愿望。这没办法的，有些事你永远不会知道正确答案，所以你给出任何答案都不会满意的。

不知是出于同情，还是关怀，或者是出于对一个生命的负疚心理，我还是愚蠢地建议她要想好，不要太冲动什么的。我还说战争可能很快就会结束，意思是这样的话孩子就可以保留下来。我话没说完，她浑身抽动了一下，一滴眼泪无声地滴在我衣襟上——当时我们正在跳舞。过一会儿，她告诉我这不是她自己作出的决定，她已和老A取得联系，老A命令她必须把孩子做掉。我问：“他回来了？”她看看我，没有回答。我想一定是回来了。

老A！

老A！！

那个时刻，我对这个满脸蛮横的老A不可抗拒地产生了恨意，在不满和不安之中，我想，我们这位老大也许就像戴笠和李士群一样，是冷酷无情的。我知道，是信念使他变得冷酷无情的，但在当时我并不觉得这是可以理解的，因为一个人的痛苦已使我失去理智。那天晚上，我第一次目睹到林婴婴软弱无助、痛苦不堪的样子，有一会儿，趁着停电的几分钟，她居然软倒在我怀里，偷偷地小泣了一阵。正因为是偷偷的，咬着牙的泣，让我感到特别难过，因而对神秘的老A产生了一种特别的恨意。

然而，第二天，深深的自责又折磨了我。

第二天又是个星期天。

马上要过年了，上午我去农贸市场买了些年货。我是九点钟出门的，中午前回来，陈姨告诉我，她十点多钟从菜市场回来，经过秦时光的楼下时，正好看见林婴婴开车来把秦时光接走了。我心想今天是礼拜日，林婴婴经常要借机安慰一下这只四眼狗，就像我马上要出门去跟静子约会一样。这是常有的事，我没有当回事。下午三点多钟，我和静子分手后径直回到家，陈姨着急地告诉我两件事：一、林婴婴给我来过电话，要我尽快回电；二、中午十一点多钟，秦时光在回家的路上被人当街击毙。陈姨说，就死在前面的大街上，她还赶去现场看过，脑门和脖子上各中一枪，死得硬硬的。

秦时光死了！

这是怎么回事？我当即给林婴婴打去电话问情况，林婴婴没有说什么，只是通知我晚上尽早去紫金山上杨会长的会所。听口气，她好像出了什么事，声音嘶哑，有气无力的，把我的心一下子提了起来。我反复问自己，会出什么事？我一下想出很多事，又觉得都似是而非。最后我想，可能什么事也没有，她之所以这么病怏怏的，可能是刚做了手术，处理了孩子，身体不适。这念头使我感到内疚，好像我就是手术的医生。我也感到遗憾，因为我正打算在晚上的会上替她说说情呢。说真的，我是做父亲的人了，我太能体会到孩子对父母来说有多么的重要。总之，我想了很多事，就是想不到，此刻在我几公里之外，另一个生命也结束了，而且，这个生命的消失对我党是极大的损失。

死的人是老A！

我是晚上八点钟赶到紫金山上杨会长的会所后才知道这一噩耗的，让我难以相信的是，原来老A就是林婴婴的司机！多次为我开过车的“大胡子司机”啊！他也是林婴婴的爱人！！林婴婴此刻肚子里的孩子的父亲！！

05

当着老 A 的遗体，林婴婴哭着，泣着，对我讲述了发生在当天上午的事情。

这天上午，林婴婴和秦时光见面后，带他去了玄武湖畔的幽幽山庄。这地方我后来去过，在玄武湖的北边，占地几十亩大，里面有假山、人工渠、钓鱼台，一间间竹子搭的小屋掩在幽幽竹林中，显得十分幽静、雅致。这是继香春馆被革老几次捣蛋，不得已关停后，我们组织上重新开辟的一个新联络点，依然是由老 P 和老 J 这对假夫妻坐镇。林婴婴这是第一次带秦时光来，老 P 把他们安排在一座叫“桃花”的独立小屋里后，便离去了。

林婴婴站在窗前，禁不住赞美窗外的风景：“有道是，宁可食无鱼，不可居无竹。这地方真不错，夏天就更好了，竹林幽幽，鸟语花香，闹中有静。”

秦时光问她：“你常来吗？”

林婴婴说：“这是第二次。”

秦时光问：“第一次是跟你的司机？”

林婴婴说：“没司机我怎么来？我又不是鸟，会飞的。”

林婴婴对我说：“秦时光这话里其实含有很特别的信息，如果我要正确解读了这个信息，也许可以避免后来发生的悲剧，但当时我没在意。”我问：“这里面有什么信息？”林婴婴说：“我和老 A 有时在车上会拉手，他可能不经意中看到了。”

从后来秦时光反常的表现看，我觉得这是肯定的，而且很可能就在当天上午，他们在秦时光楼下等他下楼时也拉了手，由于角度恰巧的原因，秦时光在楼上或者在下楼时正好瞥见了。所以，这天他们俩进了小屋后，秦时光从开始就显得很不老实，油腔滑调，对林婴婴动手动脚。以前虽然也有这种情况，但一般只要林婴婴发个威风，他就老实了。林婴婴告诉我说：“今天他完全变了，我对他发火，叫他滚开，他反而一把拉住我说，行了，别装淑女了，我知道你是谁。我问他我是谁，他说反正不是圣女。他还说什么以前他一直把我当圣女看，太傻了。我起身威胁他要走，他竟然一把抱住我要亲我……”

林婴婴使劲儿反抗，秦时光反倒把她按倒在沙发上，强行要亲她。

林婴婴说：“秦时光，你疯了！”

秦时光无惧无畏地说：“我是疯了，你允许下贱的车夫疯还不允许我疯，岂有此理。来来来，乖一点儿，让我也好好疯一下。”

林婴婴奋力推开他，骂：“滚开！秦时光，你会后悔的！”

秦时光说：“我才不会后悔呢，我把你当圣女，结果你却把我当乌龟王八蛋，今天我就要让你知道我是不是王八。”说着发起新一轮的攻势，很疯狂的。

林婴婴招架不住，只好大声呼救。老A闻声赶来，破门而入，想把秦时光拉开，秦时光回头狠狠地朝他挥出一拳，打在他脸上。

打一拳倒没什么，伤不了人的，要命的是，老A的假胡子被打掉了，让秦时光一下认出她的司机原来就是老A。林婴婴对我说：“老A当时一定没有想到秦时光眼睛会这么尖，一眼就认出他来了，所以他没去掏枪，他想把胡子重新戴好，免得他认出来。就这时，秦时光已经掏出手枪对着老A和我，我们一下变得很被动。”

秦时光举着手枪对准老A说：“原来是你！哈，我认得你，著名的影星嘛。他妈的，到处通缉你，想不到就在眼前，把手举起来！举起来！”

林婴婴想去沙发上拿包，包里有手枪。

秦时光将枪口对准她：“你也别动！把手举起来！都举起手，站到这边来！”

林婴婴一边往前走一边说：“秦时光，你胡说什么，把枪收起来！”

秦时光看她往自己移近，警告她：“别过来，过来我就开枪了。”

老A说：“你认错人了，秦处长，我可不是什么影星，我是个农民哦。”

秦时光说：“少废话，转过身去！”

林婴婴和老A站在一边，与秦时光对峙，寻找反击机会。

秦时光威胁道："我再说一遍，转过身去，否则别怪老子开枪！"

老A见势不妙，一个鱼跃想扑倒秦时光，就这时枪响了。

中弹的老A一把抱住秦时光，叫林婴婴快跑。林婴婴没有跑，反而上来想夺秦时光的枪。此时枪口被老A的身体挡着，秦时光无法对林婴婴开枪，开出的一枪又射进了老A的身体里。

转眼间，手枪居然被老A夺了下来，秦时光见势不妙，把老A的身子推向林婴婴，趁机跑了。此时老A已经身中两枪，虽然枪在手里也无法举起来，只好眼看着秦时光跳窗逃了……

后面的事可以想象，为了堵住秦时光的嘴，林婴婴屡试不爽的那个神秘狙击手又被紧急地起用！林婴婴对我说："是的，老A死前对我说的最后一句话就是——快去追他，叫阿牛杀了他，快！必须……"

阿牛就是那个神枪手。

于是林婴婴顾不得悲伤，亲自开车进城找到阿牛，布置了任务。林婴婴当然知道秦时光回家的必经之路，她安排阿牛守在秦时光家门口，同时自己又守住了秦时光可能去单位的必经之路。这些路线林婴婴是最熟悉不过的，只要秦时光回家，或去单位，必死无疑。林婴婴说："我们运气不错，他回家了，走进了阿牛的枪口里。"

那真是运气好，我想，如果去单位，林婴婴能一枪把他打死吗？如果打不死，后果不堪设想！

安全起见，杨丰懋和林婴婴商量后，决定尽快安葬老A的尸体。就在林婴婴和我讲这些事的时候，有人已经在花园里开土挖坑。天漆黑一团，我从窗户里看出去什么都看不见，但一个一边挖掘一边呜咽的声音却听得十分清楚。我可以想见，他是多么悲伤地在劳动着，挖出的坑里一定埋了他很多滚烫的眼泪。坑挖好了，他进来通知我们，我一见他，傻了。

我怎么也没想到，他居然就是裁缝店里的那个孙师傅！

除了孙师傅，这天晚上到场的人还有老P、老G、老D、老J，加上我和杨丰懋、林婴婴，还有会所里的两个工作人员，总共十个人。我们为老A举行了一个简单的追悼会，然后就由孙师傅抱出去把他埋了。没有做成坟墓，只是在上面移栽了一棵腊梅。这样处理，这么快，甚至不乏草率地安葬了老A，一方面是安全需要，我们必须要把他尸体藏起来；另一方面我们也相信，总有一天，等战争结束了，我们一定会重新举行追悼会，隆重地安葬他——老A，我们敬爱的首长！

天公作美，安葬老A时，天骤然下起了雪。这是这年冬天的第一场雪，来势凶猛，转眼间便纷纷扬扬地把漆黑的草地铺白了，当我们回到屋里时，外面四处已是一片银白。等我下山时，整座紫金山都白茫茫的，好像在为老A的去世披麻戴孝。我清楚记得，这是1941年1月的最后一天，这一天我经历了太多太多，都是不可思议的事情，以致很长时间我都觉得这一天不是真的，是在梦中。

这天夜里，林婴婴没有下山，下不了了，过度的伤心让她变成了废物，身体像一团烂泥，根本站不起身，连坐都坐不住。

我是最后一个下山的。

杨丰懋之所以把我单独留下来，是因为有重要的事要跟我商量。因为重要，他沉默了很久，才一步一步地走到我面前，认真地对我说：

“金深水同志，我已接到上级指示，今后南京地区地下工作由我全面负责，我就是今后的老A。现在我任命你为代老A，今后你有权代我行使任何权力，有一件事你需要马上作出决定。”

我问：“什么事？”

“你是知道的，林婴婴怀着老A的孩子，老A生前曾以组织的名义要求她处理掉这孩子，但现在孩子父亲已不幸牺牲，林婴婴希望组织上重新考虑她的要求，同意她把孩子生下来。”他顿了顿又说，“这是老A唯一的孩子。”

我说：“你现在不是在这儿吗，干吗要让我来做主？”

他说：“我是她的哥哥，亲哥哥，无权做这样的决定，现在请你行使代老A权力作出决定，你的决定就是组织上的决定。”

天哪！

天哪！

这对我来说真是一个惊心动魄的晚上啊，那么多不可思议的事情像窗外漫天大雪一样，接二连三地朝我压下来，我完全被弄昏了头。其实，不光是杨丰懋，当时我们组织内有好几位同志都是林婴婴的亲人。杨丰懋看我一时没有表态，对我建议说："如果你想不好，可以召开红楼会议，由大家来民主讨论决定。"我当即表态："不需要，我同意。"我本来就不大赞成牺牲孩子的，现在既然权力到了我手上，我毫不犹豫地同意林婴婴把孩子生下来。

然而，我想不到，林婴婴和杨丰懋也一定没想到，我的这个毫不犹豫的"决定"却给我们组织带来了无法估量、无法弥补的损失。没有人能否认，老A的牺牲对我们组织是个巨大的损失，然而为了让林婴婴把孩子生下来，我们组织遭受的损失却还要巨大，还要惨痛。

这一切，包括林婴婴的身世、家史，她后来写的日记里有详尽的记录，我就不多说了。好记性不如烂笔头，林婴婴的日记无疑是我们了解她和钩沉那段历史真貌的最真实又最珍贵的材料。

《刀尖·刀之阳面》完

刀尖

刀之阴面

同一段传奇
截然不同的故事
敬请期待

图书在版编目（C I P）数据

刀尖 ： 刀之阳面 / 麦家著. -- 北京 ： 北京联合出版公司，2011.10

ISBN 978-7-5502-0355-6

Ⅰ. ①刀… Ⅱ. ①麦… Ⅲ. ①长篇小说－中国－当代 Ⅳ. ① I247.5

中国版本图书馆 CIP 数据核字（2011）第 199551 号

刀尖：刀之阳面
作　　者：麦家
选题策划：北京磨铁图书有限公司
责任编辑：史媛
封面设计：typo_d
版式设计：typo_d
责任校对：李北辰

北京联合出版公司出版
（北京市朝阳区安华西里一区 13 号 2 层　100011）
廊坊市兰新雅彩印有限公司印刷　　新华书店经销
字数 161 千字　　700×980 毫米　1/16　　16 印张
2011 年 11 月第 1 版　　2011 年 11 月第 1 次印刷

ISBN978-7-5502-0355-6
定价：29.80 元